冬雷

遠田潤子

大阪で鷹匠として働く夏目代助の元に訃報が届く。12年前に行方不明になった幼い義弟・翔一郎が、遺体で発見されたと。孤児だった代助は、日本海沿いの魚《お》ノ宮町《みやまち》の名家・千田家の跡継ぎとして引き取られた。初めての家族や、千田家と共に町を守る鷹櫛神社の巫女・真琴という恋人ができ、幸せに暮らしていた。しかし義弟の失踪が原因で、家族に拒絶され、真琴と引き裂かれ、町を出て行くことになったのだ。葬儀に出ようと町に戻った代助は、人々の冷たい仕打ちに耐えながら事件の真相を探るが。第1回未来屋小説大賞を受賞した、長編ミステリ。

冬　雷

遠田潤子

創元推理文庫

WINTER THUNDER

by

Junko Toda

2017

冬雷

夏目《なつめ》代助《だいすけ》さま

これまでストーカーしてごめんなさい。いっぱい迷惑をかけてごめんなさい。ゆるしてください。ごめんなさい。

遺書なんだからもっとちゃんと書こうと思うけど、あたし、やっぱりバカみたいです。むずかしいことなんか書けない。読みにくくてごめんなさい。

今さら言いわけをしてみっともないけど、あたし、本当に悪いことをしたと思ってます。でも、ひとつだけ、代助さんに信じてもらいたいことがあります。あたしは本当に代助さんのことが好きでした。

なのに、ひどいことをしました。つぐないをしようと思って、ずっとがんばったけど、やっぱりダメでした。

代助さんはおぼえてないと思うけど、あたしはおぼえてます。魚《お》ノ宮町《みやまち》であったことは今でも全部、どんな小さなことでもおぼえてます。忘れることなんてできない。

あれは、あたしが中学一年生のとき。ちょっと風の冷たい日でした。冬の大祭が近づいて神社で神楽《かぐら》の練習がはじまったんです。あたしは「浦安《うらやす》の舞」に選ばれたけど、うまくできなくてみんなの足を引っぱってばかりでした。

代助さんは真琴《まこと》さんとならんで、あの氷室《ひむろ》の前に立ってました。代助さんはまだ新しい鷹匠《たかじょう》の服を着て、まじめな顔をしてました。

落ち込んでるあたしに気がつくと、真琴さんが声をかけてきました。

——三森《みもり》さん、どうしたの？　なにかあったの？

真琴さんに声をかけられて、あたしはがまんができなくなりました。突然、涙が出てきました。そして、「浦安」ができなくてみんなに迷惑をかけてる、って言いました。

——そんなにむずかしく考えないで。練習すればできるようになるよ。心配しなくても大丈夫。私も手伝うから、ね。

真琴さんは親切でやさしかった。でも、あたしは涙が止まりませんでした。真琴さんはずるい。だって、真琴さんは神社で生まれ育った本物の巫女《みこ》です。お母さんは神楽舞の名手でした。あたしみたいな下手くそとはちがう。あたしの気持ちがわかるわけない。

そのとき、代助さんが大まじめな顔でこう言ったんです。

——僕も鷹匠をやるときは毎年きんちょうしてる。今でも逃げ出したいくらいだ。

あたしはびっくりして代助さんの顔を見ました。冬雷閣《とうらいかく》の人がこんなことを言うとは思わなかったからです。

——三森さん。おたがい、がんばろうな。

代助さんはあたしに笑いかけてくれました。笑った顔もやっぱり大まじめに見えました。あたしは息が止まりそうになりました。それくらいうれしかったんです。

その日から、神楽の練習が楽しみになりました。代助さんの作ってくれたカレーはとってもおいしかったです。

代助さんだけがあたしの支えでした。あたしは代助さんと結婚して赤ちゃんを産むという望みがあったから、生きてこれたんです。いつかはかなうと思ってたから、今まで生きてこれたんです。

でも、それはあたしの勝手な思いこみだったんですね。あたしの望みは絶対にかなわない。

それがわかるのに十年もかかってしまいました。

真琴さんはずるい。あたしだって真琴さんみたいになりたかった。真琴さんみたいに代助さんに愛されたかった。代助さんのたった一人の女になりたかった。

代助さん、あたし、毎晩、氷室の前に立ってる夢を見ました。

きっと、死んでも見ると思います。

二〇一四年　九月三十日

三森愛美《まなみ》

1　二〇一六年（一）

晩秋の空が真っ黒になった。

ムクドリの群れがけたたましい声で鳴きながら、ビルの間をすり抜けるようにして飛んで行く。秋の日暮れは早い。群れはねぐらにしている駅前広場へ向かうところだ。

広場にはモニュメントを囲むようにして、何本ものクスノキの巨木が枝を広げていた。新緑の頃は若葉の色が鮮《あざ》やかで、夏には涼しい影を落とす。人々が集う美しい広場だった。

だが、今その面影はない。金属製のモニュメントも、木の下のベンチも、波の模様をデザインした敷石も、みなムクドリの糞《ふん》にまみれて白く汚れている。

代助は左拳に据えた鷹を見た。落ち着いている。だが、その小さな身体《からだ》には静かな緊張が張り詰めていた。

鷹と息が合った。代助はごく静かに、だが素早く鷹を押し出した。

鋭い羽音と共に、鷹が舞い上がる。弓のような弧を描き、ムクドリの中に突っ込んでいくと、一瞬で群れが四方に散った。

代助のまわりで、おお、と歓声が上がった。

鷹を輸送箱に戻し、代助は左腕のえがけを外した。えがけとは鹿革の手袋で、鷹を扱う際に使用する鷹匠の必需品だ。

「すごい、一瞬であのムクドリを追い払った」

依頼主である市役所の職員が駆け寄ってきた。代助よりすこし若い。二十五、六歳といったところか。

「たった一羽でやるもんですねえ。ほんまにすごいなあ、三吉《さんきち》くん」

興奮した男はすごい、を連発し、眼を輝かせている。「三吉」は鷹の一種、ハリスホークの雄だ。名は将棋好きの社長が付けた。全身が茶褐色で、翼の内側と腿《もも》がわずかに赤い。だから、和名は「モモアカノスリ」だ。

「三ヶ月から半年くらいは効果があると思います。今が十一月の終わりですから春頃には戻ってくるかもしれません」

「ええ。わかってます。でも、あれだけの群れを皆殺しなんてできないし、これが最善ですよ。とにかくしばらくは追い払えたんやから」物騒な言葉を平気で口にしながら、職員はにこにこ笑った。

――喰い殺したい、皆殺しにしてやりたい。

一瞬、ずきりと胸が痛んだ。ふっと遠い町を思い出す。皆殺し。かつて代助もそんな言葉を口にしたことがあった。

忘れろ。くだらない記憶だ。代助は規定の書類にサインして職員に手渡した。

代助は「ホーク・アイ」という小さな会社で鷹匠として働いている。

鷹匠と言っても鷹狩りをするわけではなく、都会での害鳥駆除が主な仕事だ。カラスやムクドリの被害に悩む人たちからの依頼を受け、鷹を放つ。マンションや公園と、場所は様々だ。また、放鷹《ほうよう》イベントへの出演もある。依頼のないときは鷹の調教をして、ほぼ毎日鷹と暮らす生活だ。

会社は大阪府南部の山の中にあるが、代助は大阪市内で暮らしている。文《ふみ》の里《さと》にある古い賃貸マンションだ。通勤に時間はかかるが、田舎《いなか》に暮らす気はしなかった。全員が顔見知りのようなところは息が詰まる。隣近所、誰一人名も顔も知らない都会がいい。

仕事を終え、いつものように一人で帰途についた。

夜の街は淀《よど》んだ水底のような匂いがした。一時間ほど前から降り出した雨は一向に止まず、叩きつけるように激しく落ちてくる。傘が役に立たないほどの雨だ。代助は急ぎ足で人影のない雑居ビルの並ぶ裏通りを歩いた。息ができなくなりそうだ、と思う。

水煙にむせながら、週明けの段取りを考える。「小春《こはる》」の調子がよくない。戸川《とがわ》社長に言って一度獣医に診せるべきか。それから、正月のイベントの打ち合わせがある。マンションからのカラス駆除の依頼の調査もある。優先すべきは……。

すっかり濡れてマンションに戻ると、エントランスに人影が見えた。天井の灯《あか》りは妙に明るいLEDで、男の顔がはっきりわかる。

三森龍《りゅう》だ。

代助はぎくりとした。落ち着け、と身構えたまま、あたりに目を配る。雨の裏通りに人の姿はない。代助と龍だけだ。

くそ、と手にした傘を握り締める。武器になりそうなのはこれだけだ。だが、龍は中学高校と剣道部だった。素人《しろうと》の代助が傘を振り回しても簡単にかわされてしまうだろう。ないよりはマシという程度か。

三森龍も濡れている。傘は持っていない。足許には水たまりが出来ていた。

「心配すんな、代助。今日はなにもしやしねえよ」

龍が代助に一歩近寄った。ぴちゃり、と濡れた靴の音がエレベーターホールに響く。代助は一歩下がって龍をにらんだ。

「怯えんなよ。本当だ。なにもしないって」龍が両手を挙げて笑って見せた。「ちょっと面白いことになってな」

面白いこととは一体なんだろう。だが、問い返して龍のペースに乗るのは危険だ。無視して、エレベーターのボタンを押す。八階に止まっていたエレベーターがのろのろと降りてきた。

無言で階数表示を見上げていると、横で龍がぼそりと言った。

「おい、おまえ、平気なのか?」

代助は黙っていた。エレベーターのドアが開く。代助が乗り込むと、龍も当たり前のように乗り込んできた。

「今度は警察を呼ぶぞ」代助は言った。

「呼ばなくても来るさ」

五階でエレベーターを降りる。だが、龍は降りない。エレベーターの中から代助の顔をじっと見て言った。

「平気なのか、と訊いたのは妹のことじゃない。加賀美《かがみ》真琴のことだとしたら？」

どきりと心臓が跳ね上がった。混乱して咄嗟《とっさ》に声が出ない。真琴が？　真琴になにかあったのか？　平気とは？　面白いこととは？

「待て、龍」

叫ぶ代助の前で、ゆっくりとドアが閉まっていく。

「じゃあな、代助」

三森龍が暗い眼で手を振った。

代助は呆然とエレベーターのドアを見つめていた。


三森愛美が首を吊ったのは二年前だ。

代助はその死を愛美の兄、龍から聞かされた。龍は代助に愛美の遺書を突きつけた。代助は震えながら読んだ。遺書は鳥のイラストが描かれた便箋《びんせん》に書かれていた。紺色の鳥は狭い余白で羽ばたいている。どこにでも飛んで行けると信じているかのようだった。

この十年ほど、愛美はストーカーのようなものだった。行く先々で何度もトラブルを起こされた。代助はひたすら拒否し続けた。相手にしなければいつかは諦めてくれると思っていた。たしかに愛美は諦めた。ただ諦めたのは代助ではなく、己の人生だった。

代助は一方的な被害者だ。だが、代助の通報で一人の人間が自殺したのは事実だ。あのとき警察沙汰にしなければ、愛美は死ぬことはなかった。そう思うと、自責の念に押しつぶされそうになった。

代助は夜、眠れなくなった。食事が取れなくなった。そして、一ヶ月で五キロ痩《や》せた。

それから二ヶ月後のことだった。仕事を終えてマンションに帰ってきたところ、待ち伏せしていた龍に襲われた。頭部の打撲、肋骨三本、腕一本が折れる大怪我になった。だが、代助は警察の聴取では三森の名を出さなかった。見知らぬ男に絡まれケンカになった、とだけ言い、あとはなにを訊かれても「わからない」で通した。

なぜ龍をかばったのだろう。愚かな判断だと代助自身もわかっている。だが、どうしても龍を警察に突き出す気にはなれなかった。龍が妹を思って泣く姿を見せられると、どうしようもなかった。代助はただ黙って病室の天井を眺めながら、これまでのことを思い出していた。

愛美が自殺して二年。あれから代助は笑った記憶がない。

そして、代助は三十歳になった。


雨に濡れた廊下をのろのろと歩き、冷え切った部屋に戻る。

代助は濡れた服を脱ぎ捨て、シャワーを浴びた。どれだけ熱い湯を浴びても身体は凍ったたままのような気がした。

ベッドに転がり、窓の外に目を遣《や》る。雨はまだ降っている。代助は窓ガラスを流れる雨をぼんやりと見ていた。あの海沿いの町に暮らしていた頃に見たのは、雨ではなく雪だった。

冬雷閣の窓からは、雪の向こうにかすむ山が見えた。濃く深い木々の中を縫うように、長い石段が続いている。その先には朱塗りの鳥居が立っていた。

あの頃も、息で曇るガラスを手の平で拭《ぬぐ》い、山の小さな神社に目をこらした。神楽殿が見えはしないか。その中で舞う巫女の姿が見えはしないか。真琴が見えはしないか、と。

無論、見えるわけはない。代助はそれでも窓から離れることができなかった。ほんの目と鼻の先にありながら、冬雷閣と鷹櫛《たかぐし》神社は遠かった。

冬雷閣の男と鷹櫛神社の女は決して結ばれることはない。結ばれないことで、男と女は何百年も町を守ってきたのだという。それをくだらない迷信だと笑うか、それとも古き良き伝統だと誇るか。

ベッドから起き上がり窓に寄った。あの頃と同じように、曇るガラスを手で拭う。だが、マンションの窓からは神社など見えない。隣のビルの室外機が見えるだけだ。

突然、雨が激しくなった。空がわずかに光って雷の音が響く。代助は思わずうめいた。

——知ってる？　冬の雷って地面から生えるの。面白いでしょ？

真琴は長い髪を後ろで一つにまとめ、緋色の袴《はかま》をはいていた。彼女が金色の鈴を鳴らすと、本当に神が降りてくるような気がした——。


ドアチャイムが鳴った。

代助は起き上がってあたりを見回した。窓の外が明るい。雨は上がったようだ。時計を見るともう八時だった。昨夜、あのまま眠ってしまったらしい。

またチャイムが鳴る。しばらく無視していたが、何度も何度もチャイムの音が鳴り響く。仕方なしに、代助はモニターを確認した。見知らぬ男が二人、立っている。三十代の眼の細い男と四十代の妙に痩せた男だ。二人の漂わせる雰囲気には心当たりがあった。

昨夜の三森龍の言葉を思い出す。——警察は呼ばなくても来る、と。

手早く服を着た。湧き上がってくる不快な予感を抑え、代助はドアを開けた。

「夏目代助さんですね」男たちがそろって手帳を示した。

「はい」

「以前のお名前は千田《せんだ》代助さん、ですね」眼の細い男が言う。

「……そうです」

「十八歳まで魚ノ宮町にお住まいでしたね」

刑事が海沿いの町の名を口にした途端、湿気混じりの風に生臭さが混じった。代助は黙ってうなずいた。

「先週、千田翔一郎《しょういちろう》くんの遺体が見つかりました。そのことでお話をうかがいたく」

代助はその名に反応できなかった。遠い名だ。懐かしい名だ。決して忘れたわけではない。だが、思い出すには辛すぎる。

「翔一郎が……」

あっという間に過去に引き戻される。海辺の町。冬雷の鳴る町。怪魚と巫女の町。至福と地獄の日々。

立ち尽くす代助を刑事二人が観察している。代助は懸命に自分をつなぎ止めた。落ち着け。しっかりしろ。刑事の前で隙を見せるな。

「翔一郎はどこで見つかったんですか？」かすれた声で訊ねた。

「鷹櫛神社の氷室の中です」

「氷室の？　まさか？　そんなことありえない……」はっとして、代助は刑事に訊ねた。「それで、翔一郎はどうして死んだんですか？　事故ですか？　それとも、まさか……」

「死因は特定できませんでした。もうすこし詳しくお話をうかがいたいのですが」

ふいに膝から力が抜けた。代助はよろめき、鉄製のドアにぶつかった。廊下に耳障りな金属音が響く。

「夏目さん、大丈夫ですか？」

瘦せた男が慌てて代助を支えてくれた。代助はなんとかうなずいた。

鷹櫛神社の氷室の中。まさかそんなところに翔一郎がいたとは。ありえない。そんなこと、絶対にあるはずがなかった。

＊

十二月一日、代助は十二年ぶりに魚ノ宮駅に降り立った。

身を切るような冷たい風に全身が震える。ああ、と思った。そうだ、ここは冷たい町だった。

社長には「知り合いの葬儀が」とだけ言った。社長はなにも訊かず、ただ「ゆっくりしといで」とだけ言った。代助は相当ひどい顔をしていたらしかった。

荷物はボストンバッグ一つだけ。町を出たときと同じように帰ってきた。

ホームの隅には、あの朝に『それから』を捨てたゴミ箱がまだあった。すっかり塗装が剝《は》げて元の色がわからなくなっている。投入口からはみ出したスーパーの袋が風にあおられ、カサカサ鳴っていた。

改札を出たところにある待合室には、何枚も観光ポスターが貼ってあった。神社の社殿を正面から写したもので「鷹櫛神社　冬の大祭」とある。その横には、すこし色褪《あ》せたポスターがあった。

「祝　県指定無形文化財　鷹櫛神社　神楽舞」

降りしきる雪の中、海辺の舞台で舞う巫女がロングショットで捉えられている。大雪《たいせつ》の海と空はわずかな薄明かりが射すだけの灰色だ。色のない厳しい世界で、ただ巫女の袴だけが血のようにぽつんと赤い。

神楽を舞う巫女はもちろん真琴だ。天に向かって高く腕を差し上げている。手にした金の鈴が雪を呼んでいるかのように見えた。

代助はすこしの間、ポスターの前から動けなかった。息が詰まって胸が苦しくなった。真琴は今でも舞っている。ただ一人で舞っている――。

駅前のロータリーを抜け、商店街を歩く。店の半分はシャッターが下りていた。あちこちに赤いのぼりが立っている。「冬の大祭」と「無形文化財　神楽舞」の白抜き文字が風に揺れていた。

大祭まであと一週間ほど。なのに、町は静まりかえっている。過去の悲劇が蒸し返され、みな息をひそめているようだ。

町には民宿が三軒あったはずだ。駅から近い順番に訪れることにする。

一軒目はすでに廃業していた。仕方なしに二軒目に行くと、現れた主人は代助の顔を見てはっとした。

「……生憎《あいにく》、満室で」

代助はなにも言わず宿を出た。三軒目に向かうと、すでに連絡が来ていたらしい。代助を見ると、待ち構えたように言った。

「空《あ》いてる部屋はないよ」

町はなに一つ変わっていない。代助は宿を出て灰色の空を見た。雲が重い。風が頬に痛い。

潮の匂いが苦しい。

「代助」

後ろから声がして振り向くと、三森龍が立っていた。代助は思わず身構えた。その様子を見て、龍が軽蔑《けいべつ》したように笑って言う。

「愛美の葬式は無視したくせに、千田翔一郎の葬式には帰ってきたわけか？」

「翔一郎は俺の弟だ」

「弟だった、の間違いだろ？」歯をむき出しにして笑った。「しかし、よく帰ってこれたな。町中大騒ぎになるぞ。人殺しが帰ってきた、ってな」

殺していない、と言うのにも飽きた。代助は黙って駅に向かって歩き出した。この町で宿がなければ、隣駅まで行くしかない。

「宿を探してるのか？　どうして冬雷閣に行かないんだ？　おまえの家だろ？」

龍を無視し、代助は歩き続けた。七年暮らした町だが行くあてがない。あの日々はなにもかも無駄だったのか、と思うと足が重い。泥の中を歩いているような気がする。

いきなり後ろから腕をつかまれた。

「おい、愛美に手を合わせようとは思わないのか？　おまえには人間の心がないのか？」

龍の怒りに燃える眼を見ると、やりきれない気持ちになった。

以前、龍に襲われた。理不尽な暴力だったが、家族を奪われた哀しみと怒りがどれほど激しいものか、代助にもわかっている。今でも夢を見る。おにいちゃん、と翔一郎が笑う夢だ。目が覚めると必ず泣いてしまう。

「わかった。じゃあ、おまえの言うとおりに」

龍は一瞬意外な顔をした。だが、すぐに鼻で笑ってこう言った。

「いやなやつだ。今さら善人ぶるなよ」

三森酒店に案内された。代助が町を出て行ってから改装したらしい。正面がガラス張りの明るい店になっていた。木製の引き戸だった入口は自動ドアになり、ドアチャイムがピンポンピンポンとやかましい。

店内の陳列棚は新しくなっていたが、肝心の商品はスカスカだ。埃《ほこり》をかぶった贈答用詰め合わせがわびしい。店の奥からテレビの大きな音が聞こえる。健康食品の通販番組のようだ。

奥から出て来た龍の父親が代助を見て驚いた。

「あんた、ちょっと……今さらなんだ」

代助を家へ上げまいと、慌てて通路をふさぐ。母親も顔を出した。夫より大きな声で文句を言う。十二年前と同じ。なにも変わらない夫婦だ。

龍が両親の声を遮《さえぎ》って言った。

「親父、愛美に手を合わせてもらうんだ。こいつを通してくれ」

「でも、こんなやつを上げたと知ったら、町の人がなんて言うか」

「言わせておけよ」そう言い捨て、代助に向かって言う。「ほら、さっさとこっち来いよ」

「すみません。お邪魔します」

代助は三森夫妻に深く一礼し、店を通り抜けて家へ上がった。

龍は代助を座敷の仏壇の前に案内した。

遺影の三森愛美は高校の制服姿だった。新しい写真が一枚もないということか。今さながらに代助は胸を突かれた。職を転々とした愛美には友人などいなかった。唯一の知り合いが代助だった。

飲食店からガールズバー。キャバクラからセクキャバ。最後はデリヘル。代助が病気で働けなかったとき、三森愛美は給料を差し出そうとした。無論、代助は断った。すると、愛美は「結婚資金」と称し預金をはじめた。店からしょっちゅうペナルティを科されたせいで、すこしも貯まらなかったが。

もし、代助が愛美を受け入れることができれば、なにもかも変わったのだろうか。だが、それは無理だ。絶対に無理だった。だから、拒否し続けた。愛美が自殺するなど考えもしなかった。町へ帰っておとなしく暮らすものだと思っていた。だが、愛美は首を吊った。

十二年前、愛美は代助を追って町を出た。愛美は嬉しそうだった。

――あんな町の連中、みんな死んじゃえばいい。

だが、結局、町へ戻ることになり、そして死んだ。

代助は線香を上げ、愛美に手を合わせた。その様子を龍は立ったまま見下ろしていた。

代助は龍に頭を下げ、帰ろうとした。すると、龍が障子を閉めた。

「座れよ。まだ話がある」

代助はもう一度腰を下ろした。龍はあぐらをかいて腰を下ろした。

「まさか、おまえが本当に愛美に手を合わせてくれるとは思わなかった」

「すまん。今でもわからない。俺はどうすればよかったのか。どうすれば、愛美を死なさずにすんだのか」

代助の返事を聞き、龍の頬にさっと血が上った。なにか言おうとして、その言葉を呑み込んだのがわかった。しばらく黙っていたが、ふいにその表情が緩んだ。今にも泣き出しそうな眼をする。

「結局、妹に手を合わせてくれたの、おまえと神社だけかよ」龍が泣きそうな顔のまま、へらっと笑った。その笑い方は愛美とそっくりだった。「あいつ、ずっといじめられてて友達もいなくってさ、葬式も内輪だけでした。商店街のジジババが付き合いで仕方なしに来ただけだ」

「神社ということは、真琴が来たのか?」

「加賀美先生と真琴が二人そろって来た。神楽では世話になったから、って。ご丁寧《ていねい》なことだ。神職のくせに仏壇に手を合わせて、変な感じだったな」

「そうか。ならよかった」すこしためらってから訊ねた。「で、真琴は愛美のこと、どこまで知ってる?」

「全部知ってるよ。おまえに惚れて町を飛び出したが、相手にされなかった。風俗やって、ストーカーで警察沙汰になって、結局、町へ戻って首吊った、って」龍は煙草《たばこ》に火を点け、あぐらの足を組み替えた。「ってか、真琴だけじゃない。町中が知ってて、陰で好き勝手なこと言ってやがる」

この町は相変わらずだ。なにも変わらない。代助が黙っていると、龍がため息をついた。

「不思議だよな、おまえは。施設で育ったくせに、良家のお坊っちゃんみたいな顔をしてやがる。ただの養子のくせに、生まれながらの冬雷閣の跡継ぎみたいだった」

「俺なりに必死だったんだ。千田雄一郎《ゆういちろう》に気に入られようと、認めてもらえるように、と。優等生にならなければ、と毎日緊張してた」

「そうは見えなかった。おまえと加賀美真琴はいつも澄ました顔で他人を見下してた」

「見下してなんかない。勝手なこと言うな」思わず代助は語気が荒くなった。「真琴がどれだけ必死だったかわかるか？　町の連中が無自覚に押しつける伝統のせいで、子供の頃から巫女としてプレッシャーかけられて」

代助の興奮に龍が気圧《けお》されたように黙り込んだ。そして、すこししてからバツが悪そうに笑った。

「たしかに。考えてみりゃくだらねえよな。巫女が踊って、冬雷閣が鷹を飛ばして。それだけのことだろ？　なに大真面目《まじめ》にやってんだ」

「神聖な伝統だとか言いながら、無形文化財に指定された途端、のぼりを立ててポスター作って金儲《もう》けしようと考えてる。結局、町の人間は冬雷閣と神社を利用しているだけだ」

「うるせえ。金儲けじゃねえ。町興《おこ》しだ。この寂《さび》れた商店街を見ろよ。町の連中だって必死なんだ」

龍が怒鳴った。代助は思わず眼を伏せた。町の言い分もわかる。わかるからこそ虚《むな》しい。

「要するに、三すくみだ」

「三すくみ？」龍が怪訝《けげん》な表情をした。

「ああ。鷹櫛神社、冬雷閣、そして、町。お互いに利用しあって、もたれかかって、牽制《けんせい》しあって、結局なにもできない」

「たしかに」龍が鼻で笑った。煙草の灰を落とし、言う。「で、おまえはどうする？　真琴に会いにいくのか？　翔一郎の通夜は今晩だぞ？」

千田家の葬儀は神葬祭、つまり神式で行われる。今夜は通夜祭と遷霊《せんれい》祭。明日が葬場祭だ。加賀美倫《りん》次《じ》と真琴は冬雷閣にいて、神職としての務めを果たしているだろう。

「通夜は行かない。明日、葬場祭に参列する」

「個人的には会わないのか？」

返事ができない。代助の中では真琴は十二年前のままだ。神楽殿で金の鈴を鳴らして舞う真琴。雪の朝、ぐしゃぐしゃの顔で泣いている真琴だ。

だが、十二年経った今、あのままであるはずがない。

会いたい。真琴に会いたい。だが、会うのが怖い。どんな顔で会えばいいのかわからない。会えば自分がどうなるのかもわからない。俺は果たして平気でいられるのか？

思わず奥歯を嚙みしめたとき、ふいに龍が言った。

「翔一郎の件、真琴が疑われてるって知ってるか？」

「真琴が？　まさか？　なぜ？」

　驚いて訊き返すと、龍はうっとうしそうな顔で答えた。

「加賀美真琴が第一発見者なんだよ。十二年ぶりに氷室を開けたら、翔一郎の死体があったらしい」

　死因は特定できないままだという。だが、誰かが翔一郎を氷室に閉じ込めたのはたしかだ。生きたまま監禁したのか、それとも遺体を放置したのかはわからない。

「でも、おかしい。氷室はあの夜の捜索で俺が確認した。翔一郎はあの中にはいなかった」

　鷹櫛神社の氷室を思い出す。ひんやりと薄暗い杉木立の奥。鉄柵には鎖が巻かれて鍵が掛かっていた。

　代助は二度、氷室に入ったことがある。一度目は真琴とはじめてキスをしたとき。二度目は翔一郎を捜して入ったときだ。

「とにかく、あの中で死体が見つかったのは事実なんだ。加賀美真琴は何回も事情聴取されてるらしい。おかげで町中動揺してる」

　十二年前の苦しさが甦《よみがえ》ってきた。憶えのないことで疑われる。毎日毎日同じことを訊かれ、ほんのすこしの言葉の違いを指摘される。頭がおかしくなりそうになる。

「どうして真琴が疑われる？　氷室を開けたのは真琴だろう？　常識的に考えて、わざわざ自分からばれるようなことをするはずがない」

「俺に怒るな。今、町の連中の意見は割れてる。おまえが真琴にやらせたか、それとも、真琴がおまえのためにやったか、って」

「ばかばかしい。どっちもありえない」

「どっちにしろ、おまえはこう思われている。神社に不浄を持ち込んだ、冬雷閣に不幸をもたらした、この町に災いをもたらした、ってな」龍が再び鼻で笑った。

「真琴はまだ独《ひと》りか？」

「独りだ。町の連中はよく思ってねえな。もう三十歳なんだから、さっさと婿《むこ》を取って跡継ぎを産んで欲しい、ってな」

「勝手なことを言いやがって」

「勝手なのは加賀美真琴だ。あいつは神社を選んで町に残ったんだ。だったら、さっさと結婚して跡継ぎを作らなきゃ意味ないだろ？　なんのためにおまえと別れたんだよ」

真琴が独りと聞いて喜んでいる自分がいる。そして、俺もまだ独りだ、と言いたくてたまらない。そんな浅ましさに反吐《へど》が出そうになる。

いっそ、好きでもない男と結婚して子供を産んでくれていたなら、諦めがついたのだろうか。そうすれば、俺もこの先いつかは誰か他の女を選べるのだろうか。

店のほうからピンポンピンポンとドアチャイムの音がした。客が来たようだ。

「結構繁盛してるじゃないか」

「はっ」龍が天井を仰いで笑う。

しばらくすると、龍の父が顔を出した。代助をにらんで言う。

「警察が来てる」

誰かが通報したか。それとも、ずっと見張られていたのか。代助が店に出ると、外にこの前の刑事が立っていた。眼の細い三十代と痩せた四十代だ。代助を見て軽く頭を下げる。

「夏目さん、この前はどうも」

最初に口を開くのはいつも眼の細いほうだ。

「いえ」

「明日の翔一郎くんのお葬式に帰ってこられたんですか?」

「ええ」

「大祭には参加されるんですか?」

「いえ。俺はもう夏目代助ですから」

「そうですか。なるほど」

刑事二人が目配せしてうなずいた。

「また、お話をお伺いするかもしれませんが、そのときはよろしくお願いします」

去ろうとする刑事を呼び止めた。

「どうして加賀美真琴さんを疑っているんですか?」

「疑いもなにも……」痩せた男が無表情で答えた。「当時の事情を伺っているだけです」

それでは、と刑事は帰っていった。

あのときと同じだ、と代助は思った。事情を聞くだけ、と言って生殺しにされる。

決定的な証拠がないから、警察はなにもできない。町の有力者の家族だから迂闊《うかつ》に手を出せない。だが、捜査をしているというポーズは必要。だから、一応話を聞く。毎日毎日、繰り返し繰り返し聴取をする。

「おい」後ろで龍の声がした。「さっさと店に入れ」

腕をつかまれ、店に引きずり込まれた。そのまま奥までつれて行かれる。

「町の連中だけじゃない。テレビだか新聞だかマスコミのやつらもうろついてる。今は、外に出ないほうがいい」

「ああ、すまん。助かった」

「まあ、どんだけ訊かれても、冬雷閣の機嫌を損ねるようなことを喋るやつは、この町には一人もいねえけどよ」

今度は急な階段を上って二階の龍の部屋に案内された。ボロボロの整理棚と箪笥《たんす》だけの六畳間だ。龍が脱ぎ散らかされた服を壁際に押しやり、石油ストーブを点ける。座布団などないので畳の上に腰を下ろした。

先ほど外に出たとき、雪交じりの風に吹かれた。たったそれだけで身体が芯から冷えた。今さらながらに魚ノ宮町にいるという実感が湧いてくる。身も心も凍らせる町に戻ってきたのだ。ストーブの火を眺めながらじっとしていると、龍が眼の前に立った。代助を見下ろし、言う。

「おまえ、ほんとに愛美になにもしてねえって言うのか？」

「なにもしていない。妊娠も中絶もない。一度だって身体の関係はない」

「嘘つけ。俺はあいつの日記を読んだんだ。おまえがなにをしたか全部書いてある」

「じゃあ、その日記を見せてくれ」

「ああ、見せてやる」

龍が棚から分厚いノートを二冊取り出した。

一冊目の表紙はピンクと水色の水玉だ。これは、たしか愛美が真琴の持ち物を真似して買ったものだ。二冊目は紺色の鳥が飛んでいるイラスト――遺書の便箋と同じだ。

「あいつが小学生のときから十七歳で町を出るまで続いてる」

龍はぱらぱらとノートをめくり、あるページを開いて渡した。

「ほら、ここ読めよ」

代助は一つ深呼吸をし、覚悟をして読んだ。

二〇〇四年　十月一日
代助さんは、おろしてほしい、って言った。

「まだ高校生だ。産むのは無理だ」

あたしはいやだった。赤ちゃんを殺すなんて絶対できない。

「あたし一人で育てます。代助さんに絶対にめいわくはかけません」

「だめだ。今は時期が悪すぎる」

「でも、赤ちゃんを殺すなんて……」

「おまえの親はどう思う？　兄貴はどうだ？　きっとおまえをせめる。赤ん坊が生まれてもケンカばかりで、かわいがったりしない」

あたしはショックを受けた。

そうだ、お父さんもお母さんも、ものすごく怒るだろう。バカだとかアバズレだとか言うにちがいない。二人とも冬雷閣の味方だ。冬雷閣の人にさからったなんてバレたら、あたしが追い出されるかもしれない。

お兄ちゃんはどうだろう。お兄ちゃんは冬雷閣がきらいだ。だから、あたしが代助さんと付き合ってることを知ったら、絶対に怒る。代助さんの子供ができたなんて言ったら、なにをするかわからない。代助さんを殺しに行くかもしれない。

「愛美は今年も四人神楽に選ばれる。すぐに練習がはじまる。早くおろさないと大変だ。他の三人の女の子に気づかれたらどうする？　またいじめられるぞ」

きっと、旭穂乃花《あさひほのか》たちはかげで笑う。そして、バカにしてひどいことを言うだろう。あたしの味方は誰もいない。そう思うと、悲しくて涙が出てきた。

代助さんはやさしくあたしの髪をなでた。

「愛美、本当にごめん。悪いと思ってる。でも、今はがまんしてくれ。時間はかかっても、絶対に幸せにするから」

代助さんはそう言うと、あたしにキスしてくれた。でも、あたしは涙が止まらなかった。でも、悲しくてじゃない。今度はうれしかったから。

ぞくりと鳥肌が立った。

「……嘘だ。俺はこんなこと言ってない。なにもかも全部、でたらめだ」

「なにがでたらめだ。愛美は大祭の神楽で『浦安』をやってた。練習のためにしょっちゅう神社に通ってた。おまえともずっと一緒だったじゃないか」

「たしかに神社でよく見かけた。でも、それだけだ。中絶なんてとんでもない」

血の気が引く思いだった。中絶という言葉を口にすると、恐怖と嫌悪で身体が震えた。

「じゃあ、ここは？　これもでたらめだって言うのか？」

龍がノートの別のページを開いた。代助に突きつける。

二〇〇四年　十一月六日

あたしのお腹は今は空《から》っぽ。本当なら、代助さんとあたしの赤ちゃんがいるはずなのに。

手術が終わってもう一ヶ月以上たつのに、あたしは思い出してときどき泣いてしまう。

代助さんはそのたびに、あたしにあやまって、なぐさめてくれる。

「愛美、本当にごめん。つらい思いをさせて悪かった。許してくれ」

そして、あたしを抱きしめて、耳もとでくり返しささやいてくれる。

「真琴なんか、おまえの足もとにもおよばない。真琴より、おまえのほうがずっとずっときれいで、やさしい。愛美こそ本物の鷹櫛神社の巫女なんだ」

あたしはうれしくて涙が出てきた。そうしたら、代助さんは笑った。あたしは代助さんにしがみついた。そうしたら、代助さんにそのまま押したおされた。

気持ちがよくて気が遠くなりそうで、また涙が出てきた。

いつか絶対に代助さんの赤ちゃんを産みたい。そして、代助さんと赤ちゃんと三人で暮らす。冬雷閣じゃなくてもいい。小さな家でいい。三人で幸せに暮らす。

ちゃんと赤ちゃんを産んで、ちゃんとママになる。そうしたら、誰にもバカにされないと思う。

めまいがした。代助はノートを閉じて、龍に突き返した。

「でたらめだ。これは愛美の妄想だ。俺はなにもしてない」

「妄想だという証拠は？」

「じゃあ、妄想じゃないという証拠は？　もし俺が愛美に手を出してたんなら……愛美はあんなことをする必要はなかっただろうが」

「でも、それはおまえが妹を捨てようとしたからだ」

「違う。捨てるもなにも、愛美と付き合ったことなんかない。何度言えばわかる？　あいつが俺になにをしたか……」

代助は思わず手で口を覆った。本当に吐きそうだった。上がってくる胃液を呑み込み、懸命に吐き気を堪《こら》える。一度だって身体の関係はない、と言ったが、正確には違う。もしかしたら、一度だけあったかもしれない。

二年前の夏のことだった。

代助は鷹匠として戸川社長の下で働いていた。酷暑の日々が続き、鷹たちの体調を心配していたときだ。

ふいに、会社に愛美が現れた。ボロボロで今にも倒れそうだった。もう三日、まともに食べていない。一文無しで、今晩行くあてもない。デリヘルで働きはじめたが、いやな客が続いて逃げ出してきた、と。

──借金が全然減らないんです。もう、あたし、「お風呂」に行くしかないのかな、って。

金を渡して追い返すこともできた。だが、そのときの愛美はあまりにも酷《ひど》い状態だった。このまま一人にすると、どんなことになるかわからない。仕方なしに、一晩だけ面倒を見ることにした。夕食をおごり、その後でどこかのビジネスホテルに送り届ければいい、と。

愛美はオムライスが食べたいと言った。代助の知っている洋食屋に連れて行き、一緒に食事をした。すると、代助は急に気分が悪くなった。立っていられない。愛美がタクシーで代助の部屋まで送ってくれた。

その後の記憶がない。

目が覚めると、代助はベッドに寝ていた。頭が割れるように痛む。起き上がろうとして、ぎょっとした。全裸だった。なぜ、と思った瞬間、下半身の違和感に気づいた。愛美が股間に顔を埋めていた。

——代助さん。

顔を離した愛美がにっこりと笑った。代助は思わず悲鳴を上げた。ふらつく身体で愛美を払いのけた。愛美はベッドから転げ落ち、呆然と代助を見上げた。

——なにをした？

——あたし、代助さんの赤ちゃんが欲しいんです。

——まさか、なにか薬を？

——大丈夫。そんな強いやつじゃないから心配要りません。人によって、効き目は違うけど……。

愛美はへらへらと笑いながら、再びベッドに上ってこようとした。代助はすさまじい恐怖と嫌悪を感じた。

——俺に触るな。なにを考えてるんだ？　さっさと帰ってくれ。

——ごめんなさい。でも、あたし、ほんとに代助さんの子供を産みたいんです。それだけなんです。あたし……。

——出ていけ。お願いだから消えてくれ。二度と俺の前に顔を出すな。

代助が大声で言うと、愛美はびくりと震え、泣きだした。

——あの、あたし、代助さんのこと心配なんです。あたし、真琴さんみたいにひどいことしない。絶対に代助さんを見捨てない。

――もういい。出ていってくれ。

――あたし、代助さんの役に立ちたいんです。代助さんを支えてあげたいんです。だって、代助さん、いつも苦しそうな顔ばっかりです。昔はあたしを励ましてくれたじゃないですか。だから、今度はあたしが代助さんを励ましてあげたくて……。

もう我慢ができなかった。代助は警察に通報した。愛美は身元引受人の父親に連れられ、町へ帰っていった。

自殺したのは、その翌月だった。

代助は龍をにらみ、きっぱりと言い切った。

「俺がまったく相手にしなかったから、愛美は薬まで使ったんだ」

「でも、いつの間にか町中の噂になってた。相手はおまえだ。おまえが愛美を二度も中絶させた、ってな」

「おまえが妹を信じたい気持ちはわかる。でも、愛美はほとんどストーカーだったんだ。俺がどんなに拒んでも諦めなかった。だから、その日記は愛美の願望だ」

「てめえ」

龍は代助の胸ぐらをつかんだ。こめかみが震え、煙草臭い息が顔にかかった。代助は静かに言った。

「龍、落ち着け。俺はなにもやってない」

龍はぎらぎらした眼で代助をにらんでいたが、やがて大きな息を吐いて、代助を突き飛ばした。くそ、とつぶやき、天井を仰ぐ。

「わかってる。おまえが嘘をつけねえこと、女をだませるほど器用じゃねえこと。加賀美真琴以外の女に興味なんかないこと。そもそも妹なんか眼中にないこと――」龍がぼそぼそとつぶやくように言う。「全部わかってる。わかってるけど、どうすればいいのかわからない。妹のあの日記はなんだ？　あれが全部でたらめだって言うのか？」

「でたらめだ」

「あいつは、おまえに抱かれて、妊娠して、堕《お》ろして……なんてことを妄想する変態だったたってのか？　頭のおかしい女だったたってことか？」

龍は天井をにらみつけたまま動かない。その眼には涙がたまっていた。

――代助さん、真琴さん。

愛美はいつでも二人の後にくっついてきた。学校でも神社でも、へらへらと笑いながらまとわりついてきた。あの頃は正直に言うと少々うっとうしかった。だが、今、思い出すと胸が苦しい。

もっと冷たく突き放していれば、もっと完全に拒絶していれば、愛美は死なずに済んだのだろうか。俺は間違えたのだろうか――。

龍が棚からアルバムを取りだした。代助の足許に放り出す。

「見ろよ」

開いてみると、古い写真が並んでいた。

写真にはすべて日付が入っている。まだ中学生の代助と真琴がいた。大祭の練習、本番の様子が何十枚も撮影されている。鷹匠装束の代助と神楽装束の真琴が並んで笑っていた。二人とも誇らしげだった。

三森愛美と代助二人きりで写ったものも、何枚かあった。どれも愛美は恥ずかしそうで、代助は生真面目な顔をしていた。

愛美はトイカメラを持ち歩いていた。そして、へらへら笑いながら言った。

──代助さん、あたしと一緒に撮ってもらえますか？　真琴さん、カメラお願いします。

代助はなんとも思わずに二人で写真に収まった。要するに、三森愛美のことなどこれっぽっちも意識していなかったからだ。

アルバムのページをめくるたび、代助と愛美は成長していく。真琴が写った写真は減っていき、代助と愛美が二人で写る写真ばかりになった。しまいには愛美の姿も消え、代助だけが写った写真になった。どれも目線が合っていない。つまり、隠し撮りだ。

代助はぞっとして鳥肌が立った。

「それを見りゃ、ストーカーだと言われても仕方ねえな」龍は煙草をくわえ、ライターを握った。しばらくそのまま動かない。「なあ、代助。これだけはわかってくれ。あいつはずっとおまえのことが好きだったんだ」

代助は返事ができなかった。龍を見ていられず、アルバムに目を戻す。すると、翔一郎の写った写真があった。よちよち歩きの翔一郎の手を引く代助は穏やかに笑っていた。思わず胸が詰まった。

しばらく二人ともなにも言わなかった。

突然、どん、と冬雷が鳴った。それでも二人とも黙っている。これから冬雷の季節だ。この町では、冬の間、飽きるほど雷が鳴る。そして、雪になる。

龍が煙草に火を点けた。代助を見ずに言う。

「行くあてがねえんだろ？　俺の家に泊まれよ」

驚いて龍の顔を見た。すると、半《なか》ばやけくそのような表情だった。

「でも、俺を泊めたら店が悪く言われるだろ？　それに親父さんやおふくろさんだって……」

娘を自殺に追い込んだ男だ。快く思うはずがない。

「かまうか。愛美が首吊った時点で、店の評判なんてとっくにどん底だ。うちの親なんか気にしなくていい」

「すまん。助かる」

代助は礼を言って龍の吐いた煙を眺めた。染みだらけの天井板の手前で煙は消えた。

龍がぼそりと言う。

「なあ、そんなに真琴がよかったか？　愛美じゃだめだったのか？」

愛美からは何度も手紙をもらった。遺書と同じ、はばたく紺色の鳥が描かれた便箋にはこうあった。

――どうして、あたしじゃダメなんですか？

代助はいつもすぐに破り捨てた。返信したことは一度もなかった。

返事をしない代助に、龍がしびれを切らして声を荒らげた。

「でも、結局、真琴はおまえを選ばなかっただろう？」

それでも黙っていると、龍は大きな舌打ちをした。

＊

十二月二日の朝は厳しい冷え込みで、海は朝霧に覆われていた。

代助は冬雷閣に続く坂道を登った。途中、何度かマイクを突きつけられたが、すべて無視する。取材はシャットアウトということで、私道の入口には車止めが置かれてチェックが行われていた。

代助が無言で通ろうとすると、係の男が驚いた顔をした。顔に見覚えがある。千田塩業の社員だ。どう対応していいのかわからないようで、戸惑っている。そのすきに、長い塀に沿って急ぎ足で進んだ。

冬雷閣には黒白ではなく、浅葱《あさぎ》の幕が張られている。代助はどんどん胸が苦しくなってきた。

あれから十二年。十二年ぶりに見る冬雷閣だ。

冬雷を眺める館。怪魚の泳ぐ館。そして、鷹に仕える当主の住む館。

受付に行くと、周囲の人たちの顔色が変わった。千田塩業の社員、町の人。ほとんど知った顔だ。男たちが無言で目配せをすると、代助のまわりを取り囲んだ。そのまま押し出そうとする。

「なにもしない。おとなしくしている。お別れだけさせてくれ」

「だめだ」

押し問答をしていると、氏子《うじこ》総代の浜田《はまだ》郵便局長が出て来た。薄かった髪はほとんどなくなり、背もすこし縮んでいる。浜田は代助の正面に立ち、にらみつけた。

「代助、出て行ってくれ」

腕をつかまれた。だが、代助は無理矢理に振り切って、中へ入った。待て、と男たちが追いかけてくるが、参列の人混みをかき分け広間に向かった。

壁には朽木幕《くちきまく》が掛けられ、正面に祭壇が設けてあった。三種の神器と米、餅《もち》、魚といった供《く》物《もつ》が飾られている。中央に翔一郎の遺影があった。

玉串奉奠《たまぐしほうてん》も終わりに近づいている。代助は歯を食いしばって足を進めた。

壁際に立つ喪主の千田雄一郎は黒紋付に羽織袴。その横に妻の京香《きょうか》がいる。祭壇の横には、黒の冠に鈍色《にびいろ》の装束を身につけた斎主《さいしゅ》の倫次と真琴がいた。参列者に玉串を手渡している。真琴。

代助は息が止まりそうになった。真琴の巫女装束は何度も見た。だが、神職としての姿を見るのははじめてだった。

気づいた雄一郎が驚いた顔をする。代助は真っ直ぐに近づいて行った。

「翔一郎にお別れをさせてください」

「出て行け」雄一郎が低い声で言った。

「お願いします」

そのとき、気づいた。雄一郎と京香の横に小さな女の子がいる。小学校五、六年生ほどか。前髪を眉の上で揃え、残りの髪は両耳の上で結んでツインテールにしている。リボンは黒だった。代助を見て不思議そうな顔をしている。京香は女の子をかばうようにして、代助に言った。

「……お願いだから出て行って。騒ぎを起こさないで。これ以上、翔一郎を苦しめないで」

ふいに代助は苦しくなった。胸がちりちりと痛んだ。

「冬雷閣から出て行け」雄一郎が怒鳴った。

「頼みます、翔一郎に……」

「出て行け。なにもかもおまえのせいだ」雄一郎が血を吐くように言った。「おまえなど……おまえなど、養子に貰《もら》わねばよかった……」

2 一九九八年―二〇〇一年

千田夫妻が園《えん》にやってきたのは、年が明けたばかりなのに春のように暖かい日曜日だった。代助は養子希望の親と会うことになった。どうせ形だけのこと。僕は絶対選ばれない。もう十一歳。小学校五年生。大きくなりすぎた。そう思いながらも、一応鏡を見て全身をチェックした。

緊張しながら園長室に入る。

「こちらは千田さん」まだ若い園長がソファに座った中年の男女を紹介した。「夏目くん、御《ご》挨拶《あいさつ》を」

「夏目代助です」

代助は園で教わったとおり、折り目正しいお辞儀をした。指先まできちんと伸ばした。上手《うま》くできたと思う。顔を上げると、厳しい顔をした中年男と目が合った。

「私は千田雄一郎。魚ノ宮という町から来た。隣は妻の京香だ」

女が代助に微笑《ほほえ》みかけた。代助はもう一度軽く頭を下げ、園長の隣に座った。

千田という中年男の眼は鋭くて冷たい。救いは横にいる京香という中年女の眼が優しかったことだ。なにも言わなかったが、心配そうに代助を見ている。上品で、きれいな人だった。

「君は自分の生まれ育ちについて理解しているか？」

「……はい。知ってます」

「知っているか、と訊いたのではない。理解しているか、と訊いた」

「理解してます」代助は慌てて言いなおした。

「なら、説明してもらおうか？」

そこで園長が割って入った。

「千田さん。代助くんはまだ十一歳です。そんなふうな言い方をしなくても」

「園長先生、物心つかない赤ん坊を引き取るんじゃないんです。もう十一歳なら、自分の置かれた立場を理解して、自分の頭で考えて行動できるはずだ」千田がじっと代助を見た。「さあ、説明してくれ」

代助は思わずごくりと唾《つば》を呑み込んだ。この男は本気で僕を引き取ろうと思っているのか。まさか。

代助はずっと園の売れ残りだった。運が悪かったということもある。代助には同世代のライバルがたくさんいた。「かわいらしい天使のような赤ちゃん」で、しかも「育てやすそうな女の子」が揃っていたからだ。養子を希望する夫婦はみなそちらに目を向けた。

代助は千田雄一郎の顔をちらりと見た。背は高く、がっちりとしている。肩幅は広く、腕も太い。よく日焼けしている。髪はちょっと薄めだ。愛想笑いの一つもしない。眼が真剣だ。

この男の人は一体なにを考えているんだろう、と代助は思った。僕はもう十一歳だ。法律的にも本当の子供になれる特別養子縁組の仕組みは使えないから、面談なんかしたって無駄だ。でも、もしかしたら僕を欲しいと言ってくれるかもしれない。普通養子縁組でもいいから欲しいと言ってくれるかもしれない。

諦めながらも、期待せずにはいられない。代助は緊張しながら説明をはじめた。

「……僕は赤ちゃんのとき、産婦人科の病院の前に捨てられてました。手紙も付いてなくて……でも、夏目漱石《そうせき》の『それから』が横に置いてあったんです。それで、僕の名前は夏目代助になりました。代助っていうのは『それから』の主人公の名前です」

「なるほど、十一歳にしてはしっかりしている。では訊くが、今まで君に養子の話がなかったのはなぜだと思っている?」

雄一郎の質問を聞いても、園長は軽く肩をすくめただけだった。もう止めるつもりはないようだった。

「僕がかわいくないから……だと思います」

「なるほど。事実を正しく理解しているようだ」千田が軽くうなずいた。「一つ訊ねるが、君は『それから』を読んだことがあるか?」

「読みました。でも、よくわかりませんでした」

「読もうとする意欲はある。そして、わからなかった、と認める正直さもある」千田が満足そうにうなずいた。「私は養子を探している。千田家と事業を継承してくれる跡継ぎが欲しい。だから、かわいげなど要らない。利発で真面目で正直な男の子が欲しい。君は十一歳だが非常に優秀だと聞いた。しかも、年少者の面倒見もよく品行方正。なのに、園の中では浮いている、と」

難しい言葉が続いてよくわからない。この男の人は僕を誉めているのか、けなしているのかどちらだろう。どう答えていいのか迷っていると、千田雄一郎がうなずいた。

「非常に結構だ。他人と群れるような子供は要らない。君は千田代助になる覚悟はあるか？」

「はい、あります」

ためらわずに代助は答えた。だが、答えてから不安になった。覚悟ってなんだろう。

「なるほど。ただのいい子ではないようだな。性根は貪欲《どんよく》ということか」

千田雄一郎が面白そうに笑った。代助はすこしむっとして、言い返した。

「どうして僕なんですか？　僕よりもっといい子はたくさんいるのに」

「自分を卑下《ひげ》する必要はない。優秀な子供などそういくらもいない」

「でも……」

千田雄一郎はじろりと代助を見た。

「虐待《ぎゃくたい》されて歪《ゆが》んだ子供を引き取るくらいなら、いっそ最初から親のない子のほうがいい」

代助は息を呑んだ。ひどい言い方だ。今まで横で黙っていた京香もいやな顔をした。

「ちょっと、そんな言い方は……」

京香が夫を止めようとしたが、雄一郎は無視して話を続けた。

「私は運命を信じている。自分ではどうしようもない運命というものをな」

代助はわけがわからず、雄一郎の顔を見上げた。その顔は真剣だ。ふざけて「運命」などと言っているのではない。

「運命……？」

なんだか誤魔化《ごまか》されてるみたいだ、と代助は思った。生まれてすぐ捨てられたのも「運命」。これまで養子に欲しいと言ってもらえなかったのも「運命」。それが代助の「運命」だから仕方がない。なにもかも諦めろ、と言われているような気がする。

「運命には不服のようだ。では、君自身はどう生きたいと思っている？」

千田雄一郎に問われて代助は答えられなかった。どうしてこんなことを訊くのだろう。さっきからわけがわからないことばかり言われる。

でも、と代助は思った。これはきっとテストだ。合格しないと養子になれない。だから、落ち着いて考えるんだ。「優秀」な答えをしなくては。

「誠実に生きたいと思います」

「小学生の考える誠実か。漱石の受け売りか？　薄っぺらい言葉だ」雄一郎が鼻で笑った。

「誰に対しての誠実だ？　自分か？　他人か？」

そんなこと考えてみたことがない。代助は慌てた。大体、なにがどう違うのだろう。

「……わかりません」

雄一郎がわずかに眼を細めた。微笑んだのか、憐《あわ》れんだのかはわからなかった。代助は動揺していた。僕は答えを間違えたのだろうか。どんなふうに答えたらよかったのだろう。もっと子供らしい答えがよかったのか？

「誠実も結構だが、それでは負け戦《いくさ》決定だ」雄一郎が身も蓋《ふた》もない調子で言う。

代助はもうこの場を逃げ出したかった。養子なんかもういい。別に園にいたって平気だ。お父さんもお母さんも要らない――。

すると、千田雄一郎の顔が緩んだ。代助をじっと見て言う。

「夏目くん。悪かった。子供相手にこちらも大人げなかった。誠実は使い方さえ間違えなければ役に立つ。そう悪いものではない」そして、京香のほうを向いて言った。「どうだ？　真面目で頭のいい子だ。きっと鷹匠装束が似合うだろう」

「ええ。本当にいい子」京香がしっかりとうなずいた。

千田雄一郎は困惑する代助を無視し、園長に話しかけた。

「では、手続きを進めてもらいましょう。新学期からは魚ノ宮の学校に通えるように」

「わかりました。いや、よかったな、代助くん」

園長が大げさに喜んでみせた。定員オーバーが常態化した園だ。一人でも減れば嬉しいはずだ。それくらい代助にだってわかる。園長は代助の肩をわざとらしく叩いて、千田夫婦に誇らしげに語った。

「代助くんはすごくしっかりした子です。五年生とは思えないくらい落ち着いています。下の子の面倒見もいい。食事の支度《したく》も掃除も率先してやってくれる。この園でもナンバーワンのいい子です。本当によかった」

千田。千田代助。代助は新しい名を心の中で繰り返した。今までいろいろな名字を想像してきたが、いざ決まってしまうと呆気ないものだった。

「じゃあ、代助くん。それまでしっかり勉強に励んでいてくれ」

代助は今になって不安を感じた。たった一時間の面接で人生が変わった。これが運命というものなのだろうか。なんだか怖ろしい。本当にこれでいいのだろうか。

それでもやっぱり嬉しくてたまらない。僕にお父さんとお母さんができる。僕の家族、僕の家。本物の家族と家ができる。

「はい。わかりました」

頭を下げると、血が下がったせいか急に頬が熱くなってきた。心臓がどきどきして苦しくなる。

「代助くん、よろしくね」

新しく母になる女がすこし強張った顔で笑った。彼女も緊張しているのだと思うと、代助はほっとした。なんとか笑おうとしたが上手にできそうになかったので、やっぱり頭を下げてごまかした。

＊

三月の終わり、代助は新しい家へと向かった。

魚ノ宮は日本海に面した小さな町だった。各停の列車が一時間に一本。当然、単線。しかも、客車のドアは自動ではなくボタンを押して開けるタイプだ。なにもかも珍しいことばかりで、代助には驚きの連続だった。

付き添ってくれたのは、園で代助に親切にしてくれた古参の職員だった。

「期待の星だったんだけどなあ。園にずっと残って、高校行って一流大学に合格してっていう夢を叶えてくれると思ってたんだが」

たしかにそれは以前の代助の夢だった。だが、これからは違う。千田家の養子になり、千田塩業を継ぐ。まったく新しい夢がはじまる。

「とにかく、君ならどこ行っても大丈夫だよ。根が真面目だから」

魚ノ宮駅まで千田雄一郎が車で迎えに来ていた。職員とはそこで別れた。白い車のエンブレムを見てどきりとした。代助が知っている唯一の外車、ベンツだ。緊張しながら後部座席に座った。

町はびっくりするほど田舎だった。

駅前の小さなロータリーを抜けると、寂れた商店街がある。衣料品店、薬屋、酒屋、なにを売っているのかわからない店など。あっという間に通り過ぎると、今度は家、店、空き地、畑がごちゃごちゃになっている。高い建物は一つもない。

「右手の奥が海だ。小さな漁港と浜がある。昔は栄えたが、今は漁業で生計を立てている者はほとんどいない」雄一郎が説明した。

建物の隙間からちらりちらりと海がのぞく。それだけで心が躍るような気がした。

代助はこれまでずっと都会の施設にいた。あたりは下町で、古い木造家屋と新しいマンションがごちゃごちゃに入り交じった地域だった。生まれてこのかた旅行などしたことがない。去年の夏休み、ボランティアがキャンプにつれて行ってくれたが、ずっと雨だったからバンガローに閉じ込められたままで終わった。海があって、山がある。寂れた商店街と無人駅。代助にとって田舎の風景は新鮮だった。

車は山手に向かっている。急な坂道を登り切ったところで、細い道に入った。右手は山で左手が海側だ。

やがて、左手に高い塀が見えてきた。木々の奥に建物が見える。相当敷地が広いようだ。ふっと右手を見ると、山側に鳥居が立っていた。その先に急な石段が続いている。神社があるのかな、と思ったとき、車がスピードを落とした。左手の塀が途切れ、大きな鉄柵の門がある。車は門の中に入っていった。

「着いた。降りなさい」

代助は降りて家を見上げた。

「うわ」

思わず声が出た。どこから見ても「豪邸」だった。しかも相当古い。木造の二階建てだが、和風の建築のようにも見えるし西洋風にも見える。不思議な家だった。

「あれが冬雷閣だ」

冬雷閣。建物に名前が付いているのか。すごい。ここは本当に普通の家なのだろうか。呆然と立ち尽くしていると、千田雄一郎が厳しい声で言った。

「代助、なにをしている？　入れ。おまえの家だ」

「はい」

おどおどした態度はだめだ。足が震えているのがわかったが、平気なふりをして玄関に向かった。ドアは木製でやたら大きい。中央に鉄の輪っかが付いている。ノックをするやつだ。代助は眼を丸くした。探偵アニメで見たことはあるが、実際の家にあるなど考えたこともない。雄一郎が重そうなドアを開けた。代助も続いて中に入った。すると、玄関は広くて二階まで吹き抜けだった。

玄関には京香が待っていた。にっこり笑いかけてくれる。

「代助くん、遠いところお疲れ様」

すこし声が上ずっている。代助は慌てて頭を下げた。

廊下の床はワックスを掛けたばかりのように、つやつや光っている。毛皮でふわふわのスリッパが二足並んでいた。雄一郎のスリッパは濃い茶色で、代助のスリッパは薄い茶色だった。こんなことにも、すごいと思ってしまう。

「さ、入って」

お邪魔します、と言いかけて、慌てて呑み込んだ。だが、なんと言うべきかわからない。

「……ありがとうございます」

また軽く頭を下げ、また悩む。京香の心配そうな顔を見ると、どんどん緊張してきた。言われるままに、子供部屋に荷物を置き、食堂でジュースを飲み、クッキーを食べた。

食堂も広くて豪華だ。やけに天井が高い。テーブルも大きい。代助を入れて三人だけなのに椅子の数も多い。そんなにしょっちゅう客が来るのだろうか。もしかしたら、毎晩フランス料理みたいなものが出るのだろうか。テーブルマナーなどわからない。どうしたらいいのだろう。

代助は緊張が不安に変わってきた。京香はにこにこ笑いかけてくれるが、やっぱり唇の端が引きつっている。

「必要な物は揃えたつもりだけど、足りない物があったらなんでも言ってね」

「はい。わかりました」

「びっくりしたでしょう?　この辺、田舎で」

「旅行とかしたことないので、楽しかったです」

「そう、よかった」

ぽつりぽつりとお互い、当たり障りのない会話をしていると、雄一郎がやってきた。

「代助、ちょっといいか?」

「はい」

「よし、なら、鷹小屋を案内しよう」

「鷹小屋?」

雄一郎は返事をせずに、歩き出した。代助は慌てて後を追った。頭の中が疑問だらけだった。

鷹小屋ってなんだ？　まさか本当に鷹を飼っているのか？　でも、鷹って普通の人でも飼えるのか？

台所の横に勝手口があった。そこから裏庭へ出た。すると、木でできた小屋があった。

「これが鷹小屋だ。この小屋の管理はこれから、おまえの仕事になる」

管理とはどういうことだろう。飼育係のように小屋の掃除と餌《えさ》遣りをすればいいのだろうか。

鷹小屋の中をのぞくと、ゴザの掛かった止まり木に鳥が見えた。大きさは四、五十センチくらいだろうか。腹は白っぽくて横に波のような模様が並んでいた。背中は青と灰色を混ぜたような暗い色で、尾には太い横縞がある。

「オオタカだ。翼を広げれば一メートル近くある。オオタカとは大きな鷹という意味ではなく、蒼鷹《あおたか》がなまったという話だ」

鷹は静かだ。じっと落ち着いている。だが、眼もくちばしも足の爪も鋭い。見ているだけでぞくぞくしてきた。なにか怖いような気がする。

「あまりじろじろ見るな。鷹は神経質な生き物だ」

代助は慌てて、だが、そっと目を逸らした。もっと見ていたいが仕方ない。怖いけど、なんてきれいなんだろう。ペットに鷹を飼うなど珍しいと思うが、やはりお金持ちは違う。こんな大事な鳥を任されていいのだろうか。責任重大だ。

「あの止まり木を台架《だいぼこ》という。架垂《ぼこだれ》というゴザを掛けてある。小屋の隅にあるのは水舟という。水浴び用だ」雄一郎が小声で教えてくれる。

「一羽だけですか?」

「鷹は一羽、二羽とは数えない。一居《ひともと》、二居《ふたもと》と数える」雄一郎は淡々と言った。「ここに鷹は一居だけ。このオオタカの名は緑丸《みどりまる》という」

「緑丸……」

古風な名だ。だが、眼の前の鷹にはその名がいかにもしっくりきた。

「代助」

雄一郎に呼びかけられて、はっとした。慌てて返事をする。

「はい」

「千田家の長男には重要な役割がある。それは鷹に仕えることだ。これこそが千田家の存在理由だ」

鷹に仕えるとはどういうことだろう。代助は一瞬呆気にとられて雄一郎の顔を見た。だが、雄一郎の顔は厳しく、到底口を挟める雰囲気ではなかった。

「百合若《ゆりわか》大臣の話を知っているか?」

「いえ、知りません」

「百合若大臣というのは復讐の物語だ」

雄一郎が百合若大臣の物語を語りはじめた。

「百合若は勇猛で、弓の名手として知られていた。だが、ある戦の帰り、部下に裏切られ、孤島に置き去りにされてしまう。帰還した部下は百合若の地位を奪った。一方、百合若の奥方は、百合若がかわいがっていた鷹を飛ばした。鷹は海を飛んで、百合若を見つける。百合若は木の葉に自分の血で字を書いて、鷹に託した。鷹は奥方のもとにその文を届ける。奥方は夫が生きていることを知り、喜んだ。そして、もっと詳しいことを知りたい、と鷹の足に墨と硯《すずり》、筆と紙を結わえて飛ばした。だが、その道具は鷹にはあまりにも重かった。海の上で紙は水を吸い、いっそう重くなる。それでも懸命に鷹は百合若のもとに辿り着くが、そこで息絶えてしまった」

「……かわいそうに」

思わず大きな声で言うと、雄一郎もうなずいた。

「憐れなことだ。その後、百合若は帰還し、己を裏切った部下に復讐を遂げる——。そして、その鷹の名は緑丸という。千田家の鷹の名の由来だ」

「緑丸——」

緑丸の伝説は代助の胸を打った。なんて健気《けなげ》な鳥なんだろう。こんなにも鷹と人とは強く結ばれるものなのか。誰とも結ばれたことのない代助には、緑丸がただただ羨《うらや》ましく、貴《とうと》いものに思われた。

「代助、おまえはこれから緑丸の主人になる。緑丸という名を持った鷹にふさわしい、立派な人間になるように」

「はい」

主人なのに仕えるとはおかしい。まるで逆の意味だ。だが、いずれわかるかもしれない。僕がちゃんとした千田家の人間になれば、だ。

「それから、養子が欲しい、と強く望んだのは京香だ。あれは本当に子供を欲しがっていた。あれをがっかりさせないでやってくれ」

「わかりました」

家に入ると、京香がすこし心配そうな顔で待っていた。

「今日は簡単な案内だけにして、詳しい説明は倫次さんにしてもらったほうがいいでしょう?」

「そうだな。あれが一番詳しい」雄一郎がうなずいて、代助に向き直った。「明日の夜、おまえの紹介を兼ねた食事会がある。叔母一家と神社が来る」

叔母一家はわかるが神社ってなんだろう? 道路を挟んで冬雷閣の向かいにある鳥居のことか? だが、気軽に質問なんてできない。代助は黙って従った。

子供部屋へ戻る途中、京香が言った。

「倫次さんっていうのはね、雄一郎さんの二つ違いの弟。今は鷹櫛神社の宮司《ぐうじ》。うちとは深いお付き合いがあるから」

「わかりました」

代助の堅苦しい返事に、京香はやはりすこし困った顔で笑いかけた。

「晩御飯は七時からだから。食堂に下りてきてね」

京香の努力が伝わってくる。代助は思いきって言ってみた。

「はい、お母さん」

京香が驚いた顔をして、それからすぐに懸命な笑顔になった。

「ハンバーグとエビフライだけど、どう?」

「両方大好物です」できるだけ嬉しそうに言ってみた。

「よかった」ほっとした顔で京香が笑った。「エビフライには自信があるのよ」

代助は部屋に入ってドアを閉めた。どっと疲れた。京香さんはいい人だ。いい母親になろうと努力している。僕のために二つも御馳走《ごちそう》を用意してくれた。だが、その気遣いがわかるから、かえっていたたまれない。これだったら雄一郎のほうが楽だ、と感じてしまったことを代助は心から申し訳なく思った。

部屋には衣服も学用品もすべて新品が用意してあった。作り付けの本棚には真新しい図鑑と辞書が並んでいる。代助はバッグから『それから』を取りだし並べた。ボロボロの文庫本はひどくみすぼらしく見えた。

ノックの音がした。はい、と返事をしてドアを開けると雄一郎が立っていた。

「夕食までまだ時間がある。神社へ挨拶だけでもしておこう」

冬雷閣の門を出ると、すぐ正面が石の鳥居だ。その先に長い石段があり、山の奥へと続いている。雄一郎は鳥居の前で軽く一礼した。代助も慌てて真似をした。

「ここは鷹櫛神社という。魚ノ宮町の氏神だ。千田家とは代々深いつながりがある」

石段を数えながら登ると、全部で五十三段あった。両側には古い石灯籠《いしどうろう》が並んで、その向こうは深い森だ。

ふっと振り返ると、山の麓《ふもと》に冬雷閣、その先に魚ノ宮町、さらにその先に海が見えた。代助は思わず足を止め、足許に広がる風景に見入った。海はオレンジから濃い紫へと移り変わるところで、夕陽を反射してきらきらと輝いていた。

瞬間、胸に熱いものがこみあげてきた。ここは園じゃない。園から遠く遠く離れた海辺の町。もう園には帰らない。僕はここで暮らす。誰一人知らないこの魚ノ宮町で、千田代助として生きる。

僕は千田代助になる——。

突然涙が出そうになった。慌てて歯を食いしばってこらえる。気づくと、雄一郎が足を止めて待っててくれていた。

「……すみません」

ずいぶん長く海を見ていたような気がする。でも、千田雄一郎はなにも言わなかった。

石段を登り切ると、今度は朱の鳥居があった。やっぱり足を止めて一礼する。代助も今度は自然に礼をした。

鳥居をくぐると、その先にこぢんまりとした古い建物がいくつも建っているのが見えた。

「私の弟の倫次はこの神社の一人娘と結婚し、加賀美家に入った。今は立派な宮司になっている」

雄一郎は入口近くの水場に寄った。奇妙な魚の形をした彫刻から水が出ている。雄一郎が柄《ひ》杓《しゃく》で水をすくい、手と口をすすいだ。代助は黙って見ていた。すると、雄一郎が振り返って険《けわ》しい顔をした。

「おまえもやれ」

見よう見まねで、代助も手と口をすすいだ。びっくりするほど冷たい水だった。その様子を雄一郎はじっと観察していた。

「はじめてか?」

「神社に来たことがないので」

初詣《はつもうで》にも七五三にも行ったことがない。テレビで見るくらいだ。だから、神社の作法など知らない。

「ここは手水舎《ちょうずや》という。神社に来たら、まずここで手と口を浄《きよ》める」

代助にはすべてが物珍しく、あちこち見渡しながら歩いた。建物はみな木造でとにかく古い。そして、木が全部大きい。樹齢何百年というような巨木ばかりだ。正面に大きな建物がある。太い縄と鈴のついた紐が下がっている。たぶん、あれが「お賽銭《さいせん》」を入れて願い事をする場所だろう。

「ここが拝殿《はいでん》だ。お参りのやりかたは、二礼、二拍手《はくしゅ》、一礼だ」

代助はやはり雄一郎にならい、柏手《かしわで》を打った。はじめての体験で、ただ手を打つだけで緊張した。雄一郎の手の音は高く、力強かった。代助は自分も思い切り柏手を打ったのだが、なぜか自信のない貧相な音に聞こえて恥ずかしかった。

次に、雄一郎は右手奥の小さな建物に足を向けた。

「あれは神楽殿。舞を奉納する場所だ」

神楽殿では女の子が一人で舞を舞っていた。

長い髪を後ろで一つにまとめ、白い袖をひるがえし、緋色の袴で音もなく滑るように歩く。ゆっくりと回って、正面に向き直った。

代助は一瞬、心臓が止まったかと思った。女の子は息を呑むほどきれいだった。テレビで見るアイドルなんかよりよっぽど美人だ。

代助と雄一郎が近づいて行っても、女の子は舞を止めない。代助はすぐそばで見とれていた。広い額は真っ白だけど、頬と唇はきれいな桜色だ。どこか遠くを見ている眼は深くて冷たい。代助は先ほどの手水舎を思い出した。魚の口から流れる澄んだ冷たい水のようだ。

「あれは倫次の娘の真琴で、おまえのいとこになる。いつもああやって一人で練習している。歳はおまえと同じだ」

雄一郎は真琴の舞に眼を細めながら言った。

「あれの母親は神楽舞の名手だった。娘もその血を引いている」

顔だけじゃない。頭の先から足の先まできれいだ。細くて長い首。白い足袋《たび》を履いた爪先。目が離せない。

女の子はゆっくりと回る。腕を振り上げ、鈴を鳴らす。そして、回る。どれも、ごく単純な動きだ。でも、なんてきれいに回るんだろう。なんてきれいに歩くんだろう。

指の先まできちんと伸びているけど、緊張はしていない。でも、投げやりじゃない。いい加減に踊ってるんじゃない。不思議な感じがする。

やがて、舞が終わった。額に汗を浮かせながらも息一つ乱さない真琴が一礼した。それから、こちらを向き、堅苦しい笑顔を浮かべた。

「雄一郎おじさん、こんにちは」

雄一郎はにこりともせずに、代助を連れて真琴に近づいた。

「真琴、これが代助だ。これからは、おまえのいとこだ。四月から同じクラスになる。いろいろ教えてやってくれ」

「代助です。よろしく」頭を下げる。

「加賀美真琴です。こちらこそよろしく」

真琴が笑って頭を下げた。だが、その笑みはやはり堅苦しかった。代助が施設から引き取られて養子になったことはもう知っているらしい。

「倫次は？」

「父は社務所に」

雄一郎が歩き出したので、代助もその後をついていった。真琴の視線を背中に感じた。

社務所へ続く石畳の上を歩きながら、雄一郎が言った。

「真琴はいずれは婿を取って、この神社を守っていくことになる。あの娘《むすめ》はあの歳で、その意味をきちんと理解している」

雄一郎はそこで足を止め、代助を見下ろした。

「千田家の男である以上、あの娘とは一生の付き合いになる。この町でのふるまいはあの娘に学べ。だが、決して気を許すな」

それだけ言い捨てると、雄一郎は再び歩き出した。代助は一瞬唖然《あぜん》とし、それから慌てて後を追った。気を許すな、とは一体どういう意味だろう。

雄一郎の言葉は難しすぎてよくわからない。子供扱いされないのは嬉しいが、やっぱりときどき不安になる。

代助は振り返った。真琴は再び練習をはじめていた。高く差し上げた鈴が鳴った。代助は真っ直ぐに伸びた手首を美しいと思った。

社務所にいたのは白衣《びゃくえ》に紫の袴を着けた中年の男だった。細身でメガネを掛けている。学校の先生のようにも見えた。

雄一郎が代助を紹介してくれた。

「千田代助だ。さっき着いたばかりだ」

「よろしく、代助くん。加賀美倫次だ。鷹櫛神社の宮司をやっている」

「よろしくお願いします」

メガネの奥の眼は優しそうだ。倫次は雄一郎の弟だというが、外見はまるで似ていない。二つしか変わらないはずだが、ずっと若く見えた。

「真琴を呼んで挨拶させよう」

「いや、さっき神楽殿で済ませた」

「そうか、早いな」倫次が立ち上がって、壁のカレンダーに目をやった。「明日の夜は食事会だろう？　叔母さんたちも？」

「ああ。代助を紹介する。その後で、代助に冬雷閣の説明をしてやって欲しいんだが」

「いいよ。わかった」

本当にただの挨拶だけだった。用件が済むと、雄一郎はさっさと神社を後にした。石段を下りながら、代助に言った。

「明日は千田塩業の工場へ行く。ここから車で二十分ほどだ。プラントを見学して大体の業務を理解してもらおう」

「はい。わかりました」

「違う。はい、お父さん、だ」雄一郎が厳しい口調で言った。「おまえは千田代助だ。私の息子だ。遠慮などするな。言いたいことがあったら言え。わからないことがあったら訊け」

「はい、お父さん」

「では、家に戻ろう。京香が待っている」

翌日、代助は雄一郎に連れられ、千田塩業の工場見学に行った。

工場は山一つ越えた隣町の海岸沿いにある。大昔は冬雷閣から見下ろす浜で塩田を営んでいたらしいが、手狭になったので移転したそうだ。

海沿いの曲がりくねった道を走り、ようやく工場に着いた。外から見れば板塀の古い蔵か倉庫といった感じだったが、中へ入るとコンピュータ制御された近代的な装置が並んでいて驚いた。

最初に連れて行かれたのは展示室だった。魚ノ宮町と千田家、そして塩作りの歴史について、パネルと模型が並んでいる。

「魚ノ宮町の塩田の歴史は江戸時代まで遡《さかのぼ》る」

雄一郎が大きな帆を張った船の絵を示して、説明をはじめた。

当時、冬雷閣のある魚ノ宮町には遠浅の浜があった。そこで揚浜《あげはま》式の塩田が発達した。千田家は一番の塩田を所有していた。一方、隣町は深い入江があったので、北前船《きたまえぶね》の風待ち港として栄えていた。魚ノ宮の塩は北前船に積まれて日本中に出荷された。

「伝統的な製塩には揚浜式と入浜《いりはま》式がある。揚浜式は歴史が古く、主に若狭《わかさ》や能登《のと》に残る。入浜式は瀬戸内で広まった」

代助は雄一郎の示す模型を食い入るように見つめた。大昔はすべて人の手で行ったという。海水を汲《く》んで浜に撒く。何度も撒く。充分濃くなったら煮詰める。ひたすらその繰り返しだった。

明治三十八年、塩は専売制となり価格は低迷した。千田家は塩田を手放し、金融業に転身した。鉄道に私財を投じるなど、かなりの勢いだったという。冬雷閣を建てたのはその頃だ。だが、恐慌、戦争が続き、千田家は往時の勢いを失っていった。冬雷閣を維持するのがやっという時期が続いた。戦後、雄一郎の父親が悲願だったという製塩業に乗り出す。それが、千田塩業だ。

千田塩業は最初から高級路線を選んだ。「昔ながらの製法」にこだわった天然塩という触れ込みで、プロの料理人に売り込んだ。すこしずつ口コミで一般にも評判が広まり、今では「冬雷塩」は塩ブランドとしても地位を確立している。

雄一郎の話は難しく、代助には理解できない点も多かった。だが、代助は「わからないことは訊く」を早速実行した。

北前船とは？　風待ちとは？　専売制とは？　恐慌とは？

雄一郎はいやな顔一つせずに、代助が理解できるまで説明してくれた。

展示室を出ると、実際に工場の中を歩いた。雄一郎は工場長の申し出を断り、代助を自分で案内した。

海水を汲み上げ、濾過《ろか》し、濃縮する。その後、数日掛けて、天日《てんぴ》で結晶化させる。塩作りにはいくつもの工程があった。

「私はこれ以上、工場を広げるつもりはない。ここは、現代の消費者が求める衛生管理と伝統的な製塩との、ギリギリの妥協点だ。……わかるか？」

「はい」

言葉は難しいが、言いたいことはなんとかわかる。

「だが、この先はおまえが決めることだ。このまま現状維持でもかまわない。工場を大きくしたいならすればいい。鷹に仕えてさえくれたら、私はなにも口出しはしない」

「はい、お父さん」

また、鷹だ。代助は不思議でならなかった。たしかに緑丸はきれいだ。かっこいい。でも、どうしてここまで鷹にこだわるのだろう。まるで、鷹のほうが人間より偉いみたいではないか。

工場から戻ると、夜は食事会だった。

京香が懐石《かいせき》の仕出しを頼んだので、テーブルには代助が見たことのないほど美しい盛り付けの料理が並んだ。海辺の町らしく魚が中心の料理だった。箸《はし》で食べられる和食だったので、代助はほっとした。ナイフとフォークだったらどうしようかと不安だったからだ。

隣町に住む雄一郎の叔母一家、従兄弟《いとこ》夫妻、その子供などが来た。だが、誰も千田塩業では働いていなかった。血縁は入れないという決まりがあるらしく、みな、自分で事業を興したり千田塩業の取引会社などで働いていた。

親戚たちは代助を敬遠していた。遠回しに嫌みを言う者もいた。

「本家のお眼鏡《めがね》にかなったということは、相当優秀なんだろうねえ」

子供のいない千田夫婦の跡継ぎを狙っていたらしい。だが、雄一郎には拒絶されたという。凡庸《ぼんよう》な人間に冬雷閣は任せられない、と。

だが、彼らが冬雷閣に執着しているか、というと違った。親戚一同には驚くほど潔《いさぎよ》い諦めがあった。すべては冬雷閣当主が決めること。鷹を扱う人間がすべてを決めるのだ、と。その了解は何代にもわたって刷り込まれているらしく、代助は本意ではないが受け入れるしかない人間だとみなに思われているようだった。

食事会が終わると、叔母一家、従兄弟夫妻は帰っていった。残ったのは、神社の倫次と真琴だけだった。

「じゃあ、倫次。代助に説明を頼む。私はすこし仕事があるので」

そう言って雄一郎は書斎にこもってしまった。京香は仕出しの後片付けをはじめ、代助、倫次、真琴は食堂に残った。

「あの、加賀美さんは……」

「倫次でいい。千田家と加賀美家は代々のつきあいだ。名字で呼ばれても、誰のことだかわからない。下の名前で呼んでくれ」

「わかりました。じゃあ、倫次さんも鷹に仕えてるんですか?」

そう言いながら、代助はぼんやりと思った。じゃあ、この女の子のことも名前で呼ばなければならないのだろうか。「真琴ちゃん」か「真琴さん」か? それとも同い年なら呼び捨てなのか。

「私は鷹小屋に入ったこともないよ」倫次が肩をすくめた。「鷹に触れることができるのは、跡継ぎだけだと決まっている。だから、鷹のことなんて全然わからない」

「あの、跡継ぎってそんなに特別なんですか?」

「はは、すまん。変なプレッシャーを掛けたみたいだな。君は兄貴が選んだ跡継ぎだ。堂々としてればいい」

「でも、親戚の中には男の子もいるし、なんでわざわざ僕を？」

「冬雷閣のせいかな」

「冬雷閣の？」

「兄弟やら親戚やらが相続で揉《も》めて、この屋敷を切り売りするようなことになったら大変だ。だから、冬雷閣を守るために、代々、当主の力が強いんだ。会社の経営にも口を出させないために、親族は雇わない」

「じゃあ当主が絶対、ってことですか？」

「そういうこと。でも、それに伴う責任もある」

「鷹ですか？」

「そう。鷹だ」倫次は立ち上がった。「じゃ、そろそろ屋敷の説明をはじめようか」

倫次は大学で美学を専攻していたので、歴史や芸術に詳しいのだという。神主だから子供の頃から神社で修行をしていたのだろう、と思っていた代助は驚いた。

「冬雷閣は県指定の登録有形文化財になっている。建てられたのは今から九十年近く前、明治の終わり頃だ」

皇族が訪れたことがある、というのが冬雷閣の最も輝かしい歴史だそうだ。倫次がそのエピソードを教えてくれた。

ある冬の日、宮さまがこの地をご旅行されていたとき、突然雲行きが怪しくなった。急遽《きゅうきょ》、屋敷にお立ち寄りになり休まれることになった。すぐに、冬雷が鳴り雪が降り出した。窓からその光景をご覧になった宮さまは、こうおっしゃった。

——これはすさまじい。まさに冬雷を見るためにあるような屋敷だ。

以来、屋敷は冬雷閣と名づけられ、何度も増改築が行われてきたそうだ。

「ただの二階建ての屋敷なのに大げさだと思うだろうが、まあ、いろいろあるわけだ。ちょっと外へ出てみようか」

倫次がいたずらっぽく笑いながら、玄関から外へ出た。先頭は倫次。その後ろが真琴。代助は一番最後を歩いた。

「玄関扉はナラの木だ」中央の鉄の環《わ》を指さして言う。「このドアノッカーは建てられた当時のものだ。門にインターホンがあるから、今はただの飾りだ」

次に、建物全体を指さす。

「瓦は普通の日本瓦だ。外壁は黒の板壁。これも日本の伝統的なものだ。だが、窓を見てくれ。観音開きになっているだろ？　西洋風の鎧戸《よろいど》なんだ。和風と西洋風がミックスされた、いわゆる和洋折衷《せっちゅう》というやつだ」

もう一度中へ戻った。

「床をご覧。板を貼り合わせて模様を作っている。これが寄木《よせぎ》細工だ。きれいな飴色《あめいろ》に光ってる。美しいだろ？」

床まで特別なのか。そう思うと、スリッパで歩くのも気を遣う。そろそろと歩いていると、真琴がくすっと笑った。

「普通に歩いて大丈夫」

　代助はほっとしたような、恥ずかしいような不思議な気持ちになった。

　冬雷閣は長方形をしていて、その真ん中に小さな庭がある。ちょうど「回」という漢字を横長にしたようなもので、中の「口」の部分が庭にあたる。

「この中庭があるおかげで、夏は涼しいよ。隅の手水鉢は祖父《じい》さんが京都のお屋敷から買ってきたものだ。よく自慢してたよ。苔《こけ》がきれいだろ？　向こうの茂みは山吹だ。春になるときれいな花が咲く」

　中庭のまわりはぐるっと廊下になっている。中庭に面した部分はガラス窓だ。

「こんな廊下を回廊という。一階は出入りができるように、掃き出し窓。二階は腰の高さの窓になってる。ほら、近くで見てみろ。このガラス、中に気泡があるだろ？」

　代助は顔を近づけて見てみた。すると、倫次の言うとおり、ところどころに泡があった。それだけではない。平らなはずのガラスが、なんとなく波打っているように見える。

「古い手吹きガラスなんだよ。職人が一枚一枚手作業で作った昔のガラスだから、歪んだり泡が残ってる。今は貴重なものだ」

　ガラスまで年代物とは。はあ、と思わずため息が出た。冬雷閣というのはとんでもないところだ。

　倫次は各部屋の説明を続けた。洋間では壁のタイルとステンドグラスが自慢らしかった。

「あのヴィクトリアンタイルは明治期の輸入物だ。ステンドグラスは特注」

和室では襖《ふすま》の上の透かし彫りについて語った。

「あれは欄間《らんま》という。屋敷を建てるとき、わざわざ井波《いなみ》の名人に頼んで彫ってもらったそうだ」

あれ、と思った。たしかさっきのステンドグラスも「魚」の模様だった。この欄間も「魚」だ。気をつけて見てみると、屋敷にはいたるところに「魚」がいた。階段の手すりにも、襖の引き手にも、障子の格子にもいる。群れではない。いつも一匹の魚だ。

「あの、どうしてこんなに『魚』の模様があるんですか？」

代助が訊ねると、真琴が大真面目な顔で答えた。

「それは怪魚。町の人を喰った怖ろしい化物」

「怪魚？」

町の人を喰った化物？　代助がぽかんとしていると、真琴が言葉を続けた。

「鷹櫛神社縁起にはね、鷹匠と巫女と怪魚が出て来るの。つまり、千田家と加賀美家のご先祖さまのお話」

後を倫次が引き継いだ。

「代助くんも知っておく必要がある。そうだな、今、ざっとだけど話しておくか」

昔、若い鷹匠の男がいた。山で鷹を使って狩りをし、生計を立てていた。

あるとき、山の洞穴《ほらあな》に一人の美しい女が隠れているのを見つけた。戦から落ち延びた姫だという。男は姫を村へ連れて帰り、かくまうことにした。姫は浜の塩田で汐《しお》汲み女に身をやつして暮らした。

鷹匠の男と姫はいつしか通い合う仲になった。だが、村人は追っ手を怖れ、姫を疎《うと》ましく思っていた。

ある冬、冬雷が鳴り、海が荒れて漁に出られない日が続いた。男の留守をねらい、村人は姫を生《い》け贄《にえ》として海に流した。すると、荒れた海はぴたりと静まった。

村に戻って来た男は姫がいないことに気づいた。男は鷹を放し、懸命に姫を捜した。村人は姫は出て行ったのだ、と嘘をついた。

そのとき、鷹が沖から濡れた櫛をつかんで戻って来た。男は怒りのあまり巨大な魚となった。怪魚は村人が漁に出るたびに襲い、喰った。

村人が祠《ほこら》を建て櫛を祀《まつ》ったところ、怪魚の祟《たた》りは治まった。

「これがこの町と神社のいわれだよ」倫次はステンドグラスの怪魚を指さした。「鷹櫛神社の冬の大祭は、男と姫を慰《なぐさ》めるためにはじまったんだ。毎年十二月七日あたり、大雪《たいせつ》の日に行われていて、もう八百年も続いている」

「なんかおとぎ話みたいで……ぴんときません」

本当にここは平成の日本なのだろうか、と代助は思った。

園にいた頃はお金と自由はなかったが、時代遅れだと感じたことはなかった。たとえば携帯ゲーム機だが、代助自身は持っていなくとも、ときどきは貸してもらって遊ぶことができた。

また、園のすぐ近くにはコンビニもあった。ボランティアの大学生と出かけるときは、おやつは大抵コンビニ菓子の詰め合わせだった。それでもみな、争って食べたものだ。代助はのりしお味のポテトチップスと、チョコレートが好きだった。

だが、この魚ノ宮町ではコンビニを見かけない。小さなスーパーと古びた個人商店が並んでいるだけだ。とんでもない田舎だ、と代助は思った。

「姫が隠れていたという山の洞穴だって、神社にちゃんと残ってるんだ」

「え？　じゃあ、本当の話なんですか？　ただの伝説じゃなくて？」

「本当の話だよ」倫次がいたずらっぽく笑った。「……ということになってる」

あはは、と代助は思わず笑ってしまった。すると、横で真琴も笑っていた。どきりとした。ここへ来て、声を立てて笑うのははじめてだな、と思った。

神社の人たちはいい人だ。あまり気を遣わなくてもいい。千田家ではなくて加賀美家の養子だったらよかったのに。そして、慌てて思い直した。こんなこと考えて、お父さん、お母さん、ごめんなさい、と。

新学年からは魚ノ宮町の小学校に通うことになった。

小さな学校で、全学年一クラスずつしかない。代助は六年一組。当然、真琴と同じクラスだ。

「千田代助です。よろしくお願いします」

代助が施設出身で、千田家の養子になったことはみなが知っていた。だが、そのことを直接口にする者はいなかった。ただ、みなが遠巻きにし、腫《は》れ物《もの》に触るような態度だった。

代助は真新しいランドセルが恥ずかしかった。もう六年生だから、みなのランドセルはくたびれている。だが、代助の身の回りのものは、すべて新調したばかりだ。だから、周囲と馴染《なじ》まず浮いていた。

休み時間に『それから』を取り出し読もうとすると、真琴が寄ってきた。

「なに読んでるの？」

「夏目漱石の『それから』」

「夏目漱石？　難しそう」

「難しいよ。全然わからない」

「わからないのに読むの？」

「うん」

真琴はすこしおかしな表情をしたが、それ以上は訊いてこなかった。結局、その日話しかけてきたのは真琴だけだった。

授業が終わって家に帰ると、雄一郎が待っていた。

「お父さん、遅くなりました」

「すぐに用意をしろ」

雄一郎は忙しい仕事の合間を縫って、鷹の世話の仕方を教えてくれている。

鷹の世話とは、鷹小屋の掃除だけではない。鷹匠としての修業のことだった。

「鷹櫛神社には冬の大祭がある。そこで、千田家の男は鷹匠として放鷹を披露することになっている。だが、狩りではない。あくまでも神事の一環としてのものだ。神社の巫女は特別の神楽を奉納する。千田家は放鷹を奉納する。どちらもはるか昔から続いてきたことだ」

古来より、放鷹術というものがある。

様々な流派があるが、宮中での伝統を継承している諏訪《すわ》流が有名だ。だが、千田家の放鷹はあくまで我流だという。それは鷹櫛神社神事のために特化しているせいだった。

「大祭の二日目、本宮には浜で神楽が奉納される。その際、千田家では海に向かって鷹を放つ」

「海にですか？」

「そうだ。姫と怪魚の故事を聞いただろう？　それに倣《なら》ったというわけだ。今年の大祭はおまえに鷹匠を務めてもらう」

「僕がですか？」

代助は驚いた。鷹のことなどまだなにもわからないのに、いきなり大役を任せられるとは思わなかった。

「そうだ。おまえをみなに披露する。だからしっかりやってくれ」

「……はい」

断れないことくらいわかっていた。代助は震える声で返事をした。

「緑丸を信頼しろ。賢い鳥だ。何度も大祭を経験している」

「そうですか。よかった」

なら、代助が少々できなくても大丈夫かもしれない。緑丸が勝手に飛んで勝手に戻って来てくれるだろう。だが、そんな気の緩みが顔に出たのか、雄一郎の表情がみるみる険しくなった。

「勘違いするな。一方的な信頼はただの甘えだ。緑丸を信頼するならば、緑丸に信頼される主人になれ」

「はい」

雄一郎に叱責され、代助は恥ずかしくてたまらなかった。忘れるな、と心の中で言い聞かせる。僕はもう千田代助だ。冬雷閣の男なんだ。

「まずは鷹を据えることからはじめる」

鷹匠は左の拳に鷹を止まらせる。これを「据える」というが、簡単ではない。鷹は神経質な鳥だ。腕を揺らさないように、まるで自然の木の枝のようになる必要がある。

その際、左拳には「えがけ」という鹿革の手袋のようなものを着ける。鋭い爪で怪我をしないためのものだ。

緑丸の足には足革という紐がついていて、後ろ指の懸爪《かけづめ》にイギリという細紐で固定されていた。足革には大緒《おおお》という絹紐をつなぐ。これは真琴の袴と同じ緋色だった。

代助はえがけを着け、緑丸を左拳に据えた。雄一郎が細かく指示する。

「肘は直角だ。腕は地面と平行にしろ」

「はい」

「もうすこし脇を締めろ」

「はい」

「すこし前に巻き込み過ぎだ。腕を引け」

「はい」

「そのまま歩いてみろ」雄一郎が言う。

「はい」

腕を揺らさずに歩いたつもりなのに、緑丸は嫌がって羽をばたつかせた。

「だめだ」

同じことを雄一郎がやると、緑丸は安心して腕に止まっている。自分のどこが悪いかわからないが、明らかに緑丸の反応が違った。

「これができなければ先へ進めない。何度も繰り返し稽古《けいこ》しろ」

「わかりました」

一時間ほど稽古を付け、雄一郎はまた工場へ戻っていった。終わったときには、腕も肩もがちがちに固まって、激しく痛んだ。

それからは練習に明け暮れる日が続いた。雄一郎がいなくても、天気がよければ必ず山へ行った。

四方を山に囲まれた小さな野原で、代助は緑丸と向き合う。空は霞《かすみ》が掛かった淡い青だ。柔らかい陽射しを受けて、緑丸の背の青灰色《せいかいしょく》がきらきらと輝く。

僕の身体は木だ。僕の腕は枝だ。何度も自分に言い聞かせる。鷹匠であっても人間ではない。緑丸のための木だ。緑丸が安心して安らげる場所だ。

ほんのすこし上体が乱れると、すぐに緑丸に変化が出る。片方の羽が下がったり、尾羽を広げて警戒心を表し、足指に力が入る。

そんなときは足を止め、静かに呼吸をする。そして、心を静める。そして、再び緑丸を据えて歩く。

代助が緊張してはいけない。緑丸の様子をうかがってはならない。人間も鷹も平穏でいなければならない。ごく自然で作為などない状態にならなければ。拳の上に緑丸を感じながら、感じていない状態だ。

代助は毎夜、冬雷閣の大きな風呂で筋肉痛になった腕を揉みながら思った。鷹匠というのは学校の勉強よりもずっと難しい。だが、言葉にできないほど素晴らしい。あんな美しい生き物に触れることができるなんて――。

湯の中で思わず嬉しくて歓声を上げた。なにかに打ち込むというのは、生まれてはじめての快感だった。

新年度最初の学級会で、代助はクラス委員に選ばれた。

転校してきたばかりなので、と辞退しようとしたが許されなかった。担任までもが当たり前のように言った。

「千田くんがするべきことだよ」

女子の委員は真琴だった。誰一人異論はなかった。真琴も当然のように受けた。代助と真琴がクラス委員を務めることは最初から決まっているようだった。

加賀美真琴は「神社の娘」ということであきらかに特別扱いされていた。真琴は決して高圧的ではなく、横暴でもない。なのに、周囲が勝手に壁を作っていた。友達がいないわけではない。だが、なぜかまわりが遠慮しているのが感じられた。

実際、真琴には他の女の子にはない雰囲気があった。それは特に広い額に表れていた。真琴は長い髪を後ろで一つにまとめていた。むきだしの白い額はなめらかに輝いていて、冷たい石か月のようだ。真琴が漂わせる硬質な空気は、代助には厳しいけれど清々《すがすが》しく美しいものに思えた。

転校して一週間ほどは、毎日緊張しながら過ぎていった。真琴は雄一郎に言われたとおり、つきっきりで代助の面倒を見てくれた。それを冷やかす者は誰もいなかった。

だが、みなが代助と真琴を注視しているのはわかった。代助くん、と真琴が話しかけると、教室がほんの一瞬静かになる。真琴は慣れているのか、気にせず話し続けた。すると、教室も元のとおりに騒々しくなる。はじめのうちは居心地が悪かった代助だが、やがて気にならなくなった。

教室で浮いているのは三人だった。真琴と代助と、あと一人は三森龍という男の子だ。

三森は町でただ一軒の酒屋の息子だった。神社にお酒を納めているので、ときどき「三森酒店」と書かれた軽トラが駐《と》まっているのを見かけた。配達に来る父親は痩せて顔色の悪い男で、やたら腰が低かった。あまり龍には似ていなかった。母親は店にいたが、こちらはすこし太って、なにか押しつけがましい印象だった。

三森龍はマンガやテレビドラマで見るような不良の卵だった。小学生なのに煙草を吸っているだの、酒を飲んでいるだの、無免許でミニバイクを運転しているだの、いろいろと言われていた。そして、それは嘘ではないようだった。

そんな三森だが、一つ年下の愛美という妹はかわいがっていた。色白で眼の細い、雛人形のような顔をした愛美は、兄を慕ってときどき教室に遊びに来た。

三森龍はときどきわけもなく絡んできた。だが、代助はなんとも思わなかった。園にいた頃、荒れた連中はいくらもいた。親からの虐待、ネグレクトなどで一時保護をされていた子供は、やたら怯えているか、やたら暴力的かのどちらかだった。そんな連中はなぜか代助に絡んできた。べったりと甘えてくるやつもいれば、ケンカをふっかけるやつもいる。代助はそのどちらにも同じように接していた。

ある日、帰る用意をしようと片付けていると、気づいた。

机の中に入れておいた『それから』がない。おかしい、と思ってランドセルを見たが、やはりない。ロッカーも捜した。だが、どこにもない。

あたりを捜していると真琴が声を掛けてきた。

「どうしたの？」

「本が見当たらないんだ」

「本って『それから』？」

「うん。昼に見たときは机の中にあったのに」

真琴は眉を寄せ、一瞬厳しい顔をした。それから、無言で真っ直ぐ教室の隅に向かった。同級生たちが無言で真琴の行動を見つめている。

真琴がゴミ箱の蓋を開け、中をのぞき込んだ。ゆっくりと本を拾い上げる。埃やゴミを払ってから代助に手渡した。

さっと血の気が引いた。くだらないいじめだ。一体誰が、と言おうとしたとき、真琴が代助の眼を見つめた。

「ごめんなさい。誰がやったかわからないけど……」

真琴の顔を見るとふっと落ち着いた。代助は静かに教室中を見渡した。要するに千田家の養子だから、面と向かっていじめることはできない。だから、こんなチンケな嫌がらせをする。わかりやすい。

「真琴が謝ることじゃない。見つかったからもういいよ」

きっぱりと真琴が首を横に振った。そして、教室中に響き渡る声で言った。

「本を捨てたのは誰？」

代助は驚いた。おとなしいと思っていた真琴の行動力が意外だった。

「千田くんは転校してきたばかりなのに、どうしてこんなひどいことするの？」

教室中が静まりかえっている。みな、じっと真琴と代助を見ているが、誰一人口を開かない。いやな沈黙だった。

ふっと三森龍と目が合った。いかにもうっとうしそうな顔で代助と真琴を見ている。バッカ。いちいち騒ぐな。よくあることじゃねえか、と言っているような気がした。

「もういいよ。もういい。見つかったんだから」

「よくない。人が大切にしている物を捨てるなんて最低」

真琴の声は静かで、透き通った氷柱《つらら》のようにきれいだ。だが、厳しい。落ち着いて淡々としているから、余計に胸に刺さる。

「真琴。もういいよ」代助は強く言った。

「でも、このままじゃ……」真琴が振り返って代助を見た。

「もういい。帰ろう」

教室の息苦しさに堪えられなくなったのは、代助もみなと同じだった。

ランドセルを肩に掛け、真琴の腕を引いて廊下に出た。そのまましばらく無言で歩いた。校門を出たところで、真琴が口を開いた。

「あれ、特別大事な本なんでしょ？　捜してるときの顔がすごく必死だったから」

なにもかもばれてたか。嬉しいような恥ずかしいような怖いような気持ちになった。たしかに、冬雷閣と鷹櫛神社は深いつながりがある。隠し事をしても無意味なのだ、と思い知らされる。

「僕は赤ちゃんのとき、捨てられてたんだ。あの本と一緒に」

はっと真琴が代助を見た。気まずそうな顔だ。代助は慌てて明るく言った。

「それが僕の名前の由来。代助は主人公の名前」

「そんな大事な本だったの。見つかってよかった」

真琴はすこし紅潮した頰で代助を見た。その赤みの深さを見て、代助は今頃になって気づいた。

真琴は真っ直ぐにゴミ箱を見に行った。つまり、心当たりがあったからだ。たぶん、真琴も同じようないじめに遭ったことがある。鷹櫛神社の跡継ぎだから、陰でこっそり嫌がらせをされた。

港を通りすぎたところで、代助は笑って言った。

「僕は相当うっとうしいみたいだな」ちょっとわざとらしかったが、大きく伸びをした。

真琴の顔が緩んだ。ほんのすこし眼が潤《うる》んでいる。代助は急にどきどきしてきた。

やっぱり、まだすこし緊張するな、と思った。代助は「同級生」と帰るのに慣れていない。園で暮らしているときは、同じ園から通う「下級生」を引率して帰っていたからだ。

「その本は代助の宝物なんでしょ?」

「……うん、まあね」

代助は言葉を濁《にご》した。自分にも親がいたという唯一の証拠だ。だが、今は千田代助として生きている。『それから』にこだわることを、雄一郎は喜ばないだろう。

「頼みがあるんだ」

「なに？」

「僕がこの本を大事にしてること、内緒にして欲しいんだ。特に、お父さんやお母さんには絶対に言わないで欲しい」

真琴はまじまじと代助の顔を見て、それからうなずいた。

「わかった。誰にも言わない」

代助はほっとし、それからすこし後悔した。知り合って間もない女の子を隠し事に巻き込んだ。なんて身勝手なんだろう。みっともないと思いつつも、つい、言い訳をしてしまう。

「お父さんやお母さんが知ったら、やっぱりいい気はしないと思うんだ」

「大丈夫。絶対誰にも言わないから」

「うん、ありがとう」

黙りこくって歩いていると、真琴が思い切ったように言った。

「私も秘密の宝物があるの。お母さんの神楽をビデオで撮影したやつ。お父さんにも内緒なの」

真琴が声をひそめて言った。代助はどきりとした。これは秘密の話だ。僕だけに打ち明けてくれている。

「お母さんが死ぬ前、誰にも内緒、って渡してくれたの。――十八歳になったら観なさい、って。それまでは絶対に観てはいけません、って」

「なんで？」

「理由は言わなかった。きっと、すごく難しい神楽なんだと思う。一子相伝みたいなやつ」

「なんかすごいなあ、僕の本とはレベルが違う」

代助の宝物は一冊数百円のただの文庫本だが、真琴の神楽は鷹櫛神社の母から娘へと代々受け継がれてきた秘伝だ。比べものにならない。

「レベルなんか関係ないよ。だって、もしお母さんのビデオの中身が一子相伝じゃなかったとしても、私、宝物にするから」

「うん。そうだよな」

代助は力を込めてうなずいた。真琴の慰めが素直に嬉しい。

「でも、代助はこれから鷹匠の修業をするんでしょ？　千田家が代々務めてきたことだから、あれだって一子相伝」

その言葉を聞くと代助はまた、どきどきしてきた。そうだ、僕は千田代助として鷹匠の務めを引き継ぐ。そして、千田家の跡継ぎとして、誰かに伝えていく。いずれ、僕の息子に。息子は孫に――。だが、まるでぴんとこない。当然のことなのに、まだ実感が湧かなかった。

はるか昔から受け継がれてきた伝統に思いを馳せていると、ふっと思い出した。

「そう言えば、気になってたんだ。伝説の洞穴ってどこ？」

「姫が隠れてたやつ？　今は氷室になってる。もうずっと使ってないけど」

「氷室?」

「大昔の冷蔵庫。冬に作った氷を夏まで保存しておく蔵みたいなもの」

説明するより見たほうが早い、と真琴が連れていってくれた。

神楽殿の裏手には杉の大木が三本並んでいて、その奥は山の斜面になっている。

「ほら、あれ」

真琴が指さしたほうを見ると、斜面に鉄柵が見えた。近づいて見ると、斜面に人が立って入れるほどの高さの洞穴があって、錆《さ》びた鉄柵で閉じられている。何重にも鎖が巻き付けられ、大きな鍵がぶら下がっていた。

「戦前までは使ってたらしいけど、古くて危ないから立ち入り禁止なの」

代助は鉄柵をつかんで揺すってみた。思ったより頑丈で、軋《きし》むだけでほとんど動かない。

「でも、なにもかもここからはじまったのよね。神社も冬雷閣も」

真琴が静かに、しかし深い声で言う。ぞくぞくっと背筋が痺《しび》れたような気がして、代助はなんだか居心地が悪くなった。

神社。冬雷閣。姫。鷹匠。怪魚。この町に来て間もない代助にとっては、ゲームか日本昔話の世界で現実味がない。

「あはは、なんか変だよね」真琴が妙に明るく笑った。「都会から来た人にはぴんとこないかも」

「たしかにまだぴんときてないけど……でも、すごいと思ってる」

「ほんと？」

「だって僕には家族も先祖もないから。伝統とかしきたりとか持ってるなんて、うらやましい」

他意のない言葉だったが、真琴はすこしムキになって言い返してきた。

「そんなことないよ。伝統なんか、ないほうがいいかも」

代助は驚いて真琴の顔を見た。真琴は慌てて目を逸らした。

千田家と加賀美家は日頃から頻繁《ひんぱん》に行き来していた。週に一度は冬雷閣で食事会が開かれる。今でこそくつろいで和《なご》やかな場だが、昔は「千田家による鷹櫛神社神職への饗応《きょうおう》」だったそうだ。

真琴が冬雷閣に通う理由はもう一つある。それは「お琴」と「お花」だ。先生を招いて、京香と一緒に稽古を付けてもらっている。

今日は「お琴」の日だから、真琴は学校帰りに冬雷閣に寄る。

「巫女の仕事に関係あるのか？」

「直接関係があるわけじゃないけど、お母さんもやってたし。なんかやるのが当たり前みたいな雰囲気で」

真琴の母親は去年、病気で亡くなったという。

「もう助からないってわかると、無理に退院して私に神楽の稽古を付けてくれた。痩せて痩せて……お父さんが止めるんだけど、お母さんは聞かなくて……本当に最後の最後まで……」

真琴が目を伏せ、わずかに声を詰まらせた。

代助は言い知れぬ感動を覚え、思わず身体を震わせた。自分の娘に神楽を伝授するため、死期を悟った母親は病を押して舞う。これが親と子の絆というものなのか。伝統を守る者の覚悟なのか。

そう思えば納得もいく。雄一郎は忙しい仕事の合間を縫って、代助に厳しく鷹匠としての技を教え込んでいる。つまり、真琴の母と同じだ。

将来、代助が千田家を継いだなら同じことをするだろう。息子に鷹匠の技術を伝えなければならない。

「真冬の神楽殿で舞うお母さんは、本当に神話の巫女みたいだった」涙を溜めた眼で、真琴がきっぱりと言った。「私もあんなふうになりたい」

「なれるよ」

代助が言うと、真琴が嬉しそうな顔をした。

「本当にそう思う?」

「思う。じゃあ、僕は立派な鷹匠になれると思う?」

「絶対に」

六月になって、やっと緑丸を据えて歩けるようになった。今は「羽合《あわ》せ」を練習している。

羽合せとは、鷹を左拳から飛び立たせるときの作法だ。鷹が飛ぶ方向に向かって、腕を伸ばし、身体全体で押し出すようにする。口で言えばこれもやっぱり簡単なのだが、鷹と人間の息が合わないとうまくいかない。

雄一郎がやると、緑丸は楽々と飛ぶ。だが、代助がやると、緑丸は失速して数メートルも飛べないときもある。そんなときは緑丸に申し訳なくなる。

ときどきは浜に出て練習する。大祭本番は海辺の舞台で行われるからだ。まわりの景色が違うと、代助も緑丸も戸惑う。場所が変わるだけで、できていたことができなくなる。

雄一郎は毎日相当忙しいのに、時間を作っては代助を指導してくれる。誰かがこれほど自分のためになにかをしてくれる、というのは、代助にとってははじめてだ。身体が震えるほど嬉しい。

信じられない。夢じゃないのか？　目が覚めたら、また園にいるんじゃないか？　そんなふうに思うことだってある。

「でも、なんかすごいよな、ここ。一年にたった一日の冬の大祭のために生きてる気がする。時代もなんかおかしい。平成じゃないみたいだ」

「代助は外から来たから違和感があるんだろうけど、この町で生まれ育つとそれが当たり前になるから」

玄関を入ると、女物の草履《ぞうり》があった。お琴の先生がもう来ている。

「やばっ」と真琴が慌てる。ちょっと間抜けで、ちょっとおてんばで、それでいてすごくかわいい。代助はこんな真琴を見るのが好きだ。でも、それは内緒だった。口に出してしまうと、二度と真琴はあんな顔をしないだろう。

真琴は早速稽古をはじめた。代助は琴の音を聴きながら、鷹小屋の掃除をした。緑丸は止まり木で静かにしている。本当に美しい鳥だと思う。背中の濃い青灰色は海の底を思わせる。

稽古が終わったようなので、真琴に声を掛けた。

「アイス食べる?」

「うん、ありがとう」

真琴にミルク味の棒アイスを渡し、一階の回廊に腰を下ろした。

暑い日なので回廊のガラス戸はすべて開け放ってある。中庭を通る涼しい風と青臭い匂いが心地いい。

「ここって海の底みたいだと思わない?」真琴は足をぶらぶらさせながらアイスを舐《な》めている。

「湿ってて、ちょっとひんやりしてて、そこの山吹とか雪柳とかが海草みたいで」

そう思って眺めると、たしかに中庭は海の底だ。ぐるりを建物で囲まれているから、光は上から射し込んでくる。太陽が真上にあるとき以外は常にどこかに影ができて、半日陰で仄暗《ほのぐら》い。苔と木々は深い緑色をして、いつでも濡れたようだ。

「きっと、僕たちが見てないときは怪魚が泳いでるんだろうな」

代助は振り返って洋間入口のステンドグラスを見上げた。怪魚が暗がりに潜んでいるようだった。

「そうそう。私もそう思う」

真琴もステンドグラスを見た。そして、小さなため息をついた。

「なあ、神社って夏も忙しいの?」

「まあまあ忙しいよ。七月になったらね、『夏越《なごし》の祓《はらえ》』って神事があるから。神楽の奉納があるんだけど、暑いから大変」

「じゃあ、アイスを買いだめしとくよ」

「ありがとう」

真琴が足をぶらぶらと揺すっている。白いふくらはぎにどきりとする。代助は慌ててアイスを舐めてごまかした。真琴だったら代助の心を読んでもおかしくないような気がする。

「僕はバニラが一番好きだな。二番目はチョコレート」

「私はチョコミント」

「チョコミント? 食べたことない」

「美味《おい》しいよ。ミントで口の中がすうっとして、そこにチョコの甘さがきて」

「ミントって歯磨き粉の味だろ? ほんとに美味しいのか?」

「美味しいよ。私、もし神社を継がなかったらアイス屋さんになろうと思ってるくらい。かわいいお店でアイスとかジェラートとか売るの。その横でクレープも焼こうと思ってる」

将来の夢を訊かれた幼稚園児のようだ。日頃の言動からは想像できない幼さに、代助はすこし驚いた。だが、すぐに嬉しくなった。いつも背筋を伸ばして思い詰めた表情をしている真琴もいいが、ときどき息苦しくなる。おままごとみたいな話をする真琴だと、こちらの力も抜けて楽になれる。

「だったら、僕はバニラとチョコレートのダブルを買う」すこし考えてさらに続ける。「それから、クレープはカレー味がいい」

「カレー？　クレープが？　なんで？」

「カレーなら僕が作れるから」代助はすこし力を入れて言った。「園にいた頃、よくカレー作るのを手伝った。だから、ちょっと自信がある」

「じゃあ、代助はカレー担当。でも、巻いてもこぼれないように工夫しないと」

「わかった」

辛さはどうしよう、と真剣に迷っていると、雄一郎が突然帰ってきた。真琴を見て叱る。

「真琴、なんだ、そんなところに座り込んで。みっともない」

真琴は慌てて立ち上がってスカートを直した。代助も立ち上がる。

「……すみません」

雄一郎は今度は代助を見て言った。

「代助、おまえも礼儀をわきまえろ。失礼だろう」

「はい、すみません」代助は頭を下げた。

雄一郎は着替えに戻っただけらしい。また慌ただしく出て行った。玄関のドアが閉まる音がすると、代助も真琴もほっとした。

「雄一郎おじさんはちょっと怖いから」真琴が言う。

「真琴も怒られるのか?」

「小さい頃、冬雷閣の廊下を走ったら、おじさんがすごく怒ったの。いついかなるときでも、鷹櫛神社の巫女としての自覚を持て、って」

「僕も言われるよ。冬雷閣の跡継ぎとしての自覚を持て、って」

「おじさんの言いそうなこと。……それから、神楽はただ舞うだけじゃない。わかっているのか、って」

「大丈夫。真琴の神楽はただ舞ってるだけじゃない。口ではうまく言えないけど、はじめて見たときからそう思ってる」

「代助がそう言ってくれると嬉しい」真琴は笑って、それから小さくため息をつく。「でも、全然だめみたい。おじさんはお母さんの神楽を知ってるから、私なんか下手くそだと思ってる」

「まだ下手で当たり前じゃないか。比べるほうがおかしいよ」

「そうなんだけどね。でも、今は私が舞うしかないから。責任があるの」真琴が大真面目な顔でため息をついた。「この前は大変だったんだから」

真琴の母、加賀美貴子《たかこ》が死んだ年、忌中の倫次は別の神社に応援を頼んだ。冬の大祭はなんとか執り行うことができたが、「鷹の舞」は舞う巫女がおらず、奉納できなかった。海辺での放鷹もなかった。

年が明けた頃、悪天候が続いて海が荒れた。釣り船が沈んで町の住人が亡くなったという。「鷹の舞」と放鷹がなかったせいだ、と噂になった。だから、今年こそは、とまだ十一歳の真琴にプレッシャーが掛かっているという。

「単なる偶然だよ、そんなこと」

代助は驚いた。いい大人が本気でそんなことを言うとは信じられなかった。

「大昔から同じようなことが何度もあったんだって。台風で塩田がダメになったとか、病気が流行《はや》ったとか、いろいろね」

「迷信だよ、バカバカしい」

「私もそう思う。でもね……」真琴がもう一度ため息をついた。

週末はいつものように鷹櫛神社との会食の日だった。

「お母さん。今日は晩御飯は僕が作ってもいいですか?」

「夕飯? どうして?」

「僕、園にいた頃、よく夕食作りを手伝ったんです。カレーは得意なんです。みなさんにも食べてもらえたらな、と思って」

代助は真琴をすこしでも励ましたいと思った。そして、これほど熱心に稽古を付けてくれる雄一郎に感謝の気持ちを示したかった。

「本当? ありがとう。じゃあ、晩御飯は代助にお願いするわ」京香が驚きながらも嬉しそうに笑った。それから、言った。「でも、敬語はやめて。こんなふうに言って。――お母さん、今日の晩御飯は僕が作るよ、って」

代助は一瞬涙が出るかと思った。それくらい嬉しかった。

「……はい」

「私には、うん、でいいから。お父さんの前では、はい、だけどね」

「うん」

代助は早速、豚ひき肉のカレーを作った。

豚ひき肉はさっと炒《いた》めて、余計な脂《あぶら》を捨てる。野菜は玉ねぎと人参《にんじん》はみじん切りにして炒め、ひき肉と合わせて形がなくなるまで煮込む。カレー粉を加えてからは、もう煮込まない。最後に、角切りにして素揚げしたジャガイモを載せてできあがりだ。

「今日の夕飯は代助が作ったのよ」京香が嬉しそうに報告した。

「代助が？　そりゃ偉いな」

倫次がほう、と感心した声を上げる。その横で真琴がびっくりしたような、面白そうな顔をしている。

「じゃあ、これが例のカレー？　楽しみ」

倫次と真琴に誉められて、代助は嬉しくなった。だが、雄一郎の無反応が気になった。どうしてなにも言ってくれないのだろう。カレーは嫌いなのだろうか。代助はすこし緊張しながら説明した。

「園にいた頃、夕食の手伝いでよくカレーを作ってたんです。みんな、美味しいって言ってくれたから……」

「代助」代助の言葉を遮って雄一郎が厳しい表情で言った。「おまえは何者だ？」

代助は思わずびくりとした。雄一郎は冷たい眼で代助を見た。

「おまえは千田代助ではないのか？　いつまで夏目代助の気分でいる？　それとも、自分の出自を吹聴して同情を引きたいのか？」

「違います。同情なんかされたくありません」

「なら、園の話などこの家ではするな」

雄一郎は京香に向き直って言った。

「下げてくれ」

「でも、せっかく代助が作ってくれたのに、一口くらい」

「下げてくれ」雄一郎が繰り返した。

「兄貴、そんな言い方はないだろう？　代助はみんなが喜ぶと思ってわざわざ作ってくれたんだ。それなのにひどいじゃないか」

「倫次。おまえは口を出すな。代助は千田家の人間になったんだ。いつまでも園の気分を引きずってもらっては困る」

「兄貴はいつだって厳しすぎる。それじゃ代助がかわいそうだ」

倫次と雄一郎が言い合いになった。代助は泣きたくなった。みなのためを思ってしたことが、こんな結果になった。

「……すみません。お父さん。勝手なことをして」

代助は頭を下げた。すると、倫次が怒った。

「代助。おまえは謝るな。私は喜んでいただくよ」倫次がスプーンを取ってカレーを食べた。

「美味しいよ、園仕込みのカレーは」

倫次を真似て真琴もカレーを食べた。

「すごく美味しい。私、このカレー、好き」

「倫次、真琴。代助を甘やかすのはやめてもらおう」雄一郎が低い声で言った。

「甘やかしてるんじゃない。私と真琴は夕食を御馳走になりにきた。だから遠慮なくいただいているだけだ。それとも、冬雷閣の礼儀は客におあずけを食らわすことだとでも?」

倫次の返答を聞くと、雄一郎は黙って席を立って出て行ってしまった。

「気にするな、代助」

倫次が慰めてくれた。代助もなんとかうなずいたが、気まずい空気は変わらなかった。

みなが帰ったあと、代助は雄一郎の部屋へ謝りに行った。

「今日は勝手なことをしてすみませんでした」

雄一郎は長い間黙っていた。そして、言った。

「おまえを引き取るとき、私は訊ねた。――千田代助になる覚悟はあるか、と。憶えているか?」

「はい」

「では、覚悟とはどんなものだと思う?」

「千田家の長男として、ふさわしい人間になることだと思います」

「違う」雄一郎がきっぱりと言った。「千田家の長男になるということは、諦める、ということだ。これから先、おまえは様々なことを諦めなければならない。それが覚悟だ」

「様々なことってなんですか?」

「そのときになればわかる」雄一郎がドアを指さした。「さあ、話は終わりだ。戻りなさい」

「はい。……おやすみなさい、お父さん」

その夜、代助はなかなか寝付くことができなかった。諦めなければいけない、という言葉がぐるぐると頭の中を回っていた。

ベッドから出て窓に寄ると、月明かりで神社の石段が見えた。

「僕はなにを諦めなければいけないんだろう」

声に出してつぶやくと、なんだかひどくバカバカしいような気がした。そして、思った。お父さんはなにを諦めたんだろう、と。

＊

大祭は毎年、「大雪」の日に行われる。

大雪は二十四節季の一つで、氷が張り雪が積もる時期とされている。

前日は宵宮《よいみや》で、神楽の奉納、御火焚《おひた》きがある。翌日が本宮《ほんみや》、「鷹の舞」と放鷹が行われる。あくまでも神事なので別に市《いち》が立つわけでも夜店が出るわけでもないと知り、代助は肩すかしを食った気分だった。大騒ぎするほどのことではなさそうだ、と思った。

だが、いざ大祭が近づくと、再び予想を裏切られた。大祭の本宮の日は学校が休校になるそうだ。代助の想像以上に大祭はおおごとだった。

今日は代助の鷹匠装束が届く日だ。学校から帰ったら試着しなければならない。

「私も行っていい？」

「いいよ。でも、ただ試着するだけだよ」

真琴は新しい装束に興味津々だ。照れくさいが断る理由もない。

「すごいの、鷹匠の装束って」

「すごいってどんなふうに？」

「時代劇そのまんまなの。お殿様が家来を連れて狩りに出かけるときみたいな」

よくわからないな、と言いかけたとき、突然空が光って、どん、という大きな音が響いた。慌ててあたりを見回すと、真琴が面白そうな顔をした。

「雷。いきなり来るからびっくりするでしょ」

代助は灰色の空を見上げた。雲はやたらと重そうで、今にも地面に落ちてきそうだ。

「ってことは、今のが冬雷か」

「このあたりは夏より冬の雷のほうが多いの。で、雷が鳴ったら雪になる」

へえ、と思う。園にいた頃は雷と言えば夏。そして、夕立だった。だが、ここでは雷は冬。そして、雪だ。

「知ってる？　冬の雷って地面から生えるの。面白いでしょ？」

「地面から生える？　雷が？」

「雄一郎おじさんが言ってたんだけど、夏の雷って空の雲から落ちてくるでしょ？　でも、冬は地面から生える、って」

「地面から放電するってこと？」

「たぶんそういうこと」真琴がちょっと恥ずかしそうな顔をした。「自信ないから、後でちゃんと調べたほうがいいかも」

ちょうどそのとき、代助たちを女の子のグループが追い越していった。リーダー格の女の子は「スーパー旭」の娘、旭穂乃花だ。一つ下の学年、三森愛美の同級になる。旭穂乃花はわざと大げさに顔をしかめていた。それに気づいた真琴が、すこし困った顔をする。

「私、ウザいと思われてるから」

「僕のことだろ。いろいろ陰で言われてるし」

「私たち、同じみたいだね」

真琴と似た者同士かと思うと、それだけで嬉しい。もっと「ウザい」と言われたいくらいだった。

冬雷閣に戻ると雄一郎がいた。

装束を確認するため、わざわざ工場から戻ってきたそうだ。大げさだな、と思った代助だが、座敷に広げられた装束一式を見て息を呑んだ。まさかここまで大がかりとは思わなかったからだ。

「きれい。やっぱり新しいのはいいね」

横で真琴は単純に喜んでいるが、代助は圧倒されていた。

奇妙な形の水色の着物に、わけのわからない小物がたくさんある。雄一郎が一つ一つ説明してくれたが、名を憶えるだけでも大変だ。

水干《すいかん》、射籠手《いごて》、物射沓《ものいぐつ》。それに、てっぺんが突き出した形の綾藺笠《あやいがさ》。本番では腰には飾りの太刀《たち》も佩《は》くという。大祭での鷹匠の恰好は武家の狩装束にならっているそうだ。「流鏑馬《やぶさめ》」のときの恰好に似ているらしい。

「太刀は神社の宝物だ。一応、県指定の文化財になっているので、大祭では許可を取って使う。だから、絶対にふざけて抜いたりするな。取扱に気をつけろ」

「わかりました」

代助は思わず唾を飲み込んだ。その様子を見て、雄一郎がわずかに眼を細め、笑った。

「これでも簡単になったほうだ。以前は、行縢《むかばき》という鹿の毛皮まで巻いていた」

雄一郎なりに気を遣っているのか。普段、優しさを見せない父だから、代助は嬉しかった。

「伝説に出て来る鷹匠もこんな恰好をしていたんですか？」

「まさか。あれはもともと貧しい男だ。こんな装《よそお》いができるわけがない。後の連中が祭りの見栄えをよくするために勝手に飾り立てた。それが、いつしか決まりになった」

なんだか有り難みが減ってしまったが、それでも真新しい装束を試着すると興奮してきた。

「代助、浅葱色がよく似合う」真琴が誉めてくれる。

「浅葱色?」

「水干の色。それは水色じゃなくて浅葱色っていうの。代助にすごく合ってる」

照れくさいが嬉しい。自分が養子などではなく、鷹匠になるために生まれてきた、本物の千田家の男のような気がしてきた。

「『鷹の舞』の装束って特別なやつがあるの?」

「もちろんあるよ。ほら、神楽のときは白衣、緋袴の上に千早《ちはや》っていうのを着るでしょ?」

「ああ。上から羽織ってるやつな」

「そう。普段の千早の青摺《あおずり》は――青摺っていうのは模様のことね――松なんだけど、鷹の舞の千早の青摺は青海波《せいがいは》なの」

「セイガイハって?」

「波の模様のこと。で、胸紐についてる飾り――菊綴《きくとじ》っていうんだけど、それがちょっと派手になってる」

ちんぷんかんぷんで代助は当惑した。同い年の女の子がこんな難しい言葉を平気で使うなんて、今さらながら真琴をすごいと思った。

「真琴、どうだ？　神楽のほうは」

雄一郎が厳しい顔で言うと、真琴の表情が一瞬で強張った。

「『鷹の舞』は難しいけど……頑張ってます」

「そうか。よろしく頼むぞ」

「はい」真琴がうなずいた。

雄一郎にプレッシャーを掛けられて気の毒だと思ったので、代助は慌ててフォローした。

「お互い頑張ろうな」

「うん」

真琴の表情がすこし和らいだので、代助もほっとした。


その夜、興奮しすぎたせいか眠れなかった。

ベッドを出て、窓に近寄った。雨か雪かわからないものが降っている。すぐに息で窓ガラスが曇ってしまった。手で拭い、顔を近づける。向かいの山と石段がかすかに見えた。あの先に神社がある。そして、真琴がいる。真琴はもう眠ってしまっただろうか。

瞬間、あたりが明るくなり、山が浮かび上がった。どん、ばりばりと雷が鳴る。冬雷だ。

代助は本棚から図鑑を取り出し、早速冬の雷について調べた。

冬雷、もしくは冬季雷。日本海側に特有の雷だ。夏の雷は入道雲が発生して起こることが多いが、冬雷は地面から放電する。そのエネルギーは夏の雷よりもずっと大きい。冬雷が鳴ると、雪が降り出す合図らしい。

さらに調べると、雷の語源は「神鳴り」だとある。真琴が舞うとき、金の鈴を差し上げて鳴らす様子を思い出した。あれは神を呼んでいるのだと言っていた。

真琴が神を呼び、神が空を鳴らして雪を呼ぶ。

面白いな、と思った。


神楽の奏楽は氏子たちが務める。夜になると神社に集まって、みな笛や太鼓の練習をした。手伝いに来てくれる氏子をそのまま帰すわけにもいかず、倫次は夜は接待だ。

鷹匠役は一週間前から「精進潔斎《しょうじんけっさい》」のため、牛や豚、臭いの強いものを食べてはいけないという。朝夕に神社にお参りし、心を平らかに過ごさなくてはならない。

もっと大変なのは真琴だ。神社では一ヶ月も前から「精進潔斎」だという。「鷹の舞」の練習、神社の手伝いで忙しく、母屋《おもや》の家事まで手が回らないので、食事はすべて京香が作って差入れをしていた。

「貴子さんが生きていればね。まだ小さいのにかわいそう」京香がそっと洩《も》らした。「倫次さんが再婚すればいいんだけど、その気がないみたいで」

代助もできる限りの手伝いをした。御火焚き用の願い串を揃えたり、ふるまいの御神酒《おみき》の杯を準備したり、と細かい雑用はいくらでもあった。

「ごめんね、いろいろ手伝わせて」真琴がすまなそうに言う。「代助も忙しいのに」

「僕はたいしたことないよ。緑丸の調教だって、やり過ぎたら疲れさせるからダメだって言われたし」

真琴の前だから平気なふりをするけれど、本当は緊張で夜もよく眠れない。ただ鷹匠をやればいいだけではない。冬雷閣の後継者として認めてもらうための場所だからだ。

雄一郎は代助をリラックスさせるどころか、プレッシャーを掛けてくる。

「普段どれだけおまえが優秀であっても、鷹匠として見苦しければ意味がない。冬雷閣の後継者として失格だ。みな、おまえに失望するだろう」

陰でこっそり京香が慰めてくれるのが救いだ。

「お父さんはあんなこと言ってるけど、気にしなくていいから。ただのお祭りの余興だと思えばいいのよ」

ほっとするのだが、心の底ではすこし違うような気もする。真琴の前で「余興」などと絶対に言えない。本当に真琴は「鷹の舞」のために一所懸命だからだ。

宵宮の日が来た。日曜日とあって、朝から大勢の人が神社に集まった。

代助は朝から紋付き袴姿だ。真琴のように着慣れていないので、気恥ずかしい。

神楽殿で「浦安の舞」という巫女神楽が奉納されている。これは一般的な神楽で、地元の女子中高生が毎年舞うことになっている。ちゃんと緋袴に千早、神楽鈴を持っている。氏子総代の浜田が笛を吹き、三森龍の父親が太鼓を叩いている。楽人としての直垂《ひたたれ》姿が妙にさまになっていた。

龍は母親と一緒に御神酒の樽を運んでいた。代助をちらと見て、にらんでくる。とことん感じの悪いヤツだと思う。

午後からは御火焚きが行われる。祈禱《きとう》の後、拝殿の前に組んだ火床に火が点けられた。杉の葉がくすぶり、冬の空に灰色の煙が上って行く。火を見つめるみなの顔は真剣そのものだ。代助は空に消えていく煙を見ていた。あの中にどれだけの願いが渦巻いているのだろう、と思うとすこしぞっとした。

夕刻、一旦神事は終わる。そして、次は真夜中だ。

深夜、再び神社に集まった。倫次、真琴、代助、そして、神楽奏楽の人たちだ。明日の朝のため、禊《みそ》ぎを行うのだ。

代助は白いふんどし一丁という恰好にされた。驚いたが、まわりの男たちは当たり前のようにふんどし姿だ。恥ずかしい、などと言える状況ではない。真琴は白衣を着ている。やはり禊ぎをするらしい。

その姿で禊ぎ場に向かう。十二月の冷たい風に鳥肌が立って、身体が震える。

一人ずつ順に、頭から水を掛けて禊ぎをした。あまりの水の冷たさに、代助は思わず声が出そうになった。真琴を見ると、平気な顔だ。懸命に堪えた。

その後は、着替えて社殿で祈禱を受けた。

倫次は正服。冠、赤の袍《ほう》に紫の袴。楽人は直垂に烏帽子《えぼし》。代助は鷹匠装束だ。腰に下げた太刀は想像していたよりずっと重い。

真琴は神楽装束。白衣に緋袴。上にまとうのは「鷹の舞」専用の千早だ。胸紐は朱色で、菊綴はいつもより豪華な飾り結びになっている。頭には挿頭《かざし》という金色の冠のようなものをかぶっていた。

そのまま、朝まで待機だという。みな押し黙って座っていた。

夜が明けると、「鷹」を迎えに行く。倫次を先頭に神社を出て、冷たい朝の風が吹きつける石段を下りる。まだ、あたりは薄暗い。

冬雷閣の鷹小屋の前には祭壇が作られている。そこで、また簡単な祈禱がある。緑丸を輸送箱に移し、静かに海へ向かう。

浜には神楽の舞台が設けられていた。堤防下にテントが二つ、張ってある。まだ朝早いので無人だ。

「みなさん、ご苦労様でした」氏子総代の浜田が挨拶した。「奉納は予定通り、十時からになります。それまでテントでご休憩なさってください」

輸送箱から鷹を出して、すぐに放鷹とはいかない。あたりに慣れさせ、さらに落ち着かせてからでないと無理だ。だから、こうやって時間を取るのだという。

奏楽の人たちはテントに入り、椅子に座って休憩をはじめた。

やがて、集まってきた氏子たちが沖に流す小舟に供物を積んだ。小舟の用意ができると、一回り大きなエンジン付きのボートで沖まで引っ張る。沖のブイに小舟を固定すると、ボートは帰ってきた。

代助は輸送箱から緑丸を出し、腕に据えた。そのままゆっくりと浜を歩き回る。浜での稽古は何度もしているが、やはり緑丸もすこし緊張しているようだ。

緊張しているのは代助も同じだ。落ち着け、落ち着け、と言い聞かせるが、時間が経つごとに胸が苦しくなってくる。

真琴は舞台の上にいた。背筋を伸ばしてあたりを見回している。海風に髪に挿《さ》した挿頭が揺れていた。

真琴はいつも通りじゃないか。僕もしっかりしなければ。代助は自分に言い聞かせるが、よけいに混乱してきた。だが、テントの中から雄一郎がじっと見ている。無様なことはできない。

そのとき、真琴が胸に両手を当てて深呼吸するのが見えた。そのあと、額に手を当て、また深呼吸をする。それを何度も繰り返した。

なんだ、真琴だって緊張してるじゃないか。そう思うと、すっと力が抜けた。

代助は緑丸を据えたまま、舞台に近づいた。真琴がこちらを見る。手に持った鈴がかすかに鳴った。

「真琴、がんばろうな」代助は精一杯笑った。「終わったらアイス食べよう」

「うん」

真琴が笑った。薄化粧をした顔は本当に美しかった。

空が重くなる。どこかで冬雷が鳴った。雪の合図だ。

町の人たちが見守るなか長い倫次の祈禱が終わった。

代助は左拳に緑丸を据えている。一つ息をして、羽合せた。落ち着いて、静かに、だが素早く、押し出す。

灰色の海の上を鷹が真っ直ぐに飛んだ。目印は沖のブイに繋がれた小舟。緑丸はその上を大きく旋回すると、一直線に戻って来た。代助の腕にふわりと止まる。

笛の音が響いた。

真琴がゆっくりと腕を差し上げた。雪の舞う中で「鷹の舞」がはじまった。

海からの寒風にさらされた真琴の頰は袴と同じくらい赤い。

雪を裂くように金の鈴が鳴った。千早が翻《ひるがえ》る。

真琴が回る。回る。ゆっくりと回る。

代助は緑丸を腕に据えたまま、じっと真琴を見ていた。町の人のどよめきも、波の音も、もうなにも聞こえなかった。

真琴が舞う。

僕の腕には鷹がいる。

これほど誇らしげな気持ちになるのは、生まれてはじめてだった。

＊

代助と真琴は中学二年生になった。

代助は中学校に入学したときから生徒会長だ。もちろん真琴は副会長。卒業まで、三年間このままだという。めちゃくちゃな話だが、これが魚ノ宮町の常識だ。代助もそれほど疑問には思わなくなってきた。

中学校でも二人はいつも一緒だ。授業が終われば一緒に帰って、石段の下で別れる。代助は緑丸の世話をし、真琴は神社の仕事をする。そして、夕飯前になると、代助は京香の作った夕食を一品、神社に差入れに行く。毎日、この繰り返しだった。

五月の連休が終わったばかりだというのに、暑い日が続いている。「田植え神事」が終わると、次は「夏越の祓」がある。冬の大祭ほどではないが、神社にとっては大きな行事だ。地元の女の子が「浦安の舞」という神楽を奉納する。鷹匠の出番はなくて代助は暇だが、真琴は結局、一年中休む暇がない。

代助は野菜の炊き合わせの鉢を持って石段を登った。強い西陽が照りつけ、海がまぶしい。凪《なぎ》の時間で風が止まっていた。

真琴は社務所のまわりを掃除していた。額にはわずかに汗が浮いている。それでもきれいだと思う。触れてみたいのだが、触れられない。神が降りてくるのは、きっとここだろう。そう思うと、代助はなにか畏《おそ》れのようなものを感じてしまう。

いつもありがとう、と真琴は差入れを受け取った。早速母屋に運ぶと、また仕事に戻る。帰る気になれない代助は片付けを手伝った。

「こう暑くなると、アイス屋を開きたくなる――」

真琴は社務所の鍵を閉めると、手でぱたぱたと衿元《えりもと》に風を送った。巫女の白衣は、普通の着物を着るときのように衿を抜かない。きっちりと合わせて着付ける。だから、夏は暑い。

「真琴がアイス屋に憧れるのは、巫女装束が暑いからか？」

「まさか」真琴が笑った。「この恰好、冬はすごく寒いもん」

「じゃ、どうして？」

「お母さんが生きてた頃、よく他の神社の神楽を見に行ったの。『田植え神事』とか『夏越の祓』とかは暑い時期だから、帰りによくアイスを買ってもらった。スーパーで売ってるやつじゃなくって、ちゃんとしたアイス専門店のアイス。先っぽが丸くなってるスプーンみたいなやつですくって、コーンに載せるやつ」

しまった、悪いことを訊いた、と思う。なんと言っていいかわからず気まずくなっていると、真琴はやけに明るく話を続けた。

「すごく美味しくて、いつも楽しみだった。それ以来、将来の夢はアイス屋さん」

将来の夢、という言葉が明るい口調なのに寂しく聞こえた。ふいに、雄一郎の言葉が思い出された。あれは、はじめて真琴に会った日だ。

――真琴はいずれは婿を取って、この神社を守っていくことになる。あの娘はあの歳で、その意味をきちんと理解している。

この神社を継ぐ限り、アイス屋にはなれない。真琴の夢は叶わない。高校を出たら神道科のある東京の大学に行くことになっている。

「じゃあ、僕も東京の大学に行こうかな。経営の勉強か、それとも、工学部で製塩プラントでも研究するか」

「なら、向こうでも会えるね。よかった」

よかった、で真琴は話を終わらせた。代助もそれ以上は言わなかった。決して口にできないことがあることに、お互い気づいてしまったからだ。

いやな汗が出てきた。代助は額を拭おうとして、はっとした。

「なあ、ここ、氷室があるよな。鷹櫛神社特製、氷室仕込みアイスってのはどうだ？　名物になったら儲かるぞ」

「サイドビジネス？　面白そうだけど、どうかなあ」

「協力したいけど、うちは塩しかないからな。塩饅頭《まんじゆう》や塩大福ならあるけど、塩アイスってのは聞いたことないし」

「私もない。でも、冬雷塩アイスってあったら、すごく高級そう」

「一つ千円くらいしそうだ」

するとと、真琴がくすくす笑い出した。代助はわけがわからなくて戸惑った。

「なんだよ。僕、変なこと言ったか？」

「違う。嬉しくて。今、代助、自然にこう言った。――うちは塩しかないからな、って」

「塩じゃだめなのか？」

「違う違う。『うちは』って言えたこと。今まで代助は『冬雷閣は』とか『千田家は』って言ってた。なのに、さっきは当たり前に『うちは』って言った。私、なんだかすごく嬉しかった。やっと『うち』になれたんだな、と思って」

「大げさだよ、それくらいで」

自分ではまったく気づいていなかった。真琴に指摘されると、急に恥ずかしくなってきた。

「でも、よかった」

真琴がほっとしたように笑うのを見て、今さら気づいた。真琴はなにも言わなかったが、ずっと心配していた。代助が冬雷閣に馴染めたかどうか、ずっと気に掛けてくれていた。

こんな言葉一つで誰かを安心させることができるなら、と代助は思った。これからいくらでも言おうと思う。冬雷閣は「うち」だ。千田家は「うち」だ。そして、うちは神社と深くつながっている――。

なんだか顔も身体も熱い。真琴は気づいているのかいないのか、平気で喋《しゃべ》り続ける。

「アイスで儲かったら、母屋をリフォームしたいな。あちこち古くなってるから」

「どこを？」

「冬雷閣みたいにしたい。一番はお風呂かな。自動でお湯が溜まって、保温も追い焚きもできるのがいいな。二番は台所をシステムキッチンに」

神社の母屋部分は設備が古い。特に台所と風呂はずいぶん旧式だ。小さな神社だからあまり裕福ではないし、氏子たちの手前、あまり派手な生活ができないというのもある。

子供の頃から出入りしているので、真琴は何度も冬雷閣の風呂に入っている。大きなバスタブと全自動の給湯は憧れらしい。

「あの風呂釜、もう古いからね」真琴が遠い眼をした。「いつか修理しなくちゃ」

いつか……という言葉を聞くと、代助は胸が苦しくなった。真琴も同じ気持ちのようだ。うつむいてしまった。

いつか。未来。将来。最近、そんな言葉が怖い。

真琴は神社を継ぐ。代助は冬雷閣を継ぐ。最初からわかっていたことだ。だが、これまではお互い本当の意味はわかっていなかった。最近、その意味がわかってきたような気がする。

──真琴には気を許すな。

雄一郎の言った意味もわかった。すると苦しさが日々強くなった。そして、ある日突然、代助は理解した。この苦しさは絶望だ。

冬雷閣当主と鷹櫛神社の巫女は一生離れられない。だが、決して結ばれることはない。代助と真琴はどれだけそばにいても一緒になれない。死ぬまで生殺しだ。

真琴もそれに気づいている。だから、いつかという言葉が辛い。

「でも、壊れるのはずっと先だ。まだまだ大丈夫だよ」

「うん、そうだね」

どちらも信じていない言葉で会話を終わらせた。

継ぐということを意識しすぎなんだ、と代助は無理矢理自分を納得させた。たとえば、あの三森龍だって三森酒店の跡継ぎだ。なのに、相変わらず不良だ。剣道部に入部したはいいが、サボってばかりだという。そのくせ、試合では結構強いらしい。ケンカで鍛えた勘だという噂だった。

とにかく、と代助は思った。もう僕の運命は決まった。千田家の跡継ぎとして、やるべきことをやるだけだ、と。


九月になって大祭の準備がはじまった。

神楽殿にいるのは、見覚えのある女の子だった。たしか学年は一つ下、中一だ。色白で丸顔。かわいいと言えないこともないが、笑って眼が細くなると「こけし」のようだ。

「あれ、三森龍の妹?」

「そう。宵宮で『浦安』をやってもらうの」

「あの子が……」

「憶えることが多いから、大変みたい」

大丈夫なのか? という言葉を代助は呑み込んだ。簡単に見える神楽が大変なのは真琴を見ていたらよくわかる。たとえ「浦安の舞」でも、三森愛美に務まるとは思えなかった。

小さな田舎町だから、大抵のことはわかってしまう。三森愛美はあまり成績がよくない。たぶん、学年でも最下位に近いだろう。要領もよくないし、気が利くほうでもない。いじめられているとまではいかないが、同級生たちから、よくからかわれているようだ。

真琴は愛美に特別に気を配るようにした。すると、愛美はすこし勘違いをしたらしい。やたらと真琴にまとわりついてくるようになった。もちろん真琴は礼儀正しく相手をするが、友達の少ない愛美はそれが嬉しいらしい。真琴さん、真琴さん、とべったりと甘えてくる。悪い子でないのはわかるが、少々うっとうしいほどだった。

十一月に入って大祭が近づくにつれ、どんどん真琴の気持ちが張り詰めてくるのがわかる。真琴にすこしでもリラックスしてもらおうと、代助はスーパー旭に寄って、差入れのチョコミントアイスを買った。

すると、お菓子売り場から女の子たちの声が聞こえてきた。

「愛美、あんた、今年の大祭で四人神楽やるんだって?」

こっそりのぞくと、旭穂乃花とその友人たちだ。

「そうなの。今、真琴さんにいろいろ教えてもらってるの」愛美がへらっと笑って答えた。

「ねえ、あんた、できんの?」

「頑張ってるけど、難しいよ」

「えー、愛美に神楽なんて似合わねー」

女の子たちが大声で笑った。代助はいやな気持ちになった。

「神社にコネがある家はいいよね。愛美みたいなのでも巫女になれんだから」露骨《ろこつ》に悪意のある声だ。

「調子に乗って恥かいたら大変だよ？　あたし、愛美のことちょっと心配かも？」

あはは、と愛美が笑ってごまかす。今にも泣き出しそうだ。代助は我慢ができなくなり声を掛けた。

「三森さん、お友達とお話し中悪いけど、大祭のことでちょっと連絡があるんだ。いいかな？」

途端に、旭たちがしまったという表情をする。代助は女の子たちに近づいた。

「あ、はい」

愛美がほっとした顔で代助に駆け寄ると、旭穂乃花がすこし悔しそうに代助をにらんだ。

代助は愛美を連れてスーパーを出た。そして、駐車場まで連れて行くと振り向いて言った。

「僕はこれで」

「え、連絡があるって……」愛美がぽかんとしている。

「いや、べつに」本当に連絡事項があると思っていたらしい。代助は内心苦笑した。「それじゃ」

わかったのかわからないのか、愛美はやっぱりぽかんとした顔でうなずいた。

チョコミントを渡した際、真琴に愛美の一件を話した。すると、真琴も困った顔をした。

「旭さんたちね。ときどき三森さんに絡んでるみたいで」

「本当にあいつら、いやな言い方だったんだ。つい、我慢ができなくて」

園にいた頃、学校で何度もいやな目に遭った。それは代助だけではなかった。園から通うほとんどの子供が大なり小なり、同じ経験をしていた。だから、いじめを見逃すことはできない。

「三森さんだってがんばってるのに、足を引っ張るようなこと言わないで欲しい」

「とにかく大祭まであと一ヶ月か。あっという間だな」

「うん。滞《とどこお》りなく終わって欲しい。とにかく今はそれだけ」

真琴は大人びた物言いで締めくくると、にっこりと笑った。すごいな、と代助は感心する。鷹櫛神社の跡継ぎとしての重圧は相当なものだろう。なのに、愚痴《ぐち》一つこぼさない。僕なんかまだまだだな、と恥ずかしくなった。

スーパーで助けて以来、愛美は代助にも甘えるようになった。真琴はなにも言わないが、なんだか気まずい。

神社での練習が終わったあと、真琴と二人で片付けをしていると、愛美が寄ってきた。

「あたし、昔から冬雷閣に憧れてたんです」愛美がへらへら笑いながら言う。「あんなお屋敷に住めたらいいな、って」

悪意のない単純な羨望だったが、なんと言っていいかわからず代助は笑ってごまかした。施設育ちの養子のくせに、とやっかみの声があることくらい承知している。

「お兄ちゃんも、ときどき眺めてるんですよ。やっぱり憧れてるのかな？」

愛美は笑いながらふらふらと身体を揺すった。これは愛美が人と話すときの癖だ。えへへ、と上目遣いで揺れながら笑う。いつも背筋が伸びた真琴とは正反対だ。神楽のときは、真琴によく注意されていた。

「さあ……」

代助は言葉を濁した。横目で隣の真琴を見るが、まるで平気な顔だ。すこし悔しい。

じゃあ、と手を振りながら愛美が走り去っていった。

「龍が憧れてるわけないだろう。あいつは冬雷閣に興味ないだろうし」

「うん……」

歯切れの悪い言い方だ。隠し事をされているようで、あまりいい気はしない。

「そう言えば、三森んちは神社にコネがあるって言ってたけど、お酒を納めてるから?」

「別にそんなコネなんかないんだけど……」

やっぱり歯切れが悪い。でも、こうなると余計に知りたくなる。

「一応、僕は冬雷閣の跡継ぎだし、なんでも知っておきたいんだ。教えてくれよ」

「うーん。たしかに……」真琴はすこし迷って、それから思い切ったふうに言った。「じゃあ言うけど、誰にも話さないでね。訊かれても知らないふりしてて」

「わかった」

「雄一郎おじさんのおじいさんに当たる人はね、女好きだったらしくて二号さん……つまり、お妾《めかけ》さんがいたんだって。で、別れるときには、かなりのお金を渡して旦那《だんな》さんを世話してあげた、って」

「二号さん……」代助は絶句した。昔の小説を読めば出て来るが、現実で聞くのははじめての言葉だった。「でも、それが三森んちとどうつながる？」

「その二号さんが手切れ金で旦那さんと開いたのが三森酒店」

「じゃあ、その二号さんってのは三森愛美のひいおばあさん？　そのこと、町の人は知ってるのか？」

「知ってる人は知ってる。お年寄りなんかはたぶん全員」

怖い町だと思う。そんな昔の話をいつまでも憶えていて折に触れて聞かされたとしたら、おかしくなりそうだ。黙り込んだ代助を見て、真琴がバツの悪そうな顔をした。

「代助は都会育ちだから違和感があるんだろうけど、この町では当たり前のことだから」

「じゃあ、三森愛美を巫女に採用したのも、過去の経緯があるから？」

「決めたのはお父さんだけど、多分そういうことだと思う」

いくら時代が違うとは言え、冬雷閣のやったことは一人の女を日陰者にした。もし、妾でなく正妻だったら、三森家は冬雷閣の住人だった。愛美は単純に憧れ、龍は腹を立てる。どちらも根っこは同じじゃか。

「でも、三森家と関わりがあるのは冬雷閣だろ？　なんで神社が？」

「もう、まだわかってないの？」真琴がすこし呆れた顔をする。「この町では、冬雷閣イコール鷹櫛神社なの。ただ大祭で協力するだけじゃなくて、一心同体みたいなものなの」

代助はどきりとした。つまり、僕と真琴は一心同体ということか。勝手に想像が膨らみそうになる。慌てて話を変えた。

「そう言えば、今度、新製品が出るんだ。冬雷塩の最上級品。なかなかいいよ。まずは一般家庭じゃなくて、料亭やフレンチレストランに売り込むって」

「え？　あ、そうなの？」

いきなり話題が変わったので、真琴がきょとんとした。すこしわざとらしかったか、と恥ずかしくなるが今さら仕方ない。

「だいぶ塩の味がわかるようになってきたんだ。この前、ちょっと誉めてもらった」

「よかったね、代助」

本当に真琴が嬉しそうな顔をしたので、代助はこれだけでなにもかもが報われたような気がした。

真琴と別れて石段を下りていると、倫次がちょうど登ってくるところだった。氏子代表の浜田郵便局長と大祭の打ち合わせをしていたそうだ。

「代助、どうだ？　兄は厳しいだろう？　息が詰まるんじゃないか？」

「いえ。僕のためを思って言ってくれているので」

「優等生の答えだな。私には本音で構わんよ」倫次が苦笑した。「代助、兄が笑うのを見たことがあるか？」

「いえ、ありません」

「兄は昔からああだよ。私はお調子者だったが、兄は品行方正で、いつも冷静だった。というか……容赦がないからな。巫女だって人間なのに。貴子が死んだときも酷かった」

「どういうことですか?」

「貴子は死ぬ間際まで真琴に神楽を教えていた。私は体調を心配して止めたが、妻は聞かなかった。その様子を見た兄は眉一つ動かさず、冷たく言い放ったんだ」

――当然のことをしているだけだ。

「お父さんはそこまで……」

厳しい人だとは感じていたが、そこまで非情な人だとは思っていなかった。

「貴子が危篤《きとく》になったときも病院に来なかった。鷹の調教の最中だとか言ってな」

「そんな……」

代助は絶句した。もし真琴が病気になったら、もし危篤になったら――。そんなことは想像したくもないが、もしそうなったらなにもかも捨てて駆けつけるだろう。

「だから、兄がどれだけ厳しくても気にするな。生まれつきああいう人間なんだ」

「あの、僕はよそから来た人間だからよくわからないんですが、そんなに家とか神社とかが大事なんですか?」

「この町にいる限りはな。都会と田舎は価値観が違うんだよ。絶望的に」

「三森家のこともですか? ときどき学校でからかわれてるようなんです。その理由が、冬雷閣の先々代の当主との関係で……」

念のため、愛美のことを話しておくことにした。三森家の人間を神楽に採用したのは倫次だ。家同士のしがらみは大人が解決して欲しい。真琴にだけ負担が掛かってはかわいそうだ。

「ああ、まだ言っているのか」倫次がすこし困った顔をした。「さっきの話のいい例だよ。彼女はすこしも悪くないが、どうしても噂は残るから。気にする必要はないんだが……。私からも彼女に話をしたほうがいいな」

「お願いします。真琴は責任感が強すぎるんです。なんでも背負い込んでしまって」

「いい加減な私と違って、真琴は真面目なんだ。あれは母親に似たんだよ」

「貴子さんですか？　そんなに似てるんですか？」

するという、倫次がわずかに眉を寄せた。そして、石段の上の鳥居を見上げて言った。

「怖いくらい似ている。母とか妻とか娘とかいう前に、まず『鷹の舞』の巫女なんだ」

どろりと濁った声だった。代助はぞくりとした。いつもの倫次の声ではないように聞こえた。

代助が返事ができないでいると、倫次が突然笑いだした。

「はは、すまん、すまん。私はただの入り婿神職だからな。生まれながらの巫女には敵《かな》わないんだよ。ときどき無力感に襲われる」

「そんなことないですよ。倫次さんは町の人に慕われてるし、人格者だし……」

「おいおい、代助。私をおだててもダメだぞ。貧乏神社なんだからな」

じゃあな、と倫次が袴の裾をひるがえして石段を登っていった。代助は早足で石段を下り、冬雷閣へ戻った。

真琴は正真正銘、生まれながらの巫女だ。だが、代助は違う。ただの養子。しかも、出自不明の捨て子だ。

血統書付きの巫女と野良上がりの鷹匠。よほど精進しないと釣り合わない。代助が恥をかくだけならいいが、大祭で失敗すれば真琴にも迷惑が掛かる。頑張らなければ。

緑丸の調教、千田塩業の見学。やらなければならないことは山ほどある。冬雷閣にふさわしい人間になるにはまだまだ努力が必要だった。


秋になって、京香の具合が悪くなった。

あまり食欲がなく、ときどき横になっていることもある。代助は心配し、緑丸の調教にもあまり身が入らない。母親を亡くしている真琴も心配してくれる。

「早めに病院に行ったほうがいいよ」

「うん、僕も言ってるんだけどな」

だが、京香は生返事だ。たいしたことはない、もうすこし様子を見る、と言うだけだ。代助は思いきって雄一郎に訴えた。

「お父さん、最近、お母さんは身体の具合がよくないようなんですが」

すると、雄一郎はちらりと代助を見た。それから珍しく、すこしためらってから答えた。

「病院で調べたが問題はなかった。それより、おまえは大祭のことだけ考えろ」

「そうですか。よかった」

代助はほっとし、できるだけ家のことを手伝うことにした。

京香の調子が悪いときは、代助が夕食の支度をした。園で手伝いをしていたから、大抵のことはできる。だが、決して「園仕込み」などとは口にしない。雄一郎も敢《あ》えて訊ねようとはしなかった。

神社への差入れも代助が作った。真琴は驚き、本当に喜んでくれた。明日からは精進潔斎で獣肉は食べられないという夜、倫次のリクエストでカレーを作ったこともある。

倫次は真顔で言った。

「これで肉の食べ納めだな。代助。本当に美味《うま》いよ。ありがとう」

冬雷閣では否定されたカレーだが、ここでは受け入れてもらえる。代助は嬉しくてたまらなかった。

やがて、無事に大祭が終わった。代助も三度目なので、すこしは慣れた気がした。

一年も終わりに近づいた頃だ。代助は雄一郎に呼ばれた。

「京香に子供ができた」雄一郎は代助の眼を見ずに言った。

「……え?」

「男の子だ。来年の春には生まれる。だが、京香は若くはない。妊娠中はいろいろ大変だろう。あまり無理をさせないよう、おまえも気遣ってやってくれ」

代助は呆然としていた。弟が生まれる。本当なら喜ばしいことのはずだ。だが、雄一郎の強張った顔を見ると、代助は鳩尾《みぞおち》が締め付けられるような気がした。僕にとっては喜ぶべきことではないのだ。それがわかっているから、父は僕の眼を見ない。

「わかりました」

いつものように、わかりました、お父さん、と言うつもりだった。だが、言えなかった。

父の部屋を出て暗い廊下を歩いた。中庭の苔が目に入る。月の光に輝いていた。ただの影が人を喰い殺す怪魚に見える。普段なら面白く思う光景が、今夜は怖ろしくてたまらなかった。

代助は正式な養子だ。長男だ。生まれてくる子は次男になる。だが、次男は次男でも、血のつながった、雄一郎と京香の本物の子供だ。

僕は一体どうなるのだろうか。

五月、男の子が生まれ、翔一郎と名づけられた。

諦めていた子ができて、雄一郎はまるで人が変わったようだった。あれほど子煩悩《こぼんのう》な父親になるとは誰も思わなかった。京香もはじめての育児に夢中だった。冬雷閣は翔一郎を中心に回っていた。そして、代助は呆気なくはじき飛ばされた。二人の心の中のほとんどを翔一郎が占めていた。代助を故意に無視するのではない。ごく自然にどうでもよくなってしまったということだ。

雄一郎と京香に悪意がないことは明らかだった。特に京香は気を遣っているのがわかった。わざとらしく代助をほめてみたり、優先してみたりした。だが、その不自然さが余計に辛かった。

代助は自分に懸命に言い聞かせた。赤ん坊が生まれたのだ。嬉しくて当たり前だ。夢中になって当然だ。しかも、本当の子供だ。僕のように養子じゃない。血のつながった正真正銘、自分たちの子供だ。かわいくてたまらないに決まっている。

僕に関心がなくなっても仕方ない。当然のことなんだ。仕方ない。翔一郎に勝てるわけがない。僕は所詮、向こうの都合で引き取られただけの子供なのだから。だから、気にしても仕方ない。傷つくだけ、無駄だ。どうしようもない――。

そして、気づいた。翔一郎は「一郎」だ。つまり長男ということだ。「代わり」の代助とは最初から違うのだ、と。

3　二〇〇三年―二〇〇五年

代助は高校二年生になった。

魚ノ宮町にある唯一の高校だ。中学とほとんど顔ぶれが変わらない。三森龍もやっぱり同じ高校だ。一つ下の学年には三森愛美も、旭穂乃花たちもいる。うんざりするほど狭い人間関係がそのままずっと続いていた。

代助や真琴の成績ならもっと上位の高校へ行けた。だが、二人とも町に残った。代助は緑丸の世話があったし、真琴は神社の仕事があったからだ。

高校生になっても、やはり一年生から生徒会長と副会長だった。もう疑問すら感じない。これが魚ノ宮町の常識だ。

翔一郎は二歳になっていた。

「にいたん、にいたん」

よちよちと代助の後を追ってくる。

施設にいた頃、年少の者は代助を慕ってくれた。代助は我慢強く、みなの面倒を見たからだ。代助も慕われて悪い気がするはずもなく、かわいく思っていた。

だが、翔一郎への感情はそういったものとはまるで違っていた。血こそつながらないが翔一郎は代助のたった一人の「弟」で、翔一郎にとって代助はたった一人の「兄」だった。後を追ってくる翔一郎が代助はかわいくてたまらなかった。

「にいたん」

こう呼ばれることがどれだけ嬉しいか。自分でも驚くくらい胸が熱くなる。

翔一郎は代助が養子であると知らない。本当の兄だと信じている。だから、無邪気に「にいたん」と呼んでくれる。本物の兄だと信じてもらえるのが嬉しい。

また、翔一郎は真琴にとって「本物のいとこ」になる。翔一郎は真琴を「ねえたん」と呼び、よくなついた。雄一郎も暇を見ては翔一郎を神社に連れて行った。

高校生になって二人とも携帯を持ったが、あまり使うことはなかった。学校でもいつも一緒だったし、家に帰っても神社はすぐ眼の前だ。メールを打つより、石段を駆け上がって直接真琴の顔を見るほうがよっぽどいい。

それに、と思う。やはり神社は神聖な場所だ。携帯の電子音などそぐわない。万一、真琴が神楽の練習をしていたらどうする？　邪魔などできない――。

そんなことを代助が真琴に言うと、真琴も同じことを考えていたのがわかった。代助は緑丸の調教をしているかもしれないし、鷹小屋の掃除をしているかもしれない。携帯の音で緑丸がびっくりしたら大変、と。

冬雷閣と神社は一心同体。

嬉しくてたまらないが、不安はつのる。真琴の一心同体の相手は、代助ではなく翔一郎になるのだろうか。そう思うと、代助は苦しくてたまらなかった。

「大丈夫か？」さりげなく倫次が気遣ってくれる。「無理をするなよ」

「いえ、でも、僕は弟ができて嬉しいんです。たしかに僕は養子で翔一郎は実子だ。でも、僕とつながった存在なんです。僕は本当に嬉しいんです」

「そうか」

倫次は哀しそうに微笑み、それきりなにも言わなかった。

翔一郎は緑丸の調教にもくっついて来たがった。だが、まだ無理なので、いつも留守番をさせた。

「『みろりまる』を、とばしたい」たどたどしい口調でせがむ。

「大きくなったらな」

「にいたん」翔一郎が代助にまとわりつく。「にいたんみたいに、なりたい」

代助は返事をせずに、すこしだけ笑った。


翔一郎が生まれてから、町の人たちの態度は変わった。

ほとんどの者は、表面上はなにもなかったふりをした。だが、その眼の奥には無意識の好奇心が輝いている。はじき出された男の末路を見守ろうと胸をわくわくさせていた。

雄一郎はなにも言わない。今のところ、代助はまだ千田家の跡継ぎだから、ことを荒立てるわけにはいかない。だが、日頃の優等生ぶりが鼻についてたまらなかった人間は、ようやく訪れた機会を精一杯利用しようとした。

高校の廊下ですれ違いざまに言う者がいた。

「せっかく養子になったのに、残念だったな」

代助は挑発には乗らず、連中を無視した。だが、真琴は我慢ができないようだった。

「いい加減にしたら？」

冷静な声で言った。さすがに連中も真琴には言い返せない。悔しそうに背を向ける。

「僕は平気だ。真琴があんなやつらに関わる必要はない」

すると、真琴は頬を赤くして言い返した。

「代助、言われっぱなしはよくない」

「言い返したって仕方ない」

何度か二人で言い合いをした。その度に互いに気まずくなった。そして、いつも真琴が言う。

「私たちまでケンカしてバカみたい」

「これじゃあいつらの思うつぼだ」

真琴に弱音を吐くつもりはない。跡継ぎの座を奪われそうだ、不安だ、どうしよう、などと言えるものか。代助は懸命に平気なふりを続けた。真琴も代助の意地を理解したのだろう。代助の将来については触れないでいてくれた。

代助は何事もなかったかのように、普段通りの生活を続けた。品行方正、成績優秀。そして、大祭では堂々たる鷹匠を務めた。

そんな代助が面白くなかったらしい。三森龍はときどきしつこく絡んできた。生徒会の仕事で代助一人が放課後遅くまで残っていたときだ。体育教官室に書類を届けに行った帰り、剣道場の裏を通った。すると、剣道着姿の三森龍が煙草を吸っていた。

「おい、やめろよ、こんなところで」

「うっせえな。偉そうにすんな。どうせお払い箱のくせに」

「僕のことは関係ないだろ」

「パパの会社の跡継ぎから外されそうです。財産がもらえなくなりそうです。ボクちゃんどうしよう、ってか？」

違う、と思った。辛いのは千田塩業を継げないことじゃない。冬雷閣を継げないことじゃない。本当に辛いのは、本当の家族にはなれなかったということ。いつでも置き換え可能な便利な代用品でしかなかったということだ。

「バカにするな」

「うっせえ。偉そうに。冬雷閣の金でこれまでさんざん贅沢《ぜいたく》してきたくせによ」

筋違いの罵倒《ばとう》だったが、代助は返事ができなかった。冬雷閣に引き取られて以来、恵まれた暮らしだったのは本当だ。

「鷹匠もクビか？　ま、あんなのただのコスプレだしな」

三森がぎゃはは、といやな笑い声を上げた。代助はたまらず三森に殴りかかった。三森は一瞬よろめいたが、すぐに殴り返してきた。ケンカ慣れした三森の拳は重かった。代助は鳩尾《みぞおち》を殴られ、身体を折り曲げうめいた。そこへ、三森の蹴りが入った。代助は無様にフェンス沿いの植え込みに倒れ込んだ。クチナシの枝が折れて耳許でべきべきと鳴った。

救急車が来る騒ぎになった。折れた枝が眼を傷つけなかったのは不幸中の幸いだった。代助は右頬を三針縫っただけで済んだ。

兄の乱暴を知った愛美は慌てて真琴に事件を知らせた。そして、二人そろって冬雷閣にやってきた。

「代助さん、お兄ちゃんがひどいことしてごめんなさい。ごめんなさい」

泣きじゃくる愛美を代助と真琴は懸命になだめた。

「大丈夫、たいした怪我じゃない。ただのケンカだ。よくあることだよ。それに、最初に殴ったのは僕なんだ。龍が悪いんじゃない」

「でも……」

「そう、代助の言うとおり。三森さんは気にしなくていいから」

代助と真琴は二人がかりで愛美を慰めた。すると、ようやく愛美は泣き止み、落ち着いた。あたりを見回す余裕もできたらしい。きょろきょろしながら言う。

「これが憧れの冬雷閣なんですねー。やっぱりすごいですね。天井高いし、ステンドグラスとかあるし。こんなところに住めて、うらやましいです」

愛美はあちこち眺めながら、すごい、うらやましい、を繰り返した。興奮に眼を輝かせている。さっきまで泣いていたのが嘘のようだ。案内してやろうかと思ったが、当主である自分のかなかった。

許可なしに他人がうろつき回ったと知ったら、雄一郎はよく思わないだろう。諦めてもらうほかなかった。

帰り際、愛美は廊下で足を止めた。中庭を見ながら言う。

「ほんとにすごいお屋敷なんですね。うちの家と店を合わせても、この中庭より狭いです」

代助はなんと言っていいかわからず、笑ってごまかした。たしかに三森酒店は小さい。謙遜《けんそん》しても嫌みになるだけだ。だが、そもそも養子の代助に謙遜する資格はあるのだろうか。

何度もため息をつきながら、愛美は帰っていった。真琴と二人きりになると思わず代助は言ってしまった。

「なんで、三森さんを連れて来たんだよ。悪い子じゃないけどさ……」

「ごめん。お見舞いに行きたいけど一人で冬雷閣に行く勇気がない、って大泣きされて」

そのときの様子が簡単に想像できた。困る真琴の顔も想像できた。

「……うん、だよな」

「それより、代助、ケンカなんかして」

「我慢できなかったんだ」

「気持ちはわかるけど、でも……」真琴が悔しそうな顔をする。

そこへ翔一郎がやってきた。頬に大きなガーゼを貼った代助を見て、泣きそうな顔をする。

「にいたん、いたい？」

たどたどしい口振りで、手を伸ばしてガーゼに触れようとする。

「大丈夫、痛くないよ」

「にいたん、いたい？」

翔一郎が繰り返す。代助が何度大丈夫だと言っても納得しない。代助は困った。すると、それを見た真琴が翔一郎を膝に乗せ、耳許でささやいた。

「……お兄ちゃんはほんとは痛いの。でも、お兄ちゃんは強いから我慢するの」

我慢という言葉は翔一郎にはわからないはずだ。だが、耳許でささやくという特別な出来事に気を逸らされたのだろう。翔一郎はきゃっきゃと笑って、真琴にしがみついた。それきり代助の怪我には触れない。へえ、と代助は素直に感心した。

「真琴は下に兄弟もいないのに、なんで子供の相手が上手いんだ？」

「ほら、だって神社にはいっぱい子供が来るから。お宮参りとか、七五三とか」

なるほど、と代助はまたまた感心した。それでこの一件は終わるはずだった。

だが、雄一郎は三森龍の乱暴を知り、激怒した。

「三森の家の分際で千田家に手を出すとは」

時代錯誤の差別意識丸出しだ。「三森の家」と露骨に見下げる雄一郎に代助は怒りを覚えた。龍をかばうつもりなどなかったのに、さすがにひどいと思った。

「お父さん、先に手を出したのは僕です。だから、自業自得です」

「なに？」

雄一郎と険悪になりかけたが、倫次が間に入ってくれた。

「兄貴、代助の言うとおりだ。おおごとにするのはやめよう。いずれこの先、翔一郎の代がやってくるんだ。くだらんしがらみは捨てようじゃないか」

倫次のおかげでなんとか事態は収まった。代助は感謝しつつも思った。この先やってくるのは翔一郎の代か、と。

*

代助と真琴は高校三年生になった。

五月、翔一郎が三歳になり、誕生祝いが開かれた。

倫次と真琴、叔母一家や従兄弟一家、それに浜田郵便局長ら町の主だった人も来て、夜は祝いの膳が並んだ。袴姿の翔一郎は一日興奮状態が続き、すっかり疲れ切って京香の膝にもたれて、ぐずっていた。

代助はその隣で座っていた。声を掛ける者は誰もいなかった。真琴は離れた席にいたが、ときどき心配げな視線を送ってくる。それが嬉しくもあり、辛くもあった。

「代助」

突然、父に呼ばれて代助は顔を上げた。雄一郎はすこし赤い顔をしていた。珍しく、人前で酔っているようだった。

「翔一郎は二年後に五歳で大祭を務めさせる」

「五歳で？」代助は驚いた。「いくらなんでも早すぎ……」

しん、と座敷が静まりかえった。みなが代助を見て、気まずそうな顔をしている。倫次は眉を寄せ、難しい表情だ。真琴は呆然と代助と雄一郎の顔を見比べている。

「早すぎるのは承知の上だ。だから、方法を考える」

雄一郎は代助の抗議を遮るようにきっぱりと言った。代助は一瞬気を呑まれ、それからようやくのことで返事をした。

「わかりました」

翔一郎は寝ぼけた顔であたりを見回している。自分のことが話題になっているのはわかるが、その内容は理解できない。

「翔一郎、五歳になったらおまえが鷹匠だ。代助によく教えてもらえ」

翔一郎は相変わらずきょとんとした顔をしている。座敷の客たちはすこし引きつった顔で笑顔を浮かべていた。

代助は背筋を伸ばして座っていた。来るべきものが来た、と思った。僕は完全にお払い箱になった。

「おにいちゃん、ねえ」翔一郎がすこし心配げな顔でのぞきこんできた。「ぼく、たかじょうなの？」

「五歳になったらな」

「いいの？　だって……」

そのとき、京香が声を掛けた。

「さあ、翔一郎、おとなしく座ってなさい。お行儀が悪いですよ」

はい、と席に戻った翔一郎は、オレンジジュースのお代わりをねだっている。代助は黙って正面を見ていた。今、自分がどんな顔をしているのかわからなかった。

「代助。あと二年間、しっかり鷹匠を務めてくれ」

雄一郎の顔は今は青く見えた。

「わかりました」

代助は静かに頭を下げた。うつむくことができてほっとした。

あと二年。父は方法を考えると言ったが、五歳で大祭の鷹匠など絶対に無理だ。では、なぜ無理を承知で翔一郎のお披露目を急ぐのか。

僕のせいか。代助はうつむいたまま顔が上げられなかった。

二年後、代助は二十歳。その段階で正式に鷹匠の交代。代助はお払い箱だ。二十歳までは面倒を見るが、その先の身の振り方を考えろ、ということか。

客が帰ると、代助は書斎のドアをノックした。そして、思っていることを正直に言うことにした。

「お父さん、先ほどの話ですが、五歳で鷹匠は無理です」

「できなくてもいい。ただ恰好がつけばいい」

「どういうことですか?」

「翔一郎が鷹匠装束を着て、巫女の横に立っていればいい。実際に緑丸を羽合せるのは、代助、おまえだ」

代助は全身の血が凍り付いたように感じた。予想もしなかった方法だった。

「つまり、僕は黒子《くろご》のようなものですか？」

「そうだ」

翔一郎の代わりの黒子。人の眼には見えない黒子。存在しない黒子。クビになったほうがマシだ、と思えるような扱いだった。

「おまえを園から引き取ったのは、私の後継者を期待してのことだった。あれから六年。おまえはよくやってくれた。学校では期待以上の成績を取り、鷹匠としても優秀だ」

「いえ、お父さん、僕は」

「代助、おまえにはすまないと思っている。最初の約束を違《たが》えることになったことは詫《わ》びる。だから、できる限りのことはするつもりだ。大学へ行きたければすべて費用は出す。だが、おまえは優秀すぎる。将来、翔一郎の妨げになるかもしれん」

「お父さん、僕はそんなことはしません。翔一郎と協力してやっていこうと思っています」代助は思わず気色《けしき》ばんだ。

「先のことはわからない。私が死んだあと、翔一郎を追い出し会社を乗っ取らないという保証は？」

「僕にそんな欲はありません」

「いや、おまえはおとなしいふりをして、計算高く貪欲だ。おまえを園から引き取ったときのことを憶えているか？　おまえは十一歳だったが、臆することなく堂々と私の餌に食らいついた。清々しいほどの厚顔さでな」

「心外です」

「恥じることはない。おまえの才気を評価したからこそ、養子にした」

雄一郎は一旦言葉を切り、椅子に座り直した。代助は身じろぎもせず立っていた。

「仮におまえが欲を出さなかったとしても、おまえを担ごうとするやつが出て来るかもしれない。そういうリスクは今から取り除いておきたい」

「そんな奴らの神輿《みこし》には乗りません」

だが、雄一郎は首を横に振った。そして、冷たい声で言った。

「もう決めたことだ。冬雷閣と千田塩業は翔一郎が継ぐ。おまえの場所はない。別の道を行ってくれ」

「出て行け、ということですか？」

「違う。一つ提案がある。おまえを会社に入れる訳にはいかないが、もしよかったら、鷹匠としてここに残らないか？」

「鷹匠として？」

「そうだ。翔一郎はまだ小さい。充分に緑丸の世話が出来るとは思えない」

「すぐに大きくなります。小学校に上がればなんでもできるでしょう」

「あれとおまえは全然違う。翔一郎は恵まれて育ったせいか、少々ひ弱で甘い。だから、おまえがいてくれると安心だ。おまえが望むなら、鷹を増やしても構わない。狩りがやりたければ、やってもかまわない。とにかく、鷹の面倒を見てくれればありがたい」

「……はは」

思わず代助は笑ってしまった。すると、雄一郎が怪訝な顔をした。

「なんだ、なにがおかしい?」

千田家は由緒正しい公家《くげ》でも武家でもない。ただの田舎の工場主だ。それが、お抱え鷹匠とは。時代錯誤の懐古趣味もはなはだしい。

「……いえ、一体、いつの時代の話なのだろう、と思ったんです。そもそも、鷹匠と言えば聞こえはいいですが、大祭を務めるわけでもない。要するに、緑丸の普段の世話係でしょう?」

「拗《す》ねるな。みっともない」雄一郎が吐き捨てるように言った。「毎日の世話と調教がいかに大切か、おまえはよく知っているはずだ」

もちろん知っている。緑丸に「仕える」ことは代助にとって喜びだ。心の中ではずっと思っていた。会社を継ぐよりも、鷹匠として生きていきたい、と。だから、これはきっと申し分のない話なのだろう。

「もちろん、それなりの待遇は保証する。おまえが望めば、一生、ここで鷹匠として生きていってもいい」

鷹匠として一生を生きる、か。願ってもない申し出だ。だが、父の言葉には言外の意味がある。

――一生、千田家に仕えろ。一生、翔一郎に仕えろ。

父はもう僕を息子だとは思っていない。僕は今はただの使用人だ。

「返事は急がない。ゆっくり考えてくれ」

代助は一礼して、部屋を出た。そのまま早足で廊下を歩いて、階段を下りる。玄関ドアを押し開け、外へ飛び出した。

気持ちのいい初夏の夜だ。風には草の匂いがする。

結局、血のつながりがすべてなのか？　どれだけ努力しても、僕は認められることはないのか？　要らなくなれば捨てられるだけなのか？

六年前のあの日。千田夫妻が園を訪れ養子に欲しいと言ったとき。あの日、僕はどれだけ嬉しかっただろう。はじめて父と母ができた。そして、はじめて人から「欲しい」と言われた。僕は嬉しくてたまらなかったのに。生まれてはじめて、幸せだと思ったのに。

なのに、あのとき、僕は厚顔で貪欲で、計算高いと思われていただけだった。

跳び上がって喜べばよかったのか？　跳ね回って叫べばよかったのか？

だが、僕はなにもできなかった。生真面目な顔で千田夫妻に礼を言うことしかできなかった。それが、僕の失敗だと言うのか？　もしそうだとしたら、僕は最初から間違えていたことになる。

僕は最初から間違えていたのか？

ポケットで携帯が鳴った。真琴からだ。心配して掛けてきたのだろう。だが、今は誰とも話す気にはなれなかった。

＊

七月末、神社では「夏越の祓」という神事がある。冬の大祭ほどではないが、大切な行事だ。境内《けいだい》には「茅《ち》の輪《わ》」が作られ、町の人が穢《けが》れを祓うためにくぐりに来る。地元の中高生による神楽の奉納があるので、六月になると神楽殿では練習がはじまった。

三森愛美は旭穂乃花たちと「浦安の舞」を舞うことになっている。ずっと選ばれているのは愛美だけなので、みなの風当たりが強いようだ。三森愛美だけを贔屓《ひいき》することに表立って文句が出ないのは、やはり過去の因縁《いんねん》をみなが知っているからだ。

だからといって、商店街の氏子連中の娘を完全に無視するわけにはいかない。だから、今年は仕方なく旭穂乃花も選んだというわけだ。

三森愛美は懸命に神楽を練習している。神楽のためにずっと髪を伸ばして、今は真琴とあまり長さが変わらない。他にも、真琴の立ち居振る舞いを真似したり、同じノートやシャーペンを買ったり、と小学生のようなことをする。

「あたし、真琴さんみたいに舞えるようになりたいんです」

それでも、あまり上達しない。巫女舞はごく単純なものだから、すこしでも動きがずれると目立つ。ただ緩やかに回るという動作すら揃わないので、正直、見苦しい。

放課後、神社に集まって練習をするのだが、時間通りに終わらないことが多い。七時を過ぎても終わらない。いくら風通しがよくても、クーラーなどない神楽殿での練習はきつい。みな、汗だくでイライラしている。文句の矛先は愛美だ。

真琴には表立って文句を言えないので、みんな愛美に八つ当たりする。実際、愛美一人ができていないので、的外れな文句ではないのが辛い。

今日も練習で遅くなると真琴が言うので、代助は夕方から神社の台所を借りてカレーを作った。

練習の合間を見て、声を掛ける。

「一旦休憩して御飯にしないか？　お腹が空《す》いてると練習に集中できないだろ？」

みな怪訝な顔をしている。だが、カレーを並べると表情が変わった。やっぱり食欲には勝てない。お腹が空いていたらしく、旭穂乃花はお代わりまでして食べてくれた。いやなやつだが、素直に嬉しい。

三森愛美は最初あまり元気がなかったのだが、カレーを食べはじめると、ようやく笑うようになった。

「代助さん、お料理するんですか？」愛美が訊ねる。

「たまにな」

それ以上、詳しいことは言わずにおく。旭穂乃花がいる。同情なんかされたくない。今になって、雄一郎の言った意味がわかった。

「あの、真琴さん。あたし、家でも練習したいから、なにか神楽の教科書みたいなのありますか」

「お手本のビデオだったらあるけど？　もしよかったらダビングしようか」

「いいんですか？　お願いします」愛美が大げさに頭を下げた。「すみません。ありがとうございます」

「そんな、たいしたものじゃないから。他の人たちはどう？」真琴が旭たちに声を掛けた。

するど、旭たちは口々に言った。

「えー、別にあたしたちはいいです。家で練習なんかしなくても、もう大体できてるし」

「そう。じゃあ、三森さんのぶん、ダビングしておくから」

「すみません。すみません」

お礼を言い続ける愛美を見て、旭たちは鼻で笑っていた。本当にいやな感じだった。

食事が終わって、代助は汚れた皿を台所へ運んだ。腕まくりをして、さっさと洗いはじめる。

その間、真琴はデザートのブドウを用意していた。

「ビデオと言えばあと二ヶ月だな。十八歳」

「うん。近づいてきたからどきどきする」

真琴の誕生日は八月。十八歳になれば、母親が遺《のこ》したビデオを観ることができる。

「なんてったって秘密のビデオだもんな。しかもR18」

「そんな言い方やめてよ」

真琴がすこし本気で怒る。代助は慌てて謝った。

「ごめん、ごめん。言い過ぎた。冗談のつもりだったんだ」

「あのビデオは宝物って言ったでしょ？　代助の『それから』と一緒なんだから、冗談でもそんなこと言わないでよ」

「ごめんごめん」

懸命に謝っていると、後ろから声がした。

「うわー、なんかあ、マジ夫婦ゲンカみたいですねー。ってか、痴話《ちわ》ゲンカ？」振り返ると、グラスを手にニヤニヤ笑いの旭たちが立っていた。「マジで二人とも結婚しちゃえばいいのにー。お似合いですよー」

本当にいやなやつだ、と思った。だが、ここで怒ったり傷ついたりすれば、相手を喜ばせるだけだ。グラスを受け取り、代助は笑った。

「そっか？　なんか照れるな。それより、向こうに汚れた皿もう残ってないか？」

「あ、いや、ないけど……」

あっさりとかわされ、旭が悔しそうな顔をする。そこへ、真琴が声を掛けた。

「ブドウ、持って行ってみんなで食べて。コーヒーもすぐ淹《い》れるから」

「あ、はい……」

旭たちはブドウを持って戻っていった。

代助は無言でグラスを洗った。不快でたまらない。翔一郎が生まれて代助はお払い箱。今後の身の振り方にみなが注目している。面と向かってこれほど言われるということは、陰ではどれだけ噂されているのだろう。

そう思うと、グラスを叩きつけて割ってやりたいほどだった。なんとか堪えて、最後の一つを洗いかごに置く。手を拭きながら振り向くと、真琴が疲れきった顔をしていた。コーヒーカップを並べたままで手が止まっている。

「真琴」

「え、ああ、ごめん。ぼんやりしてた」

「いいよ、僕がやる。真琴はすこし休めよ。疲れてるだろ？　そこ、座っとけ」

代助は真琴の手からコーヒーサーバーを奪うと、強引に用意をはじめた。真琴はみなの稽古を付けた後、自分の稽古をする。夜遅くまで休む暇がない。神事の準備をして、家事をして、学校へ行って、と仕事ばかりだ。

「……アイス」真琴がぼそりとつぶやいた。

「アイス？」

「アイス食べたいな、って」真琴が泣きそうな顔で笑った。

「チョコミントか？　明日、学校が終わったら買いに行くか？」

「スーパー旭なんて行きたくない」

「まあな。僕だっていやだ。たまには隣町まで行くか？　夏休みに入ったら多少は時間ができるだろ？」

そこへバタバタと足音をさせ、愛美がやってきた。おずおずと言う。

「あの、旭さんたちが……コーヒーまだか、って」

パシリか、と気の毒になった。代助はコーヒーの載ったお盆を持ち上げた。

「あ、あたしが持って行きます」

「いいよ、僕がやるから。それより、三森さんはビデオ、ダビングしてもらったら」

「あ、そうだった」真琴が立ち上がった。「三森さん、ちょっと待っててね」

「すみません、あたし……」

三森愛美は謝ってばかりだった。真琴は自分の部屋にビデオを取りに行った。

代助はコーヒーを運びながら思った。神社は偉そうにしている、と町の人たちは内心煙たがっている。でも、実際は違う。真琴だって町の人にこき使われている。なにかあったとき責任を取らされるのは、町の人じゃない。神社と冬雷閣だ。

二年後の交代が決まって以来、代助はずっと考えていた。ただ立っているだけでいい、と雄一郎は言ったが、それではあんまりだ。代助にとってはお払い箱になる日だが、翔一郎にとっては大切なお披露目だ。せめてわずかな時間でも鷹を据えられないだろうか。そうすれば翔一郎だって恰好がつく。

代助は雄一郎に相談した。すると、雄一郎は喜び、すぐに翔一郎のために小さなえがけを作ってやった。

「これでおにいちゃんと一緒」

翔一郎は嬉しそうだった。

まず最初は鷹に慣れることからだ。代助は翔一郎を緑丸の調教に連れていくことにした。だが、いきなり据えるのは無理だ。緑丸にも負担がかかる。だから、代助の様子をすぐ横で見せて説明した。

「翔一郎、よく見てろ」

緑丸を左拳に据えながら、説明する。

「肘は直角だ。腕は地面と平行に」

「ちょっかく？」

口で言ってもわかってもらえない。それでも、代助は根気強く説明を続けた。

「緑丸が安心して止まれるようにならなきゃいけない。だから、お兄ちゃんの身体は今、木だ」

「き？」

「そう。そしてお兄ちゃんの腕は木の枝だ。だから、緑丸は完全に安心している」

「うん」

翔一郎はわけがわからないなりにうなずいた。夢中で代助を見ている。

「ぼくもやりたい」

「翔一郎はまだ無理だ」

「やる、やる」

あまりせがむので、代助は翔一郎の左拳に緑丸を据えてやった。翔一郎はすぐにふらつき、緑丸は嫌がって羽ばたいた。

しまった、と思う。代助は一旦緑丸を輸送箱に戻した。

「翔一郎、もうすこし大きくなってからにしよう」

「……うん」

うまくできなかったことにショックを受けた翔一郎が泣きだした。

「泣くな、翔一郎。三歳じゃできなくて当たり前だ。今は見てるだけでいい。大きくなったら、絶対にできる。練習したら、すぐに上手くなる」

「ほんと?」

代助は翔一郎の前にかがみ、頭を撫でてやりながら言う。

「ああ。お兄ちゃんよりずっとずっと上手くなる。だって、お兄ちゃんがはじめて緑丸を据えたのは十一歳のときだ。翔一郎はもっと小さいときから練習するから、お兄ちゃんよりもっともっと上手になる」

「ほんと、ほんと?」

「ほんとだ」

「やった」

翔一郎は涙で顔をぐしゃぐしゃにしながら笑った。喜ぶ翔一郎を見ると、やっぱり代助も嬉しくなった。

「夏越の祓」の神事も終わって八月になったが、すこしも暇にならなかった。

真琴は神社の仕事以外にも受験勉強があった。代助は緑丸の調教と翔一郎の指導、そしてやはりとりあえずだが受験勉強があった。

代助は進路を決めかねていた。雄一郎の言いなりになるのは悔しかったが、自分を慕う翔一郎を見捨てるようなことはできない。

プライドさえ捨ててしまえば、と思う。鷹匠として千田家に仕え、次期当主の翔一郎に仕えればいいだけだ。そうすれば町に残ることができる。真琴と離れずに済む。だが、それはあまりに惨《みじ》めだ。代助の転落を期待する町の連中を喜ばせるだけではないか。

僕は一体どうするべきなのだろうか。悶々《もんもん》としたまま夏が終わった。

九月になれば、あっという間に秋だ。町も神社も冬の大祭の準備で忙しくなる。

よく晴れた秋の午後だった。

山の野原で緑丸の調教を終え冬雷閣に戻ると、携帯が鳴った。倫次からだった。話があるので神社に来て欲しいとのこと。代助は鷹櫛神社に向かった。

倫次は社務所にいたが、代助の顔を見ると中へ入るように言った。最初は学校のことやら冬雷閣のことやら雑談をしていたのだが、やがて改まった様子で切り出した。

「兄貴ともすこし話をしたのだが……おまえ、高校を出たらどうするつもりだ?」

「まだ決めていません」

「町に残るのか? それとも県外の大学に?」

「それもまだ」

「そうか」倫次が大きくため息をついた。「なら単刀直入に言う。おまえ、神職になるつもりはないか?」

代助は返答に詰まった。これまで考えたことがなかったわけではない。倫次のように婿に入ってもいいわけだ。

「わかっているだろうが、将来的には真琴と一緒になるということだ」倫次は真剣な顔でじっと代助を見つめた。「不躾《ぶしつけ》な言い方で悪いが、昔からおまえたちは互いのことを憎からず思っているように見える。違うか?」

憎からず、という言い方に倫次の精一杯の遠慮が見て取れた。

「……いえ、違いません」

「私もおまえのような男が娘をもらってくれたら、と思っていた。だが、おまえは冬雷閣を継ぐのだから、と諦めていたんだ」

代助も諦めていた。決して一緒にはなれないことなど互いにわかっていた。口に出すことはなかったが、苦しくてたまらなかった。いつかは来る別れを想像すると、距離を縮めることができなかった。毎晩、あれほど真琴のことを思いながらも、実際には手を握ることすらできなかった。

「代助、正直な気持ちを聞かせてくれ」

「僕は……」

代助は言葉が出なかった。倫次の厚意は申し分のないものだ。将来も保証されるし、なんといっても真琴と一緒になれる。なにもかもがすべてうまくいく。

なのに、返事ができない。自分でもわからないが、素直に受け入れることができない。それどころか、怒りが腹の底でふつふつと沸いている。なぜだ？　どうして僕はこんなに腹を立てているんだ？

黙ったきりの代助に、倫次がもう一度ため息をついた。

「急な話で混乱するのはわかる。卒業までまだ半年ある。ゆっくり考えてくれ」

わかりました、と頭を下げて、社務所を出た。すると、真琴が立っていた。表情が強張っている。青ざめた顔には絶望があった。

あ、と気づいた。真琴は今日の話の内容を知っていた。だから、代助が断ったと思っているのだ。

なにも言わずに背を向けようとした真琴に、代助は慌てて声を掛けた。

「真琴、待てよ」

腕をつかんで引き戻す。真琴は血の気のない顔で代助を見上げた。

「お父さんの話、断るの？」

「わからない」

「神職はいや？」

「そうじゃない」

「なら……私と一緒になるのがいやなの？」

「違う」代助は強く言った。

「じゃあ、どうして？」

代助はもどかしくなった。真琴が傷ついているのがわかる。ちゃんと説明してやりたい。だが、どう言っていいのかわからない。この苛立《いらだ》ち、この怒り、この不快感。そして、この惨めな気持ちをどう説明していいのだろう。

「ちゃんと話して。黙ってたらわからない」真琴が怒ったような顔で言った。

「僕にだってわからないんだ」代助は思わず吐き捨てるように言った。

「わからない、って自分のことなのに」

「わかるのは、僕は今、腹が立って、惨めでたまらないってことだけだ」一度吐き出してしまうと、止まらなくなった。「跡継ぎにするから、って引き取られて、要らなくなったら出て行けと言われた。すると、今度は別のところが跡継ぎになれと言う。結局、僕はたらい回しにされてるだけだ」

「代助、私たちはそんなつもりで言ったんじゃない」

「同じだ。生まれたら捨てられて、拾われて、要らなくなったらまた捨てられて、お情けで拾われて……結局、同じことの繰り返しじゃないか」

それを聞くと、真琴はしばらく黙っていた。そして、ぽつりと言った。

「……ごめん」

真琴がうつむいたのを見て、代助はふいにたまらなくなった。真琴は顔を上げた。じっと代助の顔を見て、きっぱりと言った。

「代助の気持ちを考えずに、勝手なことを言ってごめん」真琴は歯を食いしばって言葉を続けた。「代助の人生だから、代助が決めるのは当たり前。この話はなかったことにして」

そう言うと、あっという間に背を向け歩き去って行った。

白衣の背中に長い髪が揺れていた。その瞬間、代助は恥ずかしくてたまらなくなった。そうだ、僕はもう自由だ。冬雷閣を継がなくていい。人生を自分で選べる。だが、真琴は違う。鷹櫛神社を守って行かなくてはならない。人生を選ぶことはできない。

代助は真琴を追いかけた。そして、腕をつかんで、引き戻した。

「ごめん、真琴の気持ちも考えずに僕は……」

「ううん、代助の言うとおりだから。私たち、勝手すぎた」

「いや、僕がガキなだけだ。甘えてるだけだ。自分一人が被害者だという顔をして、真琴に八つ当たりした。悪かった」

そう言うと、真琴の表情がわずかに緩んだ。ああ、やっぱりだ、と思う。気丈に振る舞おうとしても、本当は真琴だって苦しくてたまらない。

「違う、悪いのは私」真琴は大きく首を横に振って言った。「私は最低なの。翔ちゃんが生まれて代助がショックを受けてたとき、私は心の底で喜んだ」

「え？」

「傷ついてる代助を見るのは辛かったけど、これで代助と一緒になれると思った。そんなこと考えちゃいけないと思ったけど、代助と一緒になれる可能性があると思ったら心のどこかで期待してしまって……。だから、私は最低」

代助は一瞬、言葉を失った。呆然と真琴を見つめる。すると、真琴は苦しげに目を逸らした。そして、小さな声で言った。

「ごめん、代助」

僕がどん底にいたとき、真琴は励ましてくれた。三森にケンカを売られたときもかばってくれた。ずっとずっと、真琴はそばにいてくれて僕の味方だった。だが、それは嘘だったのか？

「いや、真琴が謝るな」

代助は懸命に言葉を絞り出した。わかっている。真琴は悪くない。代助は懸命に自分に言い聞かせた。真琴は正直に告白してくれた。そして、こんなにも僕のことを思ってくれている。

僕は自由になれても真琴は違う。一生、この町から出て行けない。その哀しみを理解してやれ。真琴が悪いんじゃない。鷹櫛神社に縛り付けられる真琴の絶望を理解しろ。誰かそばにいて欲しい、と望むことは当然だ。

「真琴、わかってくれ。僕は真琴と一緒にいたい。これから先、死ぬまで真琴と一緒に生きていきたい。信じてくれ。それは絶対に揺るがない気持ちだ。でも、もうすこし時間をくれ。卒業までには必ず返事をする。でも、今はまだ僕は気持ちの整理をつけられないんだ」

真琴はじっと代助を見上げた。それから大真面目な顔でうなずいた。

「わかった。待ってる」

もう我慢できない。その唇に触れたい。顔を近づけたとき、眼の端でなにか動いた。はっとして顔を上げると、神楽殿の端に三森愛美がいた。ぼろぼろ泣いている。

真琴が慌てて代助から離れた。

「どうしたの、三森さん」

愛美は泣きじゃくりながら立ち尽くしている。そのとき、はっとした。背中まであった髪が肩上になっている。

「ごめんなさい、真琴さん、あたし……大祭のために、髪、伸ばしてたのに……みっともなくなって……」愛美は涙にむせながら言った。「ごめんなさい、こんなみっともなくなって……」

「三森さん、全然みっともなくなんかない。そんなの気にしないで」

「でも、せっかく伸ばしてたのに……」

「かもじがあるから大丈夫。だから、泣かないで」

三森愛美を落ち着かせ、事情を聞いた。

愛美の学年は昨日まで修学旅行だった。二日目は班単位での自由行動だった。叱られない範囲でめいっぱいオシャレをして行こうということになった。

——愛美、ヘアアイロンやったげる。すごいさらさらストレートになるよ。

——ほんと？　やってやって。

旭穂乃花たちが愛美の長い髪をヘアアイロンで挟み、伸ばした。だが、「ちょっとうっかり温度設定を間違え」た挙げ句、「ちょっと長い時間当てすぎ」た。愛美の髪はちりちりに焦げ、切るしかなくなったのだという。

その話を聞いて、真琴の顔色が変わった。だが、なにも言わず、愛美を連れて支度部屋へ行った。神楽の衣装やら小道具やらの入った大きな長持《ながもち》を開け、中からかもじを取り出す。

「ほら、これをつければいいから」

「でも、あたし、真琴さんみたいに自分の髪でやりたかったのに……」

「そんなの遠くから見たら同じ。ほら、ちょっとつけてあげるから、じっとして」

真琴は愛美の髪を束ね、手早くかもじをつけた。鏡を見せて言う。

「ね？　全然わからないでしょ？　他の子だってみんな、かもじをつけてるんだから。なんにも問題ないよ。大丈夫」

「ほんと？　大丈夫ですか？」

「大丈夫。地毛よりもボリュームがでるから、かえってきれい」

真琴がきっぱり言うと、愛美がほっとした顔をした。そして、何度も礼を言いながら帰って行った。

愛美が帰ると、真琴の顔が険しくなった。

「あれ、うっかりじゃない。いじめだと思う」

「ああ、絶対わざとやったんだ。このまま放っておくわけにはいかない」

真琴は険しい顔のまま、言葉を続けた。

「それだけじゃないの。実は、お母さんの形見のビデオが見当たらないの」

「見当たらない？　いつから？」

「今年の春までは、ちゃんと私の部屋にあった。でも、いつの間にかなくなってた。疑うみたいで悪いけど、もしかしたら旭さんかも」

代助は「夏越の祓」の神事を思い出した。「浦安」の練習のため、みなで集まった。代助がカレーを振る舞った後、ビデオと本の件を下品な冗談にされた。

「考えられるな。あいつのやることには明らかに悪意がある。練習で神社に集まったときに盗んだのかもしれない」

真琴が黙ってうなずいた。見慣れた代助が息を呑むほど、厳しい表情だった。

翌日の放課後、代助と真琴は旭穂乃花たちを生徒会室に呼び出した。愛美の件を訊ねると、旭は笑いながら開き直った。

「だって、愛美が調子乗ってウザかったんだから仕方ないでしょ？」

「ウザいなんて人に向かって言うなよ。自分が言われたらどう思う?」

「別に。ってかさ。あたし、冬雷閣のために愛美をシメたんだけど?」

「冬雷閣のため? どういうことだ?」

代助が訊ねると、旭穂乃花は得意そうな顔をした。

「愛美さ、こう言ってたのよ」


――翔一郎くんが冬雷閣を継ぐなら代助さんはフリーってことでしょ? あたしにだってチャンスあるかも。

――は? なに言ってんの? そんなのあるわけないって。

――だって、代助さんはもともと施設の出身だもん。家柄なんかは気にしないと思う。だから、あたしにも望みはあるよ。

――バッカじゃないの? 冬雷閣を継がなくなってフリーになったら、加賀美真琴とくっつくに決まってるじゃない。

――そんなことないよ。代助さんと真琴さんは絶対に結婚なんかしない。

――なんでそんなこと言い切れんのよ。

――絶対にしないんだから。代助さんが本当に好きなのはあたしだもん。

――あんた、マジで頭、おかしいんじゃない?

代助は顔をしかめた。こんな下世話な話のネタにされたかと思うと、不快でたまらなかった。

「とにかく、僕は三森さんとはなんの関係もない。それから、僕たちについて勝手な憶測で噂話をするのはやめてくれないか?」代助はきっぱりと言い切った。

旭穂乃花は真っ赤な顔で代助をにらんでいたが、やがて、吐き捨てるように言った。

「うっさい、偉そうに。あんた、お払い箱のくせに」

かっとしたが言い返せない。そのとき、真琴がいきなり旭の頰を叩いた。

「なにすんの」

驚いた旭だったが、すぐに真琴の頰をビンタした。真琴が負けずに叩き返す。代助は慌てて二人の間に割って入った。二人を引き離そうとしたが、今度は旭が思いきり代助の向こうずねを蹴った。不意を突かれた代助はよろめいた。それを見た真琴が、また旭をビンタした。

「こいつ」

旭が真琴につかみかかろうとした。だが、旭の友人たちが懸命に止めた。

「だめだよ。加賀美真琴に手を出したら」

「は? なによ、神社がなによ、冬雷閣がなによ。あたしには関係ない」

「でも、やばいって。家に迷惑がかかるよ」

「あたし、卒業したらこんな町、出てくの。自分の好きにやるの。家がどうなろうと、スーパーがどうなろうと関係ない。だから、こいつに言ってやる。いつも偉そうにしやがって。自分は特別みたいな顔してさ。一番ウザいのはこいつ。死ぬほどウザい」

真琴は黙って旭を見ていた。そして、怖ろしく冷たい声で言った。

「ウザくてごめんなさい」

その言葉を聞くと、旭が金切り声で叫んだ。

「バカにしやがって」

友人たちが懸命に旭を押さえている。真琴はその様子をじっと見ながら、静かに言った。

「どうせウザいと思われてるなら遠慮する必要ないわね。ねえ、旭さん、私のビデオ知らない？」

「ビデオ？　なにそれ」

「私の部屋からビデオがなくなってたの。例の十八禁ビデオ。本当に知らない？」

「知るわけないでしょ。なんでそんなこと、あたしに訊くの？　あたしを疑ってるの？　は？　証拠あんの？　は？　あんた何様？」

旭が食ってかかった。真琴が一瞬ひるむ。そして、悔しそうに言った。

「……いえ、ごめんなさい」

真琴が詫びたことで旭は満足したようだ。満面の笑みで言う。

「こういうの二度とやめてよね。じゃ、あたし、これで失礼しまーす」

旭穂乃花たちは生徒会室を出て行った。ドアが閉まった途端、爆笑が聞こえた。真琴はしばらくじっとしていたが、やがてコートとカバンを持って立ち上がった。

「真琴、帰るのか？」

真琴は返事もせずに行ってしまった。代助は慌てて戸締まりをし、鍵を掛けて部屋を出た。真琴の後を追う。

真琴は校門を出て、どんどん歩いて行く。呼んでも振り返りもしない。ようやく追いついた代助は横に並び、そっと真琴の顔をうかがった。叩かれた頰は真っ赤なのに、無表情のままだ。一言も喋らないまま、石段下までやってきた。普段はここで別れる。だが、今日はそんなことはできない。真琴と並んで石段を登った。真琴はなにも言わない。

神社に戻ると、真琴は真っ直ぐ社務所に行って壁に掛かった鍵を取った。代助は黙ってその後をついていった。

真琴は三本杉の奥にある氷室に向かった。なにをするつもりだ、と思ったが代助はまだ黙っていた。真琴は古い大きな錠前に鍵を差し込んで回した。巻き付けられた鎖を解き、鉄柵を開ける。そして、中へ入っていった。

氷室の中は石壁になっていた。ところどころ、崩れて土がむき出しになって、木の根も見える。奥にはもう一つ扉がある。真琴はすこしためらってから、開けた。すると、真っ暗な空間が広がっていた。湿った水とカビの臭いが押し寄せてくる。真琴はすぐに扉を閉めた。

「ねえ、知ってる？　今、塩のスイーツがブームなんだって」

いきなり明るい声で真琴が訊ねた。代助は呆気にとられて真琴の顔を見た。真琴は氷室の薄闇で楽しそうに笑っていた。

「ああ。塩チョコも塩キャラメルも、塩のケーキもなんでもあるってさ」

「じゃあ、ここでアイス屋さんできるよね。ほら、鷹櫛神社氷室仕込みの冬雷塩アイス。名物になりそう?」

代助はしばらく真琴の笑顔を見ていた。そして、たまらなくなった。

「ああ、なるよ。僕のカレー味のクレープもな」

代助がそう言った瞬間、真琴の笑顔が消えた。

「とっくに覚悟を決めたはずなのに……」吐き捨てるように言う。「私、あの子たちをうらやましいと思ってる」

真琴の気持ちは痛いほどわかった。彼女たちには自由がある。町を出て行ける。自分の好きにやれる。でも、真琴にはない。鷹櫛神社の跡取りである以上、自由などない。

「……いい加減、諦めないといけないのに」

真琴が突然しがみついてきた。汗の匂いと花の香りが混ざったような、女の匂いがした。

その瞬間、代助は本当に理解した。

生まれたときから鷹櫛神社の巫女でいなければならなかった孤独。鷹櫛神社を継がなくてはならないという死んだ母からの重圧。時代錯誤のばかばかしい町ぐるみの檻《おり》。

今までわかったつもりでいたけど違う。真琴の中にどろどろと渦巻くもの。海に流された姫と同じくらい強く激しい嘆き。

代助は強く真琴を抱きしめた。真琴も強くしがみついてきた。

僕にはどうすることもできない。僕にできることがあったら、という言葉すら言えない。

もし、僕が冬雷閣の当主なら、なにがあっても、どんなことをしてでも鷹櫛神社を守ってやる。一心同体なのだから。だが、もう僕は当主にはなれない。真琴を守ることはできない。

残された手段は一つ。倫次の申し出を受けることだ。

一番簡単な方法だ。わかっている。なのに、まだ心が決められない。くだらないプライドが邪魔をしている。たらい回しはいやだ――。

代助は真琴の唇を吸った。なにも言ってやることができない代わりに、強く舌を絡めた。真琴も泣きながら応えた。暗い氷室の中で互いの舌をむさぼりながら、いつまでもこうやっていられたらいいのに、と思った。

真琴が殴り合いのケンカをした、と学校は大騒ぎになった。

互いの保護者が呼び出され、代助はケンカの目撃者として同席することになった。応接室に通された倫次は困ったような、だが、ほんのわずか面白そうな顔をしていた。

旭穂乃花の父親は入ってくるなり、倫次に土下座せんばかりに詫びた。

「すみません、うちの娘が真琴さんを叩いたなんて……」

「いや、うちも旭さんの娘さんに暴力をふるったと聞いています。申し訳ない」

「いやいや、とんでもない……」

倫次と旭の間では話がついた。だが、それだけでは終わらなかった。その夜、旭穂乃花の親と他の二人の女の子の親、それに三森愛美の両親までが冬雷閣に出向いて謝罪した。三森の父はひたすら頭を下げ、母は謝罪か愚痴かわからない調子で喋り続けた。

「ちょっと髪の毛が焦げたくらいで大騒ぎするうちの娘が悪いんです。そもそも満足に神楽もできないくせに真琴さんの真似ばっかりして、みっともないったら」

謝罪の客が帰ると、雄一郎は血相を変えて鷹櫛神社に向かった。

「落ち着いてください、お父さん。真琴は悪くないんです。僕がついていながらあんなことになって、すみません」

後を追った代助は懸命に詫びたが、雄一郎はまるで無視した。

神社に着くと、大声で真琴を呼んだ。そして、真琴が出て来ると無言で腕をつかみ、禊ぎ場へ引きずっていった。

「なに、おじさん。一体……」

真琴が怯えたような顔をする。だが、雄一郎はかまわずに歩き続ける。

「乱暴はやめてください、お父さん」

代助は雄一郎の肩をつかんだ。すると、振り向いた雄一郎に思い切り拳で殴られた。代助がひるんだすきに、雄一郎は真琴を泉の中へ放り込んだ。

「恥ずかしいと思わないのか」雄一郎が怒鳴った。「それでも鷹櫛神社の巫女か」

真琴はずぶ濡れになり、呆然と雄一郎を見上げている。代助は慌てて駆け寄り、真琴を引き上げた。

「なにをするんですか。お父さん。真琴の話も聞かずに一方的すぎる」

だが、雄一郎は完全に代助を無視した。そこへ倫次が駆けつけた。濡れたままの真琴とその横に仁王立ちする雄一郎を見て察したようだ。なにか言おうとしたとき、雄一郎が低い声で言った。

「倫次、いや、鷹櫛神社宮司、加賀美倫次先生。この神社の巫女は、感情のままに暴力をふるうのか？」

「兄貴、聞いてくれ。これにはわけがある。真琴のしたことは許されないが……」

「黙れ。神社に泥を塗っておいて、今さら言い訳か？　自分を律することもできず、怒りで自分を汚《けが》すか。そんな不浄の巫女など言語道断《ごんごどうだん》。この神社の跡継ぎとしてふさわしくない」

「すみません。雄一郎おじさん。本当に申し訳ありません……」震えながら真琴が言った。

「謝って済むことか？　おまえの母親はなんと言って死んだ？　この神社を頼む、と言わなかったか？　母親との約束を破るのか？　母親を哀しませたいのか？」

「違います。私は一所懸命、お母さんとの約束を守ろうと……」堪えきれず、真琴が泣きだした。

「兄貴、いい加減にしてくれ。これ以上の口出しは無用だ」

「倫次。娘一人しつけることもできない者が大きな口を叩くな。おまえのような者が宮司ではこの神社の行く末が心配でたまらん」

「今の言葉取り消してもらおうか」倫次が雄一郎をにらみつけた。「兄貴風を吹かせるのはいい加減にしてくれ。昔は兄と弟であんたは自分が上だと思っていたかもしれないが、今は違う。

冬雷閣主人と鷹櫛神社宮司。対等なんだ」

「対等？　笑わせるな。巫女の管理もできない宮司がなにを言う」雄一郎が冷たい声で言い放った。

「千田塩業も以前ほどではないそうだが？」

雄一郎と倫次はにらみ合った。そのまま無言で二人とも動かない。代助は震える真琴の腕を取った。濡れて冷え切っている。

「真琴、行こう。このままじゃ風邪を引く」

「待て、真琴。話は終わっていない」

雄一郎が言った。だが、代助は無視して、真琴の腕をつかんで歩き出した。

「代助、勝手なことをするな」

「勝手なのはお父さん、あなたです」

それだけ言って、代助は真琴の腕を強く引いた。真琴はためらっているようだったが、代助は無理矢理に歩かせた。

「真琴、風呂は沸いてる？」

「まだ」

「あの風呂釜、結構時間掛かるよな」

「最近調子悪いから、三、四十分くらい」

「沸くの待ってたらホントに風邪引くな。うちへ来いよ。沸いてるから」

真琴は素直にうなずいた。よほど冷え切っているのだろう。着替えを用意した真琴を連れて、代助は石段を下りた。吹き付ける風の盾になろうと前を歩く。

背中から押し殺した泣き声が聞こえた。代助は振り向かずに手を伸ばした。真琴がその手を握った。氷のような手だった。

冬雷閣で事情を説明すると、京香は顔色を変えた。夫の乱暴を詫び、すぐに真琴を風呂へと案内した。

真琴が風呂へ入ると代助はすこしほっとした。なにか温かいものでも、とココアを作る用意をした。鍋にココアの粉と砂糖を入れ、すこしの水で練る。

真琴が来て嬉しい翔一郎は浮かれて、代助のまわりをうろうろしている。

「おにいちゃん。まことおねえちゃんはうちにとまるの？」

「さあな」

「ぼくもココアのんでいい？」

「お母さんに訊いてこい」

うん、と走り出ていく。しばらくすると、京香がやってきた。

「翔一郎のぶんもお願い」

「わかった」

「お父さん、本当に真琴さんを禊ぎ場に突き落としたの？」

「うん。無理矢理引きずって行ったんだ。止めようとしたけど無理だった」

「それで、お父さんと倫次さんは?」

「言い合いになって、すごく険悪な雰囲気だった。そこで、真琴を連れて帰ってきたから、後は知らない」

京香がため息をついた。それきり黙ってしまう。代助は鍋に牛乳をすこしずつ注ぎ、泡立て器で混ぜながら温めた。

「巫女とか鷹とか……なんでそんなにこだわるのかしら」京香がぼそりと言う。「ばかみたい」

驚いて、代助は京香の顔を見た。すると、京香がすこし投げやりな顔で笑った。

「冬雷閣だとか鷹櫛神社だとか、こだわってるのは男だけ。氏子さんたちだって、奥さんはみんな呆れてる。気づかなかった?」

代助は旭を思い出した。みな、顔には出さないだけで、女の子たちはそう思っていたのだろうか。じゃあ、僕や真琴のやってきたことはなんだ? 陰では笑い者だったのか? こんなに一所懸命やってきたのに――。

ココアを食堂に運ぶと、風呂から上がった真琴に翔一郎がまとわりついている。

おねえちゃん、おねえちゃん、と嬉しそうだ。代助はしばらく放っておくことにした。子供の相手をすれば、真琴だってすこしは気が紛れるかもしれない。

代助は回廊のガラス戸を開け、中庭に出た。

見上げると、四角い夜空に月が輝いていた。代助は思わずため息をついた。白い息が空に上っていく。いつまで経っても僕はよそ者だ、と思う。雄一郎の怒りも、真琴の苦しみも、町の人の本心も本当には理解していなかった。

だが、雄一郎の怒りは異常だ。女の子を泉に突き落とすなんて、どうかしている。代助が三森龍とケンカしたときだってこれほど怒らなかった。倫次になだめられて納得したではないか。父にとって巫女はそれほど特別なものなのだろうか。

ガラス戸が軋む音がして、真琴が中庭に出て来た。

「翔一郎は？」

「騒いでたけど、おばさんが無理矢理に寝かせた」

「そうか。悪かったな」

「ううん」

真琴はすっかり落ち着いたようだ。

しばらく黙って二人で月を見る。真琴の白い息はほんのすこしチョコレートの匂いがした。

「なあ、僕はやっぱりよくわかってないんだ。なぜ、この町の人がこれほど大祭にこだわるか。嫌なら無視すりゃいいのに、それもできない」

すこし考えて、真琴が答えた。

「みんな怖いんだと思う。お母さんが死んで、神楽を奉納しなかった年のことは知ってるでしょ？　海が荒れて船が転覆して……。大昔にもそんなことがあったんだって」

「そんなの単なる偶然だ。ばかばかしい」

「偶然だけど、町の人たちはそうは思わない。大祭は伝統とか文化とかそんなもんじゃなくて、

『やらなくてはならないもの』なの」

「やらなければ、祟りがあるからか？」

「怨霊《おんりょう》を鎮《しず》めるために建てられた神社なんて、日本中にいっぱいあるでしょ？　それと同じ。祟りなんか本気で信じてなくても、自分の代でしきたりを破るのは怖いのよ」

「なるほどな」

信仰とも呼べない曖昧《あいまい》な気持ち。そんな不確かで弱いものが、何百年も町の人たちを縛り続ける。こだわりさえ捨てることができたら、みな、もっと幸せになれるのではないだろうか。

「私が大祭にこだわるのは、鷹櫛神社に生まれたから当たり前。でも、町の人のためなんじゃない」

「じゃあ、真琴はなんのために？」

「お母さんとの約束、だと思う」真琴が低く笑った。「死ぬ間際のお母さんと約束したから破るわけにはいかない。なのに……怖い」

「怖い？」

「ビデオがなくなってしまって怖くてたまらないの。きっと、あそこにはお母さんの大切なメッセージが遺されてたはず。それを観ないままで、私、ちゃんと神社を守っていけるとは思えない」

「そんなことない。大丈夫だ。それに、ビデオだって見つかるかも。部屋のどこかに紛れてるだけかもしれないじゃないか」

「ううん。どれだけ捜しても見つからなかった。このままじゃ、私はお母さんとの約束を守れない。『鷹の舞』だって中途半端なままで……」

「そんなこと言うな。真琴はちゃんとできてる。町の人だってわかってる」

真琴は返事をしない。すこしの間じっとしていた。やがて、突然歩き出すと、中庭の真ん中まで進んだ。そこで代助に向き直り、背筋を伸ばしたまま全身の力を抜いた。

はっとした。

真琴はゆっくりと手を差し上げた。そして、静かに、ゆるやかに舞いはじめた。

「鷹の舞」だ。

海の底のような中庭で、真っ白なセーターとデニムで真琴が舞う。アンバランスな感じがぞくりとするほど美しい。代助は息を詰めて見守った。

今、真琴は空だ。一見、空っぽの器だ。でも、「なにか」で満たされているように見える。でも、その「なにか」がなんなのか説明できない。その「なにか」は簡単に口にしていいようなものではない。代助ごときが触れてはいけない。そんな気がする。

ふっとあたりが暗くなって、代助は空を見上げた。流れてきた雲が月を覆い隠している。

真琴が突然、舞を止めた。そして、投げ出すような口調で言った。

「私だってわかってる。みんなに嫌われるのは私に問題があるから。私が勝手に壁を作って、みんなを見下してるから」

「別に見下してるわけじゃないだろ」

「町のために、神社のために、神楽をやってあげてる、っていう押しつけがましさがウザいと思われてる」

「真琴は別に押しつけてるわけじゃない。しきたりとかを押しつけてくるのは、この町の連中じゃないか」

「たしかにお互い様なんだけどね」また低く笑った。「でも、自分でもわかってるの。私、一人で空回りしてる」

「空回りなんて言ったら、僕はどうなるんだよ」代助は思いきり軽く言った。「な、だからほっとけよ。真琴はお母さんとの約束を守るために舞ってるんだ。誰がなにを言おうとそれでいいじゃないか」

「代助は？　今は鷹匠って役目をどう思ってるの？」

「僕はいずれお払い箱になる。鷹匠じゃなくなるんだ。でも、鷹は好きだ。冬雷閣のために、って義務がなくなっても好きだ。でも、そんな簡単に言ってしまえるのは、跡継ぎじゃなくなった養子の気楽さなんだろう」

「気楽じゃないでしょ」

「気楽だよ。何百年も続く神社を背負った真琴より、ずっとずっと気楽だ。僕はーめっちゃー楽してるー」

バカみたいに歌うと真琴がふきだした。

ウザい二人が互いに慰め合う。ここが海の底でよかった、と思う。誰にも見られずに済む。

二人きりでふざけあっていられる。そう、このままふざけあっていられたら――。

　真琴が一つくしゃみをした。

「そろそろ入ろうか」

　ガラス戸に手を掛けたところで、ふっと疑問に思った。

「なあ、結局、怪魚はどうなったんだ？　神社を建てて祀ったら祟りは鎮まったんだろ？　じゃあ、怪魚は神社に退治されてしまったってことか？」

「たぶんね」

「怪魚はかわいそうだな」代助は納得できないような気がした。「そもそも悪いのは村人だろ？　怪魚は当然の復讐をしただけだ、と僕は思うな」

　釈然としないのは、怪魚への思い入れがあるせいだけではない。

　真琴には言えないが、今でもやはり気持ちの遣り場に困っている。喉に小骨が刺さったようなもどかしさがある。

　翔一郎が冬雷閣を継ぐのなら、代助は用済みだ。ならば、真琴と結婚して鷹櫛神社の神職になるだろう。

　みながそう思っている。代助がたらい回しにされることを当然だと思っている。それが悔しい。こんなつまらないことにこだわるのは、自分の器が小さいせいだ。それがわかっているのに、うまく折り合いがつけられない。

　でも、本当に怖いのはこの先だ。もしも、と思ってしまう。

両親が要らなくなったから代助は捨てられた。次に冬雷閣に必要とされ、引き取られた。だが、要らなくなったので、また捨てられた。すると、今度は鷹櫛神社に必要とされている。だが、もし、再び要らなくなったら？　代助が不要になったら？　三度、代助は捨てられるのだろうか。

くだらない。子供じみている。拗ねるな。冷静に判断しろ。

代助は何度も言い聞かせた。真琴と一緒になれるチャンスだ。つまらないことで棒に振るな。真琴を悲しませるな。とにかく、次の大祭を成功させることだけを考えるんだ。

振り返って中庭を見た。

風にあおられ木々が揺れている。苔の上に落ちた影がゆらゆらと動いた。悠々と泳ぎ回る怪魚が見えたような気がした。

「代助、なにしてるの？」

真琴に呼ばれて、慌てて家の中に入った。

喉に刺さった骨は抜けない。きっと怪魚の骨なのだろう、と思った。

＊

大祭の朝が来た。

代助は鷹匠装束を身に着け、緑丸を据えて浜を歩いていた。

心が乱れているのがわかる。例年よりずっと緊張している。代助が鷹匠を務めるのは来年まで。再来年になればお払い箱だ。最後まで立派に務めたい。だが、失敗したくない、という気負いは心の乱れに繋がる。それがわかっていながら、動揺する心を静められない。

「代助」

真琴がやってきた。

薄く化粧した真琴はいつもより大人っぽい。普段なら見とれてしまうだろうが、今はそんな余裕がない。

「代助、終わったらアイス食べに行こう」

「あ、ああ」

「それから、カレー作って。私、クレープ焼くから」

「……ああ」

代助は真琴の唇を見た。紅《べに》を差した唇はふっくらと柔らかそうだ。氷室での口づけを思い出した。

急に身体が熱くなる。すると、不安が吹き飛んだ。

「お互い、頑張ろう」

「ああ」代助はうなずいた。

代助は緑丸を据え、姫が流された海を見つめた。

なにも考えず、ごく自然に、ごく静かに羽合せた。

緑丸が飛び立った。

海の上を真っ直ぐに緑丸が飛んでいく。

忘れろ。なにもかも忘れろ。怨《うら》むな。憎むな。自分を憐れむな。

今は、この大祭が無事に終わることだけを考えるんだ。

怨むな。自分を憐れむな。

緑丸が弧を描いて戻って来た。代助は腕を伸ばした。緑丸が舞い降りる。

鈴が鳴る。真琴が舞う。ゆっくりとした回旋。果てのない螺旋《らせん》のような回旋。高く腕を差し上げ、空に向かって鈴を振る。

神が降りてくる。

怨むな。自分を憐れむな。

そして、滞りなく大祭が終わった。


夜は神社の大広間で直会《なおらい》——つまりは宴会になる。

商店街の連中はみな上機嫌だった。年に一度の大祭だから、男も女も無礼講だ。樽酒が振る舞われる。豪快に升《ます》と塩で飲んでいる者もいた。塩はもちろん冬雷塩だ。

一日中興奮していた翔一郎はうとうとしている。真琴は食器を並べたり、料理を運んだりで忙しい。冬雷閣の人間だって一応は氏子なのだが、神社側の人間として忙しく働く。代助も京香も酒を注いで回った。

「三森さん、あんたんとこの娘さん、ずいぶん上手になったじゃないか。最初はどうなることかと思ったが」

氏子総代の浜田郵便局長が三森酒店の主人に話しかけた。

真琴と一緒に皿を並べていた三森愛美が顔を伏せる。その様子を見て、三森の母がぼそぼそと言った。

「全然ダメだよ。『浦安』に選ばれて五年になるのに、間違えてみっともない。他の娘さんと比べて恥ずかしいよ」

顔には出ていないが、実は相当酔っているようだ。父親は知らぬふりでひたすらサザエを食べている。そのほかの神楽舞の女の子たちはにやにや笑って見ていた。

「奥さん、そりゃ言い過ぎだよ」

浜田郵便局長がたしなめるが、母親は首を横に振った。

「出来の悪い娘で恥ずかしい。気も利かないし、愛想もないし」陰気くさい顔で言った。「勉強もさっぱりだしね。真琴さんの爪の垢《あか》でも煎《せん》じて飲めばいいんだ」

「いやいや、そんなことはない」

そう言いながらも、座の男たちが笑う。酒の席とは言え、あまりにひどい。代助と真琴は顔を見合わせた。僕が言う、と代助が合図を送ったとき、三森の父親が顔を上げた。サザエの殻を手に持ったまま、愛美に向かって怒鳴る。

「愛美、あんまり親に恥をかかすな。みなさんの言うことをよく聞いておけよ」

愛美が泣きそうな顔をして立ち上がった。真琴が慌てて引き留めようとしたが、愛美は部屋を出て行ってしまった。

「ちょっと言い過ぎです」代助はみなを見渡して言った。「三森さんは頑張ってたじゃないですか」

すると、三森の父親がじっと代助をにらんで言った。

「代助さん、あんた、もうあんまり偉そうなことは言わないほうがいいよ」

途端に、座が静まりかえった。みな、しまった、という顔をしている。代助は言葉に詰まった。混乱しながらも、ああ、やっぱり、と冷めた意識で思う。これが、町の人間の本音か――。

雄一郎は無言だ。代助や町の人の反応をじっと見ているだけだ。真琴は青ざめた顔で唇を強く結んでいる。怒りを堪えているのがわかった。ダメだ、ここで真琴に文句を言わせたらダメだ。氏子連中との間に溝を作らせるようなことをするな。

「すみません。出過ぎたことを言いました」

代助は頭を下げた。すると、浜田郵便局長が大声で取りなすように言った。

「ああ、いやいや、三森さんもそんなつもりで言ったんじゃない。さあ、まだまだ酒はあるから飲もうじゃないか」

代助はみなに酌《しゃく》をして回った。あえて、真琴のほうは見ないようにした。

僕が宙ぶらりんのままだから町の連中も扱いに困っている、と代助は思った。冬雷閣の跡継ぎでもなく、神職になると決まったわけでもない、ただの若造。しかも、外から引き取られてきた養子。もともと町の人間ですらない。僕の居心地が悪くなるだけならいい。だが、このままでは真琴にも心配をかける。早く決めたほうがいい。

樽酒はほとんど空だった。代助は外に出て、社務所の裏で煙草を吸っている三森龍に声を掛けた。

「酒が切れた。新しい樽、あるか?」

この前免許を取った龍は直会後の運転手にされた。酒が飲めないのでふて腐れている。

「ああ、運んどく」ぶっきらぼうに答え、煙草を投げ捨て靴底で揉み消した。

「頼む。それから」代助は思わず顔をしかめた。「吸い殻、そのままにするなよ」

返事はなかった。龍がそのまま行ってしまったので、仕方なしに代助は吸い殻を拾って捨てた。

広間に戻ろうとすると、社務所から泣き声が聞こえた。のぞいてみると、中では三森愛美が泣いている。横には険しい顔をした倫次がいたが、代助を見ると途端にほっとした表情になった。

「どうかしたんですか?」

「いや……」倫次が言葉を濁す。「ちょっとみな酒が過ぎたようだな」

倫次の言葉を聞くと、愛美はさらに大きな声で泣きはじめた。ああ、さっきのことか、と代助は思い当たった。

「三森さん、泣くなよ。いい出来だったじゃないか」

「でも、あたしなんか……」

「真琴も言ってた。三森さんは年ごとに上手くなる、って」

「でも……」

三森愛美は顔をぐしゃぐしゃにして泣きじゃくった。

「嘘じゃない。今年は本当にいい大祭だった。三森さんも、真琴も、みんな素晴らしかった」

代助は懸命になだめた。

「代助さん、ありがとうございます」ひくひくしゃくり上げながら三森愛美が言った。「あたし、嬉しいです」

そこへ龍が戻って来るのが見えた。代助は龍を呼んだ。龍は泣いている愛美を見ると、無理矢理に社務所から連れ出した。

「おまえ、いい加減にしろよ、みっともない」

「でも、あたし……」

「いいから、こっち来い」

三森愛美は龍に引きずられて行ってしまった。代助は申し訳ないと思いつつも、ほっとした。倫次が小さなため息をついた。それから代助に向き直る。

「代助、おまえ、飲んでるのか？」

「多少は。わかりますか？」

「まあな。おまえにしてはよく喋る」

ははは、と軽く笑ってごまかした。そうだ、と思った。酒の勢いを借りるようだが、思い切って今、言ってしまうのも悪くない。

「倫次さん」

「なんだ？」

「この前の話、お受けします」代助は言った。

すると、ぱっと倫次の顔が輝いた。

「本当か？」

「はい。決めました」代助は倫次に頭を下げた。「よろしくお願いします」

「そうか、そうか」本当に嬉しそうだった。「これで貴子にも報告できる。よかった、一安心だ」

言ってしまうと、突然恥ずかしくなった。

「……じゃあ、僕は向こうに戻りますから」

代助は慌てて社務所を出た。駆けて戻ろうとしたとき、突然、雨が落ちてきた。柔らかく、どこか潰れたような音がする。みぞれ交じりの雨だ。

真琴が神楽殿へ走って行くのが見えた。代助は後を追った。

「閉めるの、手伝って」

「わかった」

神楽殿には祭りで使った装束や舞道具が干してあった。湿った潮風に吹かれた装束は乾かしてからしまわないと、ダメになるからだ。金色の挿頭や、鮮やかな紐のついた舞扇《まいおうぎ》などがきちんと並べて置いてある。奥には黒漆《くろうるし》が剝げかけた、大型の古めかしい長持があった。蓋を開けたまま、風を通してある。

みぞれが吹き込んだら、装束が濡れてしまう。四方の格子戸を閉めてまわった。

「しばらく雨なんだって」真琴が困った顔をする。「さっさと晴れて欲しい。虫干ししたいから」

「でも、今日降らなくてよかったじゃないか」

「まあ、そうだけどね」

全部の戸を閉めきって、外に出た。みぞれ雨は激しくなっている。代助と真琴は軒の下でしばらくじっとしていた。

まだ直会は続いている。戻らなければならない。だが、二人とも動けなかった。

「真琴。僕、さっき倫次さんに返事をした」

真琴がぴくりと震え、代助の顔を見た。

「……この前の話、お受けします、って」

「本当?」真琴の眼が揺れながら輝いた。「じゃあ……」

「うん。僕はこの神社の神職になるよ」

「代助……よかった。ありがとう」

真琴がしがみついてきた。代助は真琴を抱きしめた。胸の中で真琴が泣いていた。

「代助、ごめん。ほんとにごめん、ありがとう」

「真琴が謝ることじゃない。僕が決めたんだ」

しゃくり上げる真琴の顔を無理矢理に上げさせて、唇を吸った。真琴の唇は冷たくて、涙の味がした。

これでよかったのだろう。これで。

代助は柔らかなみぞれ雨の音を聴きながら思った。なにもかも、これでよかった、と。

＊

大祭の翌日、代助は高校を休んで久しぶりに遅くまで眠っていた。

みぞれ雨は上がっていたが、空は相変わらずどんよりと暗い。午後から神社にお礼の挨拶がてら顔を出そうと思っていたら、翔一郎が言った。

「おにいちゃん、みどりまるとれんしゅうしたい」

翔一郎は眼を輝かせて言った。

「いや、今日はやめておこう。あまり天気もよくない」

「でも、いきたい」

昨日の大祭から翔一郎はずっと興奮している。二年後、自分が鷹匠を務めるということが段段とわかってきたらしい。

「翔一郎。緑丸だって疲れてるんだよ」

「ちょっとだけ。きのうからたのしみにしてたから」すこし怒った顔で翔一郎が言い返した。

「気持ちはわかるが、今日はやめておこう。また、今度行こうな」

「ぼくもたかじょうのれんしゅうしたい」

まだ無理だとわかっているが、今の翔一郎の気持ちを大切にしないでいいのか？　代助は迷ったが、結局翔一郎に押し切られてしまった。

「わかった。じゃあ、昼から一緒に行こう」

「うん。おにいちゃん、ありがとう」

喜ぶ翔一郎を見ると、代助も嬉しくなった。やはりこれでよかったのだ、と思った。

海は荒れ気味だったので、昼から山の野原に出た。

雲は低く、雪になりそうな気配だった。ときどき、冬雷が鳴った。すこし緑丸の調教をしただけで、風が冷たくなってきた。

「翔一郎、今日はもう戻ろう。雪になる」

「あと、もうすこしだけ」

「ダメだ。お母さんが心配する。それに、緑丸だって疲れてしまう」

「ぼくのたかなのに」

「なに？」

「おとうさんがいってた。みどりまるはしょういちろうのたかだ、って」

むっとした。まだ一年あるはずだ。まだお払い箱ではないはずだ。なのに、もうそんなことを言うのか。

「ぼくがしゅじんなんだから、おにいちゃんにとられるな、って」

父がそんなことを言ったのか。そこまで僕は信頼されていないのか。怒りと悔しさがこみ上げ、代助は思わず声を荒らげてしまった。

「でも、おまえはなにもできないくせに」

代助は緑丸を据えると流れるように羽合せた。緑丸はゆっくりと大きく旋回すると戻って来て、代助の腕に止まった。

「ほら、翔一郎、おまえには無理だろ」

すると、翔一郎が泣き出した。その様子を見ると、自分がいかに大人げないことをしたのか気づいた。

「ごめん、翔一郎」

「みどりまるをかえして」翔一郎が代助を泣きながらにらみつけた。「ぼくのたかなのに」

その言葉を聞いた瞬間、突然なにもかもがどうでもよくなった。

「勝手にしろ」

それからは無言だった。二人で黙りこくって山を降り、冬雷閣に戻った。鷹小屋に緑丸を移す。

「翔一郎、早く家に入れよ」

言い捨てて代助は冬雷閣を出た。

真琴の顔を見たい。会って話をしたい。だが、今会うと、きっと真琴は気づく。なにかあったの？　と心配するだろう。

まるで甘えに行くみたいだ。いやなことがあって母親に泣きつく子供と変わらない。それではあんまり情けない。仕方なしに、代助は再び山を歩き回った。

湿った風が吹き付けてくる。重い冬空は青と灰色が混ざった色をしていた。

翔一郎に八つ当たりした自分が恥ずかしい。自分ではもう決心がついたと思っていたのに、心の底では違った。今でも未練たっぷりで翔一郎を妬《ねた》んでいる。

僕は最低だ、と代助は思った。こんな器の小さい男が、果たして神職など務まるのだろうか。

倫次は穏やかだ。厳しい雄一郎と違って、いつも代助を気遣ってくれる。僕もあんなふうになれるだろうか。

そのとき、冷たい風がごうっと吹いた。代助はぶるっと震え、背を丸めて腕組みをした。白い息を空に向かって吐く。

なにもかもが望み通りにいくわけではない。真琴と一緒になれるなら、こんな僕でも来て欲しいというところがあるなら、その道へ進むべきだ。

こんな僕でも、欲しいと言ってくれるのなら——。代助は雪雲を見上げてつぶやいた。

翔一郎はまだ三歳だ。鷹匠として独り立ちするまでには何年も掛かるだろう。それまでは、代助が手伝うしかない。もうすこし緑丸といられると思うと、わずかだが心が慰められた。もうあと何度、緑丸を据えることができるだろうか。その一度一度を大切にしなければ。もう無駄にする時間はない。そう、一分一秒を大切にしなければ。

陽が傾いてきたので、代助は山を後にした。身体は冷え切っていたが、すっかり心は落ち着いていた。

冬雷閣に戻ると、京香が心配そうな顔で玄関まで迎えに来た。

「翔一郎は？」

「え？　家にいないの？」

「一緒じゃなかったの？」

「鷹小屋で別れた。家に入ったと思うけど」

「一度帰ってから、また遊びに行ったのかしら？　だとしても、遅すぎる……」

京香の顔が真っ青になった。代助もぞくりと背筋が震えた。外はもう暗い。こんな時間に帰っていないのはおかしい。

「鷹小屋を見て来る」

代助はそのまま裏の鷹小屋に回った。緑丸は中にいた。輸送箱もある。翔一郎だけがいない。

こんな遅い時間に一人で遠くまで行くとは考えられない。翔一郎が行くとしたら神社だ。携帯を取りだし、真琴に電話した。しばらくして、真琴が出た。滅多に掛けてこない代助だから、すこし驚いている。

「代助、なに？」

「翔一郎がそっちに行ってないか？」

「翔ちゃん？　ううん、見てないけど」

「まだ帰ってないんだ。ちょっと神社の中を見てもらえるか？　僕も行くから」

「わかった」

代助は携帯を切ると、京香に言った。

「神社を見てくる。見つけたらすぐに連絡するから」

「お願い。私はこの近所を捜してるから」

代助は駆けだした。石段を一段飛ばしで登って、神社へ向かう。湧き上がるいやな予感を打ち消し、自分に言い聞かせた。僕とケンカして、拗ねて隠れてるんだ。真琴に甘えたがるのは、きっと僕に似たのだろう。血はつながってないが、僕に似たんだ。

神社に行くと、真琴は社務所の前にいた。母屋、拝殿、社務所の近辺を捜したが見つからないという。倫次も顔を出したので、三人でもう一度神社の中を捜した。だが、やはり翔一郎はいない。

なにかあったと考えるしかない。まさか、山で迷ったか。それとも怪我をして動けなくなっているのか。

倫次の顔が曇った。

「冬雷閣から警察に捜索願いを出したほうがいいな。それから、町の人にも捜索を手伝ってもらおう。私が連絡しておく」

「お願いします」代助は頭を下げた。「僕はこれから山を見てきます。見つかったら連絡ください」

「わかった。暗いから気をつけて」

真琴に懐中電灯を借り、山に入った。調教場所の近くを捜し回る。大声で名を呼びながら、代助は野山を歩き回った。だが、返事はない。翔一郎の姿も見えない。

「翔一郎、返事をしてくれ。翔一郎」

代助は懸命に翔一郎を捜し回った。雄一郎も工場から戻って来て一帯を捜した。だが、翔一郎はどこにもいなかった。

「もし、翔ちゃんが山で迷ったとしたら、目印になるように」

鷹櫛神社は灯りをともした。参道も社務所も拝殿も神楽殿も火を焚き、麓から見ると煌々と輝いて見えた。

町の人たちで捜索隊が結成された。捜索の本部は鷹櫛神社に置いた。倫次と氏子総代の浜田郵便局長が指揮を執る。海、山、町、と地域を分担して三人一組で翔一郎を捜し回った。雄一郎と京香は誘拐の可能性を考慮し、警察の人間と家で待機していた。代助は町の人たちと捜索を続けた。

「翔一郎、翔一郎。いたら返事をしろ」声を限りに叫ぶが、どこからも返答はない。

神社の中も徹底的に捜すことにした。広くはない神社だが、大木が茂り、末社《まっしゃ》はいくつもある。神社の裏手には山に続く道があるし、禊ぎの水場だってある。子供一人隠れる場所はいくらでもあった。

「手間を惜しまず、徹底的に捜しましょうや」

浜田郵便局長が言い、倫次もうなずいた。

念のため、普段から鍵の掛かっている場所も確認することにする。鍵束は社務所に置いてある。倫次の立ち会いの下、末社の祠の扉を開けて回った。隅から隅まで捜したが、翔一郎はいない。

「軒下も見たほうがいい」

代助は泥だらけになりながら、懐中電灯片手に這い回った。だが、やはり見つからなかった。ぐしゃぐしゃとみぞれが降り出した。警察犬を連れた警官の表情が険しくなった。

今は真冬だ。明け方頃には気温は零度以下になる。もし、外で動けなくなっているとしたら、命に関わる。

「あと、捜していないのは……」しばらく考え、倫次は代助に鍵を渡した。「念のため、代助は浜田さん、三森さんたちと氷室を見てきてくれ。私と真琴は母屋と拝殿をもう一度捜してみる」

鍵を渡され、代助は浜田郵便局長と三森父と三人で、氷室に向かった。崖に作られた氷室は鉄柵で閉じられている。古い大きな錠前を開け、鎖を外して鉄柵を開けた。

「翔一郎、いるのか？」

懐中電灯で中を照らす。奥へ進むと、断熱用にもう一つ木の扉がある。そこも開けた。すると、いきなり足首まで濡れた。見ると、石壁から水が浸みだして床に大きな水たまりができている。

「気をつけてください。水が溜まってます」

「水？　深いのか？」三森父がいやそうな声を出す。

「いや、そうでもない。僕が行きますから」

局長と三森父を残し、代助は奥まで進んだ。思ったよりも深く、ふくらはぎまで濡れた。

「翔一郎、いるのか？」

隅から隅まで捜す。だが、姿は見当たらない。仕方なしに、引き返した。

「まあ、鍵が掛かったところにいるはずがない」浜田郵便局長がぼそりと言う。

「でも、念のためだな」三森父が面倒くさそうに相槌《あいづち》を打った。「ああ、本当に今夜は冷えるな。かなわん」

三人で社務所の前へ戻ると、倫次と真琴がやってきた。

「どうだ？」倫次が訊ねる。

「いません」代助は首を横に振った。

倫次は大きなため息をついた。そして、腕時計を見た。

「もう日付が変わるな」顔を上げて真琴に向き直って言った。「真琴、なにか温かいものを用意してくれないか。簡単に食べられるものを。みなさんにお出ししよう」

するると、捜索チームにいた三森龍がぼそりと言った。

「……酒粕《さけかす》、店に大量にあるけど要るか?」

「ありがとう。お願いします」

真琴が礼を言ったが、龍は返事もせずに駐車場に駆けていった。

「僕があのとき一緒に連れ帰っていれば……」

代助は唇を噛んだ。悔やんでも悔やみきれない。浜田も三森父も黙ったままだ。最悪の想像をしているのだろうか。その沈黙が辛い。

捜索隊が鷹櫛神社に集結した。真琴がおにぎりと熱い甘酒を作って出した。冷え切っていたので、みな飛びつくようにして口に入れた。

代助は食欲がなかった。黙ってストーブで濡れた足を乾かしていると、真琴に叱られた。

「代助、食べなきゃダメ」

仕方ない。無理矢理に一つおにぎりを口に押し込んだ。見れば、真琴の顔だって血の気がない。

「ほら、真琴も」

おにぎりを手渡す。真琴もうなずいて食べた。

くそ、と代助は手水舎で顔を洗った。氷のように冷たい水だ。一瞬で頭も身体も引き締まる。

一刻も早く翔一郎を見つけねば。

濡れた顔のまま、みなのほうを振り返って違和感に気づいた。

代助はぞくりとした。濡れた顔に十二月の風が吹いたせいではない。代助を見つめる町の人の眼のせいだ。みな突き刺すような視線を向けてくる。

「代助さん、あんた、本当に翔一郎さんの行方に心当たりはないのか？」スーパー旭の店長が言った。

「思い当たるところは全部捜しています」

「最後に翔一郎さんと一緒にいたのはあんたなんだろ？　本当に知らないのか？」三森父だった。

「知りません。知ってたら、今すぐ飛んで行きます」

むっとして言い返したとき、浜田郵便局長と目が合った。すると、さっと視線を逸らされた。

そのとき、わかった。

僕は疑われている。僕が翔一郎になにかしたと思われている。

代助は呆然とみなを見渡した。誰もなにも言わない。だが、眼が言っている。おまえがやったんだろう、と。

代助は逃げるように冬雷閣へ戻った。玄関を入ったところで、見知らぬ男に声を掛けられた。

「千田代助くんだね。ちょっと、話を聞かせて欲しいんだが。お父さんにも許可は取っているよ」

警察の人間だった。代助は血の気が引いた。だが、すぐに思い直す。警察はすこし話を聞きたいだけだ。僕はなにもしていない。びくびくする必要なんてない。

雄一郎が洋間のソファに腰を下ろすように言った。その顔の厳しさにぞっとする。だが、自分に言い聞かせた。落ち着け、僕には後ろ暗いところなんて一つもない。堂々としていればいい。

「翔一郎くんと鷹の調教に出かけたんだね。終わってまっすぐ家に帰ったのかな?」

「はい。翔一郎とは裏の鷹小屋で別れました」

「君は家に入らなかった、と。で、どうしたのかな?」

「また山へ行きました」

「帰ってきたばかりなのに、なぜ?」

「すこし一人で考え事をしたかったからです」

「山と言っても広いが、どのあたりを?」

「行き当たりばったりです。谷のほうまで降りて、原っぱを歩いて……」

「そんな行き当たりばったりに山に入って、迷ったりはしないの?」

「緑丸の調教で山に入るのは慣れてます。迷うことはありません」

「翔一郎くんはどうかな? あの子も迷わない?」

「いえ。僕ほどは山に慣れていないし、詳しくないので……」代助は強く言った。「でも、絶対に一人で奥山へ入るなと言い聞かせています。約束を破ったことはありません」

「そうですか。なら、山へ行くときは絶対に誰かが一緒なんだね」

「そうです」

「一緒に行くのは?」

「大抵、僕です」

「なるほど。じゃあ、昨日、君は山を歩いていたと言ったけど、そのとき、誰かに会ったりしたかな?」

「いえ、誰にも」

「そう、ありがとう」

刑事の質問はそこで終わった。代助はほっとした。

翔一郎が行方不明になってから一週間が過ぎた。強い寒波が来て、魚ノ宮町には雪が積もった。

まだ翔一郎は見つからない。どれだけ捜しても、なんの手がかりもない。最後に翔一郎を見たのは代助だった。それ以降のことはなにもわからない。

冬雷閣と神社の関係者はみな調べられた。

代助と翔一郎が冬雷閣を出て山に向かったのは午後一時過ぎ。そして、山を下りて鷹小屋の前で翔一郎と別れたのは三時過ぎ。代助が家に戻ったのが五時半。そのときになって、ようやく翔一郎の行方不明がわかった。

その日の午後、雄一郎はロータリークラブの会合に出席していた。京香は町の美容院で髪を染めていた。

倫次と真琴は神社にいた。お宮参りの祈禱が一件あった。祈禱が済むと倫次は社務所にいた。真琴は舞の稽古を終えたあと、スーパーへ買い物に出かけた。

氏子連中もいろいろと訊かれた。みな、家でくつろいでいたり、仕事をしたり、普段通りの生活をしていた。

だが、代助と翔一郎を見たという人は誰もいなかった。

公開捜査に切り替わったことで、マスコミの人間が押しかけてきた。翔一郎の行方不明は全国ニュースになり、大きな騒ぎになった。

町の連中が書き込んだのか、ネットの掲示板には関係者の実名が晒《さら》されていた。そこでは、代助の素性――施設から引き取られ養子になったこと、跡継ぎの座を翔一郎に奪われたこと、行方不明直前まで行動を共にしていたことなどが事細かに書かれていた。

警察にはニュースやネットを見た人たちからの電話、メールが殺到していた。さっさと代助を逮捕しろ、と。

そんなとき、翔一郎のえがけが山で見つかった。緑丸の調教場所からすこし離れた崖下に落ちていた。付近を捜索したが、翔一郎は見つからなかった。

代助は連日、警察から事情を訊かれた。

「鷹小屋で別れたはずなのに、なぜ、えがけが山で落ちてるんでしょうね」

「わかりません。僕が最後に翔一郎を見たとき、鷹道具はすべてきちんと持っていました。えがけだけ山に落ちてるなんて考えられない」

「ええ、普通は考えられない。じゃあ、誰かが嘘をついているということだ」

誰か、とは代助しかありえない。代助はぞっとした。だが、疑いを晴らす方法がない。わからない、知らないとしか言えないからだ。

毎日毎日同じことを訊かれる。代助は翔一郎が消えた日のことを繰り返し説明した。

「何度も話しました。これ以上訊かれても、なにも新しいことはありません」

いい加減にしてくれ、と代助は強く言った。すると、相手をしていた中年の刑事は無表情で言った。

「すまないね。でも、捜査に協力して欲しいんだ。私たちは翔一郎くんの発見に全力を尽くしている。すこしでも手がかりが欲しいんだ。ご両親にも許可はもらっている」

そして、また同じ質問が繰り返された。代助が答えると、以前とほんのすこし言い回しが違うだけで厳しく指摘された。それはあら探しに近かった。意図的に代助を消耗させているような気がした。

拘束されるわけでもなく、容疑者扱いされるわけでもない。ただ、毎日朝から晩まで事情を訊かれるだけだ。だが、代助は消耗した。もう限界だ、と感じることがある。

やってもいない罪を自白する人間の気持ちがすこしわかるような気がした。今はこうやって毎日家に帰してもらえるから余裕があるが、もし逮捕されて勾留されていたなら状況は違っていただろう。どれだけ精神が不安定になるだろうか。

だが、追い詰められているのは代助だけではなかった。

取り調べから帰ると、食堂で二人が待っていた。冬雷閣自慢のヴィクトリアンタイルを背にし、血の気のない顔で代助を見つめていた。

「頼む、代助。なんでもいいから言ってくれ。山でなにがあった？　正直に言ってくれ」

「お願い、代助。本当のことを教えて」

雄一郎も京香も瘦せて眼ばかりぎらぎらしている。人を気遣う余裕など、どこにもない。

「お父さん、お母さん。僕はなにも知らないんです。信じてください」

「代助、頼む」

「代助、翔一郎はどこなの？」

代助は絶望に打ちのめされた。疑っているのは警察だけではない。父も母も代助が殺したと思っている。代助の言うことなど信じない。

「僕だって知りたい。僕だって翔一郎のことが心配でたまらないんだ」

雄一郎は呻《うな》るようにうめいて、どさりと椅子に座った。そして、頭を抱えた。

「……こんなことになるなんて……」

京香が泣き崩れ、這うように部屋を出て行った。その後を雄一郎が追った。代助はがらんとした食堂に取り残された。

年が明けても、翔一郎は生死不明だ。神隠しに遭ったように消えた。

もし事故に遭って動けなくなっているのだとしても、これだけ捜して見つからないのはおかしい。どこかに連れ去られた可能性もあり、当日の不審人物、不審車両の捜査も行われた。だが、これといった手がかりはなかった。

連日、厳しい寒さが続いている。生きていると信じている人はほとんどいない。みな、大きな声では言わないが、その死を確信している。

針のむしろ、という言葉を代助は身を以て体験した。今や、代助が翔一郎を殺したことを疑う者はいなかった。「冬雷閣の正当な跡継ぎを殺した極悪人」が捕まらないことで、みなの怒りと不平は日に日につのった。

代助がスーパー旭で買い物をしようとすると、はっきりと言われた。

「人殺しには売れない」

旭穂乃花の父親は嬉しそうだった。積年の怨みを晴らしたというふうに見えた。まわりにいた客たちで異議を唱える者はいなかった。代助は信じられなかった。ここは現代ではないのか？　日本は法治国家ではないのか？

「僕は人殺しじゃない」

怒りで声が震えた。だが、侮蔑《ぶべつ》の眼差しが返ってきただけだった。代助は買い物を諦め、足早にスーパーを出た。

これはスーパー旭に限ったことではなかった。他の個人商店でも同じだった。

学校も町の延長だった。旭穂乃花は日頃の鬱憤《うっぷん》を晴らす絶好の機会だと思ったらしい。

昼休み、ジュースを買おうと自動販売機のある食堂に行ったときだ。すると、旭がいた。代助を見ると、わざと気づかないふりをして大声で話しはじめた。

「愛美に言ってやったんだ、――残念、って。翔一郎くんが行方不明なら、代助さんが跡継ぎだね。だったら、あんたとは絶対に一緒になれないね、って」

代助に嫌みを言えるのが本当に嬉しいらしい。旭は満面に笑みを浮かべている。

「そしたら、愛美、どうしたと思う？　ぶるぶる震えて泣きだしちゃってさ。あはは、あの子、ホントに結婚する気でいたんだ」

代助は自分のコーラと真琴のぶんのウーロン茶を買うと、逃げるように食堂を出た。言い返しても無駄だとわかっている。だとしても、ただ逃げるだけの自分が情けなかった。

その日の授業終了後、真琴と帰ろうとすると校門で愛美が待っていた。代助を見て駆け寄ってくる。

「あの、代助さん。旭さんがなんか言ったみたいで、あの、あたし……」愛美の眼にはもう涙が浮かんでいる。

「三森さん。僕は別に気にしてないから」

「ごめんなさい、あたしのせいで……」

「三森さんが悪いんじゃない。泣かなくていいよ」

「でも……」

泣きじゃくる三森愛美を真琴と二人がかりでなだめた。校門の真ん前で泣くので、まるで晒し者だ。みな、くすくす笑いながら通り過ぎていく。

「あたし、代助さんの味方ですから。あたし、なにがあっても……」

「ありがとう。三森さん」

なんとか愛美を落ち着かせた。正直言って面倒な相手だったが、今はこんな言葉でも嬉しかった。

愛美と別れ、真琴と二人きりになる。雪が舞うなか、並んで歩いた。

「……なんだかんだ言っても、三森さん、代助のこと、本気で心配してくれてるみたいだね」

すこし言葉を選んでから言う。「自分だっていじめられてるのに、代助をかばおうとしてる」

「ああ。信じてくれる人間がいるってこんなに嬉しいことなんだ」代助はそこで一旦言葉を切った。そして、真琴を見て言う。「真琴、僕は……」

「だめ」真琴がぴしりと言った。「嬉しいとか感謝してるとか言わないで。私は当然のことをしてるだけ。他人行儀にお礼なんか言わないで」

「でも、真琴、僕は本当に感謝してるんだ」

「だめって言ってるでしょ。私は代助のこと、知ってる。なにもかも知ってる。私たちははじめて会ったときから、ぴったり合わさった石みたいなもの。剃刀《かみそり》の刃一枚だって入らないくらいに」

白い額の下で、真琴の眼がきらきら光っていた。代助はその熱にくらくらとした。

「ねえ、代助。感謝なんかしないで。ただ当たり前のように受け取って。ただ水が流れるみたいに、ただ息をするみたいに、私のすべてを受け取って」

この自信。この傲慢《ごうまん》。代助は思わず真琴を抱きしめた。

そうだ、このまま石になれたらいい。剃刀の刃一枚入らないほどぴったりと合わさった石だ。そうすれば、誰がなにを言おうと平気だ。中傷も非難も濡れ衣《ぬれぎぬ》もなにもかも——。


真琴と別れて冬雷閣に戻ると、書斎に呼ばれた。行ってみると、雄一郎と京香が待っていた。二人とも死人のような眼で代助を見た。そのまま黙っている。代助は背筋が凍った。一体なにがあった？　翔一郎が見つかったのか？　まさか、翔一郎はやはり……。

動揺する代助を見据えながら、ごく静かに雄一郎が話し出した。

「さっき、警察の人間と話した。彼らはこう言っていた。証拠はない。だから、逮捕したくてもできない。だが、状況を考えると、おまえしか考えられない、と」

呆然と雄一郎と京香の顔を見ていると、雄一郎がいきなり拳で机を叩いた。

「言え、代助。山でなにがあった？　正直に言え」

「なにもありません。僕はなにも知りません」

「嘘をつくな。おまえは山で翔一郎になにをした？　えがけを落としたことにも気づかないほどのことをしたのだろう？　言え」

「嘘なんかついていません。本当になにもしていません」

「本当のことを言え、代助」雄一郎がぶるぶると肩を震わせた。

「本当のことを言ってます。僕はなにも知らない」

「代助、お願い。翔一郎をどうしたの？　教えて」京香が代助の腕をつかんで、すがるように言う。

「僕はなにもしていない。本当になにも知らないんだ」

「嘘をつけ」

次の瞬間、代助は床に仰向けに転倒した。頰に激しい痛みが走る。冷たい寄木細工の床から見上げると、拳を握りしめた雄一郎が真っ赤な顔で見下ろしていた。

「おまえ以外に誰がそんなことをするんだ。言え、翔一郎はどこだ？」

「知らない。僕はなにもやってない」

「黙れ」雄一郎が代助の胸ぐらをつかんで引き起こした。そして、激しく揺さぶる。「翔一郎をどうしたんだ？　頼む、本当のことを言ってくれ」

叫びながら雄一郎が泣いていた。

「僕はなにもしていない。嘘じゃない」

再び雄一郎に殴られた。床に倒れた代助の上に雄一郎が馬乗りになった。

「……今まで育ててやった恩も忘れて……この恩知らずが」

代助をめちゃくちゃに殴りつける。代助はたまらず雄一郎を突き飛ばし、立ち上がった。雄一郎が尻餅を突いたまま、怒鳴った。

「おまえなんか引き取らなければよかった。おまえなんか、おまえなんか……」

京香の悲鳴のような泣き声が響く。

「翔一郎はどこ？　ねえ、お願い。教えて。翔一郎はどこにいるの？」

「お母さん、僕はなにもしてない」

代助の返事を聞いた瞬間、京香の顔にはっきりと嫌悪と怒りの色が浮かび上がった。

「お母さんなんて呼ばないで。この人殺し」京香が代助につかみかかった。「そうよ、あんたなんか養子にするんじゃなかった。翔一郎を返して」

代助は呆然と立ち尽くしていた。京香の拳が胸と腹を打つ。だが、痛みなど感じない。

「翔一郎がいなくなれば、冬雷閣が自分のものになると思ったんでしょう？　会社を継げると思ったんでしょう？　ほんとのこと言いなさいよ」

「違う」

「翔一郎が邪魔だったんでしょ？　翔一郎が憎かったんでしょ？」

「違う。そんなこと、考えたこともない」

「白々しい。おまえ以外に誰がいるんだ？」雄一郎が苦悶《くもん》に満ちた顔で歯ぎしりをした。「せめて、翔一郎が生まれたときに、おまえを追い出すべきだった。つまらない情など掛けたせいで……」

「僕は翔一郎を憎んだことなんかない。かわいい弟だと思ってる。危害を加えるわけがない」

「もういい。たくさんだ。……おまえはうまくやった。証拠一つ残さず翔一郎を殺した。違うか？」

「殺してなんかない」

「毎日取り調べを受けても自白する気もない。罪の意識も反省する気もない。おまえは鬼畜だ。人間じゃない」

「やってない、僕はなにもやってない」

代助は懸命に繰り返した。やっていないことは、やっていないとしか言えない。証明のしようがない。それを信じてもらえないなら、もうどうしようもない。

「養子縁組を解消したい。会社も冬雷閣もだ。おまえの顔など見たくない。おまえが拒んでも無駄だ。おまえにはなにも遺さない。会社も冬雷閣もおまえにやるくらいなら、潰したほうがましだ」

「会社も冬雷閣も要りません。でも、信じてください。僕はなにもやっていない。翔一郎を殺してない」

雄一郎がじろりと代助を見た。軽蔑しきった眼だった。

「まだシラを切るか？　そこまでして財産が欲しいか？　浅ましい」

浅ましい、と言われた瞬間、かっと頭に血が上って眼の前が真っ赤になった。代助は思わず叫んだ。

「財産なんか要らない。養子縁組は解消されても構わない。でも、絶対に僕は翔一郎を殺していない」

「そうか、わかった。なら、手続きは弁護士に進めさせよう」

雄一郎は落ち着き払った声で言うとソファに腰を下ろした。そのまま眼を閉じ動かない。京香はその横ですがるような眼で代助を見た。

「……お願い。せめて、翔一郎がどこにいるのか教えて。このままじゃあの子は浮かばれない。お願い」

「僕はなにもしてないんです」

代助がそう答えると、京香が号泣した。雄一郎がその肩を抱いて慰めた。雄一郎も泣いていた。そして、懇願するように言った。

「財産はみんなおまえにやる。だから、翔一郎を返してくれ」

「僕はなにも知らない」

「頼む。冬雷閣も会社もやる。なにもかもおまえにやる。だから、息子を返してくれ」

雄一郎が泣いている。代助はたまらず書斎を飛び出した。その足で、神社に向かった。情けないと思われてもいい。今は真琴の顔が見たかった。

鷹櫛神社に行くと、真琴と倫次が出迎えてくれた。だが、倫次は様子がおかしかった。

「どうしたんですか、倫次さん」

「代助、おまえに詫びなければならないことがある」

「なんのことですか?」

倫次の重苦しい表情に代助は戸惑った。

「すまない。代助。おまえをこの神社の神職に、という話はなかったことにしてくれ」

代助は一瞬耳を疑った。信じられなかった。横にいた真琴も驚いた顔をした。なにも知らなかったらしい。慌てて倫次に訊ねた。

「お父さん、どういうこと？」

「今の状態ではどうしようもない。町の人たちの賛同も得られない。おまえをこの神社に迎えることはできない」

「そんな……今さら……」代助はそれ以上言葉が続かなかった。

「すまない。こちらの勝手で」

倫次が苦悶に満ちた表情で言う。その横で真琴が真っ青になっていた。

「でも、僕はなにもやってません。本当です。信じてください」

「氏子あっての神社なんだ。おまえがやったとかやってないとかは、もう問題じゃない。氏子の信頼を得られない人間に、神社を任せることはできない」

「濡れ衣なんです」代助は思わず大声を出した。「なんの証拠もないんです。みなが勝手に言ってるだけだ。僕はなにもしてない」

「すまん、代助。私にはどうすることもできない」

「お父さん、待って。本気でそんなこと言ってるの？　代助のこと疑ってるの？」

「真琴、おまえは黙っていろ」倫次が吐き捨てるように言った。

「倫次さんも僕がやったと思ってるんですか？」

「すまん、代助」

「やったと思ってるかどうか、訊いてるんです」

「すまない。本当にすまない」

倫次は質問には答えず、ただただ謝り続けた。その様子を見ると、言葉を失った。まさか、倫次までもが敵に回るとは思わなかった。なにがあっても味方をしてくれると思っていた。まさか、こんな形で見捨てられるとは思ってもみなかった。

「お父さん、ひどすぎる。代助はなにも悪くないのに。いい加減な噂を信じるの？」真琴が真っ青な顔で倫次に言った。

「真琴、おまえが代助をかばう気持ちはわかるが、状況を考えろ。神社があるのは、町の人の浄財のおかげだ。わかるか？　氏子に背を向けられたら神社はやっていけないんだ」

「だからといって、代助が人殺し呼ばわりされてるのを認めるの？」

「真琴。おごるな。私たちの勝手にできることではない」倫次が怒鳴った。「氏子総代とも話し合って決めたことだ。代助を神社に迎えることはできない。もう決まったんだ」

「そんなのおかしい。絶対におかしい」

真琴と倫次が言い合うのを、代助は黙って聞いていた。不思議だ、と思った。もう言い返す気力が出ない。まるで他人事《ひとごと》だ。僕は一体どうしたんだ？　悔しくないのか？　腹が立たないのか？

倫次は代助に向き直ると、抑揚《よくよう》のない声で言った。

「代助。本当にすまない。でも、もうどうしようもできない。わかってくれ」

代助は黙って倫次の顔を見た。倫次は無表情で言葉を続けた。

ま言った。

「二度とここには来ないでくれ。もちろん、真琴と会うことも遠慮してくれ」

「お父さん、そんなひどい」真琴が悲鳴のような声を上げた。

「真琴は婿を取ってこの神社を継がなければならない。おまえがいては困るんだ」

「いや。私は代助以外の人と結婚するつもりはないから」

泣きながら言い返す真琴を無視し、倫次がいきなり床に這った。そして、深々と頭を下げたまま言った。

「頼む、代助。どうかわかってくれ」

土下座する倫次を見て、代助はなにも言わず背を向けた。代助、待って、という真琴の声が聞こえたが足を止めなかった。

境内を走り抜け、冷たい風に背中を押されるように長い石段を駆け下りた。

月明かりだけなので足許がよく見えない。雪で滑って、あっと思う間もなく何段か転げ落ちた。途中の踊り場でなんとか止まったが、肘と背中を強打してしばらく動けない。

四つん這いになったままのろのろと顔を上げると、正面に海が見えた。いくつも遠い灯りが揺れている。こんな波の高い夜でもイカ釣り船か。

「代助、大丈夫?」

真琴が追いかけてきた。代助は立ち上がり、口の端を拭った。血の味がした。切ったらしい。

「代助、ごめんなさい」

真琴の顔もよく見えない。だが、声でわかる。真琴はきっと泣いている。僕が泣いているように真琴も泣いている。

「……悔しい。悔しくてたまらない」代助は歯を食いしばって、海を見た。「こんな町、滅んでしまえばいい」

「代助」

「僕は怪魚になりたい。怪魚になって町の人を喰い殺したい。皆殺しにしてやりたい」

「やめて、代助。お願いだからそんなこと言わないで」

「喰い殺してやりたい」

なかば悲鳴のような声で叫ぶと、代助は真琴を抱きしめた。僕が怪魚になって町のやつらを喰い殺したら、真琴はどうするだろう？　鷹櫛神社の巫女として僕を鎮めるのか？　僕は真琴に殺されるのか？

ふいに、代助の脳裏に夜の海のイメージが浮かんだ。冷たく暗い水の中を、どこまでも沈んでいく。底は見えない。自分が人間ではないものに退行していくかのような恐怖と、なぜか自由を得たような快感とが入り混じったイメージだ。

そう、僕は怪魚だ――。

「真琴、僕はこれ以上この町にはいられない。我慢できない。このままじゃ、とんでもないことをしてしまいそうだ」

「代助」

「だから町を出る。一緒に来てくれ」

真琴が一瞬身体を硬くした。そのまま動かない。ごうごうと吹き下ろしてくる風が渦を巻いている。

「真琴。頼む。僕と一緒に来てくれ」

真琴の身体も冷え切っている。だが、そのずっと深いところには熱がある。誰よりも激しい熱を溜めている。僕は知っている。

「……わかった」

代助の胸の中で真琴が顔を上げた。じっと代助を見つめ、繰り返す。

「代助と一緒に行く」

闇の中で真琴の眼が輝いていた。沖の灯りよりもずっと強く、ずっと明るかった。

家に帰る気はしなかったので、二人で手を繋いで夜の町を歩いた。真琴はセーターとスカートだけの薄着で神社を飛び出してきたので、代助がダウンを脱いで着せてやった。

町は灯りが消えて、開いている店は一軒もない。せめて暖まれる場所はないか、と彷徨《さまよ》うが、もともとコンビニもファミレスもない町だ。行くあてなど見つからない。

海辺の町だ。雪が舞っている。たぶん気温は零度近い。本当に凍死してしまうかもしれない。

身を寄せ合いながら歩いていると、後ろからいきなりクラクションを鳴らされた。

「おい」ライトバンの窓が開いて顔を出したのは三森龍だ。「なにしてんだよ、おまえら」

「おまえこそなにしてるんだ?」

「夜釣りだよ。沖まで行ったら、結構釣れる」

「おまえ、ボートの免許持ってたか？」

「うっせえな。固いこと言うな」

たしかに車内は生臭かった。代助はすこし迷った。面倒に巻き込まれるのはいやだ。だが、これ以上、外にいると本当に凍えてしまう。

「朝まで時間をつぶせそうな場所を知らないか？」

「おまえら二人でか？　金は？」

「五千円くらいならある」

「知り合いが働いてるラブホがある、泊まりで三千九百八十円。格安だろ？」龍がさらりと言った。

代助は絶句して、思わず龍の顔を見つめた。真琴が横でどんな反応をしているか気になるが、確かめる勇気がない。

「安すぎて不安か？　大丈夫、盗撮なんかしてねえよ」

「いや、そうじゃないが……」

「え、なに？　おまえら、まさか、まだやってねえの？」

「おまえに関係ない」

「なんだよ、コラ。偉そうに。せっかく教えてやったのに」

龍がすごんだ。すると、真琴が顔を上げてはっきりした声で言った。

「三森くん、悪いけどそこまで乗せてってくれない？」

真琴の思い詰めた顔が街灯に浮かび上がった。龍は嘲《あざけ》るような笑みを消し、真顔になった。

「いいよ。後ろ、乗れよ」

ここで迷っていても凍えるだけだ。思い切って乗り込むと、龍が話しかけてきた。

「代助、おまえ、ほんとに弟を殺したのか？」

「違う。やってない」

「だろうな。おまえにできるはずがねえよな」龍は鼻で笑って窓を閉め、エアコンを強くした。

凍ってるからヤバい、と龍はゆっくり車を走らせる。

「おまえら、いつまでグズグズしてんだよ。この町は、俺らがどうあがいても変わらねえ。それくらいわかってるんだろ」

「……ああ。わかってる。わかってるから……」

こんな町出て行くつもりだ、と言いかけて思いとどまった。計画が洩れたら困る。代助を引き留める人間はいないが、真琴は町が離さない。

龍がバックミラー越しにじっと代助を見ている。しばらく黙っていたが、にやりと笑ったのがわかった。

「……ふん、そっか」

つまらなそうに言うと、それで会話を終わらせた。

海岸沿いの道路を走ると、半分雪に隠れた蛍光ピンクの看板が闇の中で輝いていた。礼を言って、龍の車を降りる。

「頑張れよ」

龍の励ましに返事ができなかった。だが、ここまで来て引き返すわけにはいかない。タッチパネルで一番シンプルで、一番安い部屋を選んだ。エレベーターで二階へ上がる。二〇七号室。ドアを開けると、部屋の真ん中にベッドが置いてあった。やたらとでかい。内装は普通のホテルと変わらない。ただ、両側の壁が鏡になっているだけだ。

先に真琴に風呂に入ってもらった。手持ち無沙汰だ。テレビを点けては消し、消しては点ける。シャワーの音が聞こえてくるだけで苦しい。緊張のあまり吐きそうだ。

ベッドに腰掛けたまま、じっとしている。横は鏡だ。まさかマジックミラーじゃないだろうな、と指で触れてみる。鏡をのぞき込んでいると、真琴が風呂から上がった気配がした。ドアが開いて、真琴が出て来る。備え付けのバスローブを着ている。安物のペラペラの布地なので、なんだかひどくいやらしい。

「……じゃあ、僕も」

とにかく必死で身体を洗った。隅から隅まで洗った。そして、バスローブを羽織った。身体の前で紐を結んで、洗面台の鏡を見た。思わずぎょっとした。途方もなく間抜けに見えた。裸で出て行ったほうがマシかと思うくらいだ。

落ち着け、と深呼吸をする。僕だけじゃない。真琴だって緊張しているはずだ。もう一度深呼吸して、浴室を出た。

真琴もやはりベッドに腰掛けて手持ち無沙汰な様子だ。壁の鏡に真琴の後ろ姿が映っている。

「いいか？」

「うん」

真琴がうつむいたまま、うなずいた。

落ち着け、落ち着け。代助はそればかりを繰り返した。キスまでは何度もしている。大丈夫、その先もなんとかなる。

普段のようにキスをした。しながら、真琴をベッドに倒した。真琴の身体がいつもより硬い。強張っている。緊張しているからだ。

舌を絡めたまま、バスローブの紐を解く。上手くできない。もどかしい。やっと解けた。はだけたローブの下にはなにも着けていない。真琴がわずかにのけぞると、白くて柔らかそうな乳房がたわんだ。

僕は真琴を抱く。ずっと望んできたことだ。一度は諦めたことだ。まさか、こんな形で、こんな場所で抱くことになるとは思わなかった。

ゆっくりと入る。真琴が眉を寄せ、堪《こら》えている。これが女の、真琴の中なのか。代助はぎこちなく動きながら、はじめての感覚に戸惑っていた。わからない。気持ちがいいのか、ただ温かいのか、ただ締め付けられているだけなのか。むずむずするようなもどかしさが大きくなって、知らないうちに勝手に腰が動いている。止まらない。

息一つ乱さず舞う真琴が、僕の下で唇を嚙んで堪えている。乱れて広がった髪はシーツの上で海藻のようだ。それほど痛いのだろうか。それほど辛いのだろうか。

あ、と押し殺した短い声を洩らし、真琴が身をよじった。

その声が合図になった。

「真琴」

一つだ。今、僕たちは一つだ。もう誰にも引き離せない。いや、今だけじゃない。これからずっと。ずっと一緒だ。二度と離れない。

はじめて会ったときから惹きつけられた。神楽殿で舞う十一歳の真琴は世界そのものだった。新しい世界そのもの、すべてだった。

この先、なにがあろうと真琴を離さない。絶対に幸せにする。死ぬまで一緒だ――。

二人並んで天井を見ていた。天井には鏡はない。ただクロスを貼っただけだ。

「憶えてるか？　冬雷閣の中庭でアイス屋の話をしたこと」

「憶えてる。お琴の練習が終わって休憩してたら、代助がアイスをくれた」

「ミルク味の棒アイスだったな」

「うん。私は足をぶらぶらさせてたら、おじさんに怒られた。みっともない、って」

夏の暑い日、冬雷閣の中庭はひんやりして海の底のようだった。そこに、真琴の白い足が揺れていた。

「氷室仕込みのアイスは無理になったけど、金を貯めてどこかでアイス屋を開こう」半分冗談、半分本気で代助は言った。「一番人気はチョコミント。横でクレープも焼いてる」

「じゃあ、クレープの一番人気は？」真琴が薄い布団を顎《あご》の下まで引き上げる。

「カレー味」

そう言いながら、代助は布団を引き下げた。真琴の上半身が臍《へそ》まであらわになる。白い乳房がびっくりしたように揺れた。真琴は小さな悲鳴を上げて、懸命に布団を引き上げ隠そうとする。

「いいから」

代助は真琴の腕を押さえて、乳房を見た。じっと見た。ひたすら見た。真琴は最初は恥ずかしがって逃げようとしたが、代助の真剣な顔に気づいたのか、おとなしくなった。

無防備なのに誇らしげな乳房に触れる。ゆっくりと撫でながら、弾力を確かめる。不思議だ、と思う。つかむと指がめり込むくらい柔らかいのに、中には指を押し返そうとする力がある。

「……ねえ、チョコミントは一番人気になれないよ」真琴が静かに言った。「クレープのカレー味も」

「チョコミントもカレー味も、僕たちが一番にすればいい」代助は強く言った。「誰がなにを言おうと、僕たちが一番にすればいいんだ」

真琴が代助を見上げた。深い眼だ。

「うん、そうだね」真琴がうなずいて、代助の腕に触れた。そして、笑った。「そう、私たちがすればいいんだね」

安っぽい間接照明が部屋に奇妙な影を落としている。ここも海の底か、と代助は思った。もう一度、真琴の中に入る。

今度はすこし余裕がある。自分が楽しむために動きながらも、真琴を楽しませようとも考えられる。

これからは何度だって真琴を抱ける。

「二人で幸せになろう」

真琴がうなずいた。その眼から涙が一すじ流れた。瞬間、代助は気づいた。今度は余裕があるなんて、まったくの勘違いだった、と。

翌日の始発で町を出ると決め、二人とも一旦家に帰って荷物をまとめることにした。真琴は倫次には内緒だ。ばれないように注意しなければならなかった。

代助は最低限のケリはつけていこうと思った。真琴のことは口にせず、あくまで一人で町を出るということにした。

夜、雄一郎と京香に挨拶をした。

「明日の朝、町を出ます。……僕を引き取ってくれたことには感謝しています。こんな立派な屋敷で贅沢な暮らしをさせてくれた。感謝しています」

雄一郎と京香はなにも言わない。代助はゆっくりと言葉を続けた。

「あなたたちが僕を養子にしたいと言ったとき、僕がどんなに嬉しかったかわかりますか？僕は物心ついてから十一年間、ずっと売れ残りだった。——男の子は要らない。かわいげがない。大人の顔色をうかがっている。子供らしくない。素直じゃない——そんなことばかり言われてたんです。だから、あなたたちが僕を選んでくれたとき、本当に嬉しかった。これで僕にもお父さんとお母さんができるんだ、と——。嬉しくて嬉しくて、その夜、布団の中で声を殺して泣いた。園に残された子供の気持ちを思うと人前で喜ぶこともできず、こっそりと一人で嬉し泣きしたんです」

雄一郎と京香は真っ青な顔で代助を見つめている。

「冬雷閣に来て、あなたたちの期待に応えようと懸命に努力した。学校でも、鷹匠としても、非の打ち所のない息子になりたいと思った。そんな努力ができること自体が嬉しかった。お父さん、お母さんと呼べる人がいるから——。僕にとっては夢のように幸せな毎日でした」

「もういい。代助。そんな怨み言を言ってどうなる？」

「聞いてください」代助は雄一郎の言葉を遮った。「翔一郎が生まれたとき、ショックだった。お払い箱になって、不要な人間になったからです。でも、仕方がないと諦めた。別に冬雷閣の財産が欲しいわけじゃない。それに、あなたたちは信じてくれないかもしれないが、僕は本当に翔一郎が好きだった。おにいちゃんと呼ばれるのが嬉しかった。本当に弟だと思っていた。だから、翔一郎を支える側に回ろうと、そう決めたんです」

「嘘をつくな。翔一郎をどうした？」

「嘘じゃない。僕はなにもしてない」代助は怒鳴った。「どう言っても、あなたたちは信じてくれない。僕はなにも知らない。僕を信じてくれないんだ」

「信じられるわけがないでしょ？」京香がぼそりと言った。「翔一郎を返して」

なにを言っても無駄だ。僕は信じてもらえない。

誠実。クソみたいに薄っぺらい言葉。

代助は歯を食いしばった。泣くまいと思ったが、無理だった。勝手に涙があふれ、頬を伝った。喉から洩れる声を懸命に呑み込み、背を向けた。

明け方、緑丸に別れを告げて、家を出た。

神社に迎えに行って、駆け落ちがばれたら困る。駅で待ち合わせだった。

雪の舞う朝だった。荷物はボストンバッグ一つだけだ。改札の前で待っていると、真琴がやってきた。

突き刺すような風が吹き付けるなか、白衣と緋袴、そして、神楽舞の装束、千早を着けている。荷物はなにもない。強張った顔はただただ白かった。

真琴はすこし離れたところで足を止めた。

代助は呆然と真琴を見つめていた。まさか、信じられなかった。

「真琴……」

それ以上言葉が出ない。身体が動かない。風の冷たさも感じない。暗い。ただただ、眼の前が暗い。

「代助、ごめん」

真琴が振り絞るように言った。そして、号泣し、叫んだ。

「ごめん、代助」

真琴の髪が風で乱れて舞い上がる。千早も、朱の胸紐も、袖も、緋袴も、裾も雪で真っ白だ。なにもかも風であおられ揺れている。

「代助、私……本当に……」

真琴の声が風に千切られ、破片となって届く。

代助は真琴を見つめた。

遠い。真琴までの距離はほんの数メートル。すこし歩けば触れられる。なのに、そのわずかの距離に絶望させられる。

「代助、ごめん、ごめんなさい」

なにも言わず、代助は泣きじゃくる真琴に背を向けた。そのまま無人の改札を抜ける。

「代助」

後ろで真琴の呼ぶ声がしたが、振り返らなかった。

「ごめんなさい」

ホームへ出ると、急に風が強くなった。

そうか、僕より神社を取ったか。まるで他人事のように代助はつぶやいた。千早をまとった姿は覚悟の証ということか。

始発が来るまで、あと五分ほど。代助は一人、ホームの端に佇《たたず》んでいた。灰色の空は低く重く、海からの風が渦を巻く。

誰からも大切にされない人間というのは、そいつ自身に問題があるんだろうな。きっと。

バッグから『それから』を取りだし、ゴミ箱に投げ捨てた。

雪が激しくなる。二両編成の列車が来た。

車窓から見える景色はまだ暗かった。海から朝の風が吹き付ける。海岸はさぞ波の花が舞っているだろう。

代助はぼんやりと座席に座っていた。なにも考えられなかった。わかることはただ一つ。真琴は僕を選ばなかった、ということだけだ。

「代助さん」

声がして振り向くと、三森愛美が立っていた。嬉しそうに笑っている。

「町を出ていくんですよね。あたしも一緒に行きます」

へらへらと笑いながら代助の横に腰を下ろした。代助は黙って愛美を眺めていた。なぜここにいるのだろう。だが、そんな疑問を口にするのも億劫《おっくう》だった。

「昨日、お兄ちゃんが言ってたんです。代助さんが真琴さんと町を出ていくつもりらしい、って。だから、あたしも連れて行ってもらおうと思って」

愛美の甲高い声が頭に響く。代助は眼を閉じ、別のことを考えようとした。これからどこへ行こう。どうやって職業を探そうか。

「ねえ、真琴さん、ひどいですね。代助さんを見捨てるなんて、やっぱり本気じゃなかったんですよ。あの人が大事なのは神社だけだったんですよねー」

愛美は息を弾ませ笑った。ひどく不快だった。代助は懸命に堪えた。

「お兄ちゃんに話したら止められると思ったから、黙って出て来たんです。ばれないように荷物をまとめるの、結構大変でした。バッグ一つにしたんです。身軽なのがいいかな、って思って」ほら、とスポーツバッグを見せる。「これからどこまで行くんですか？　東京？　大阪？　なにか当てはあるんですか？　あたし、都会のこと全然わからなくて。でも、代助さんと一緒だったらどこでもいいです」

もう我慢ができなかった。代助は愛美の言葉を遮るように言った。

「すこし静かにしてくれ」

なんの容赦もない声になった。愛美が怯えたような、泣きそうな顔をした。

「え……あの、すみません」

「僕は君と一緒に行く気はない」

「え？　そんなの困ります。あたし、お金もないし、行く当てもないんです」

代助さん、代助さん、と繰り返す三森愛美を無視し、ずっと窓の外を見ていた。もう、外の雪は止んでいた。魚ノ宮町を離れるにつれ、積雪の量も減っていく。

真琴は死んだ母親と約束した。神社を守っていく、と。その約束を違えるわけにはいかなかったのだ。

母のいない僕にはわからないのだろうな、きっと――。

代助はすこし笑った。真琴のように背負っていくものがない。親も家族も故郷もない人間の気楽さだ。

「あたし、あの町大っ嫌い。二度と戻りたくない。っていうか、もう思い出したくもない」愛美が語気を強めた。「あんな町の連中、みんな死んじゃえばいい」

代助は思わず、愛美の顔を見た。愛美は代助が反応したことを肯定だと受け取ったらしい。嬉しそうに笑った。

「代助さんもそうですよね？　だから、あたしたち仲間ですよね？」

代助は返事をしなかった。

十一歳でこの町に来た。そして、十八歳で出て行く。もう戻ることはない。

――僕はちょっと職業を探して来る。

『それから』の代助はそう言って家を飛び出し、電車に乗る。そして、くるくると真っ赤に焼き尽くされていく。

僕もこれから職業を探しに行く。だが、僕は焼かれはしない。ただひたすら凍り付いていく。

4　二〇一六年（二）

神葬祭の会場は騒然としていた。覚悟はしていたが、代助はやはり苦しかった。

「冬雷閣から出て行け」

雄一郎が一喝すると、女の子が怯えたような表情で雄一郎を見た。雄一郎がしまった、という顔をする。京香が慌てて女の子を抱きかかえるようにした。

神葬祭の参列者たちは代助を遠巻きにし、嫌悪と恐怖の混じった眼で見つめている。俺はここでは穢れそのものなんだろうな、と代助は思った。

神道の考えでは「死」は穢れだ。つまり翔一郎が穢れということになる。だが、町の人の眼は違う。代助こそが穢れだ。

だが、そんなことはどうでもいい。自分自身がどう思われようと構わない。今さら失うものなどない。ただ、翔一郎をきちんと送ってやりたい。

「お願いします。翔一郎に……」

代助は懸命に雄一郎に食い下がった。

「やめろ、出て行け。警察を呼ぶぞ」

そのとき、前から声がした。

「代助、こっちへ来い」倫次が呼んでいる。

「倫次、おまえ……」雄一郎が怒りと困惑で真っ赤になる。

倫次は雄一郎を遮り、代助に言った。

「千田さん。彼はかつて大祭で鷹匠を務めた男だ。あなたの態度はあまりにも失礼じゃないか?」

「だが、その男は……」

「鷹櫛神社は鷹匠に敬意を表する。……さあ、代助、早くしろ」

雄一郎は悔しそうに目を逸らした。代助は倫次に感謝し、祭壇に近づいた。すぐ横に真琴がいる。だが、今は翔一郎を送ることしか考えられなかった。

翔一郎の写真を見て息が詰まった。そのまましばらく動けない。冬の大祭のときの写真だ。羽織袴を身に着けている。おにいちゃん、と呼ぶ声が聞こえるような気がした。

代助は玉串を捧げ、しのび手を打った。みなに一礼して、広間を出た。氏子連中は悔しそうな顔で見ていたが、誰もなにも言わなかった。

冬雷閣を出て、神社の石段の下で時間を潰した。今は自己嫌悪で頭がいっぱいだった。翔一郎を送ってやりたいというエゴで、神葬祭を台無しにした。結局、俺は冬雷閣に復讐したかっただけなのかもしれない。

やがて、神葬祭が終わり、参列者が出て来た。その中には三森龍の姿もあった。

「見てたぞ。どうせならもっと派手にやれば面白かったのによ」

「それより、千田雄一郎のそばにいた女の子は誰だ？」

「千田結季《ゆき》。おまえが出て行ったあとで生まれた」

「なるほど。じゃあ、あの子が今度は跡継ぎということか」

「でかい病院まで行って、相当な金を掛けて不妊治療したってよ。施設からガキを引き取るのは、おまえで懲《こ》りたんだろ」

代助は結季の怯えたような顔を思い出した。自分が生まれる前に死んだ兄の葬儀に参列するのは、一体どんな気持ちだろう。しかも、そこへ見知らぬ男が乱入してきたのだ。どれほど怖かっただろうか。

「跡継ぎと言えば、龍、おまえ、結婚は？」

「は？」龍が顔をしかめた。「あんな田舎の酒屋に誰が来るんだよ」

「神社がある限り酒屋は潰れないだろ」

「加賀美真琴があのざまじゃ、酒を奉献《ほうけん》するやつも減るだろうしな」

「濡れ衣だ。真琴はなにもやってない」

「だとしても、警察に事情を聞かれてる、ってだけで致命的だろ？　氏子連中がそろってダメだと言や、あんな小さな神社やってけるか」

人垣が割れて倫次の姿が見えた。先程は騒ぎの中で、まじまじと顔を見る余裕がなかった。だが、今、明るいところで見て、代助は驚いた。顔色は悪く、頰は痩《こ》け、ひどくやつれている。以前はあれほど若く見えた倫次だが、今は雄一郎より年上に見えるほどだった。真琴に疑いがかかっていることで、相当な心労があるようだった。

冬雷閣から神社に入り、彼は幸せだったのだろうか。

妻を早くに病気で亡くし、残された娘を男手一つで懸命に育てた。ようやく婿になる男が決まったと思ったら、その男は弟殺しの疑いをかけられてしまう。神社のために泣く泣く男を切った。だが、そうやって神社を守ったと思ったら、十二年も経ってから、氷室から死体が出た。そして、今度は実の娘が疑われている。

知的で、おしゃれで、ディレッタントな宮司。だが、その一生は不運の連続だ。

もしかしたら、と代助は思った。

翔一郎を殺した犯人の狙いは倫次ではないか。翔一郎や冬雷閣が憎かったから殺したのではなく、倫次、もしくは鷹櫛神社にダメージを与えることが目的だったとしたら？

倫次を苦しめることが狙いだとしたら、犯人は完全に成功した。死んだのは翔一郎ただ一人だが、その影響は大きい。娘の婿になるはずの男を失い、氏子の信望を失い、実の娘に嫌疑が掛かっている。

代助は神葬祭の参列者を眺めた。あの中に犯人がいるのだろうか。

倫次に続いて、翔一郎の遺影を抱いた千田雄一郎が出て来た。その後ろに、泣きはらしているが強い眼をした京香がいる。しっかりと結季と手を繋いでいた。

「あのガキ、正真正銘のお姫様だよ。あいつらのかわいがりようったら、半端じゃない」

龍がどこかうらやましそうに言う。

千田結季は細い首筋を伸ばし、真っ直ぐ前を見ていた。横顔は雄一郎によく似ていた。あんな厳しい顔と女の子が似ているのはおかしな感じだ。だが、これが血のつながりというものなのだろう。

俺は誰に似ているのだろう、と代助は思った。本当の両親とは似ているのか？　本当の祖父母とはどうだろう。だが、一生その答えがわかることはない。そして、たぶん、俺に似ている誰かが生まれることもないだろう。俺は俺だけ。誰にも、どこにもつながらない――。

真琴は一番最後に出て来た。

顔には血の気がなかった。高校の頃から比べると、すこし痩せたようだった。鈍色《にびいろ》の斎服《さいふく》を着た立ち姿はやはり美しかったが、どこか凄味があった。普通の人間とは隔絶した世界に生きているような、そんな凄惨《せいさん》な美しさだ。

代助は息を止めて真琴を見ていた。真琴はちらとも代助を見なかった。

千田雄一郎が参列者に一礼した。小さな棺が車に載せられるのを見ると、代助はたまらなくなった。

背を向け、逃げるように歩き出した。龍が呼んでいたが無視してそのまま山へ向かう。

色のない冬枯れの野は荒涼としてすさまじかった。風が吹くたびに、骨が軋むような気がする。孤独とは痛みだ、と思った。たった一人で風に吹かれているだけで、身体がバラバラになりそうだ。

ここは翔一郎と来た場所だ。二人で緑丸の調教をした。おにいちゃん、と翔一郎が呼んだ場所だ。

たとえ血はつながらなくとも、翔一郎は代助の弟だった。たった一人の弟だった。かわいそうに。たった一人であんな氷室の中にいたのか。どれだけ冷たかっただろう。どれだけ寂しかっただろう。

代助は雪空を見上げ、慟哭《どうこく》した。


山を下りて商店街を歩いている途中、また取材の記者に話しかけられた。無視すると、記者が舌打ちした。――なんなんだよ、この町は、と。

三森酒店に帰ると、龍はすでに戻って店番をしていた。大祭が近いので父親は神社で神楽太鼓の練習、母親は婦人会の集まりだという。

「客に見られたらマズいからよ、俺の部屋に入っててくれ」

「わかった」

それから、と言いながら、龍がワンカップの日本酒と笹寿司をくれた。

「蓋取って、電子レンジで四十秒。熱燗《あつかん》になる」

龍の指示通り、酒を温めた。寿司と酒を抱えて二階に上がる。

不思議だ、と今になって思う。学校に通っていた頃は龍のことがうっとうしかった。やたらと突っかかって絡んでくる。正直言って、目障りだと思っていた。

町を出てからは、愛美を通じた関係だった。愛美の口から「お兄ちゃん」の噂を聞く程度だった。そして、愛美が自殺すると、その責任を問われて殴られた。大怪我をして入院する羽目になった。なのに、今はすっかり世話になっている。まるで古くからの友人のようだ。

熱い日本酒をちびちびと飲みながら、鱒《ます》の笹寿司を食べた。

もし代助が冬雷閣の養子でなければ、愛美との関わりがなければ、龍とは友達になれたのかもしれない。龍はたしかに粗暴で短気だが、妹思いで親切なところもある。

たぶん、と代助は思った。俺よりもずっと人間らしい。

あっという間に笹寿司を食べ終わると、手持ち無沙汰になった。酒はまだ半分も残っている。代助は愛美の日記を手に取った。

龍が何度も読み返したのだろう。ノートにはあちこち開いた癖が付いていた。ぱらぱらとめくって、思わず嘆息する。愛美の字はお世辞にも上手いとは言えない。女の子特有の丸っこい字体で、しかも色とりどりのペンで飾りがある。あちこちに小さなシールが貼ってあって、まるで小学生のノートのようだった。

二〇〇四年　六月十二日

なごしのはらえまであと一ヶ月半。

週に二回、神社で神楽の練習がある。あたしはいつものように四人で「浦安の舞」をすることになったけど、なかなか上手にできない。他の三人の女の子たちと合わなくて、文句を言われる。

旭ほのかは言うことがキツイからきらいだ。

「ちょっと、愛美。あんた、いいかげんにしてよね。あんた、もう五年目でしょ?」

鼻で笑いながら言う。バカにされてるみたいで、すごくきずつく。

真琴さんはいつもやさしく教えてくれる。あたしが失敗しても絶対に怒らない。いやな顔一つせずに。手取り足取り教えてくれる。よけいに情けなくなるような気がする。

真琴さんがみんなの前でお手本を見せてくれた。

あたしはうっとりと見ていた。きれいで上品だ。本物のみこだ。自分と一つちがいとは思えない。

代助さんが顔を出した。真琴さんと話をしてる。あたし、二人を見てると悲しくなる。おたがい礼儀正しくて、ベタベタしない。町でいちゃついてるカップルとは全然ちがう。ああ、冬雷閣と神社の人なんだな、って思う。

その後でまた練習した。でも、やっぱり失敗した。

「愛美、かんべんしてよ。あんたより中学生のほうが上手じゃんか」

ほのかがメチャメチャ怒って文句を言った。真琴さんが注意したら、ふて腐れたような顔をした。真琴さんにあんな顔をするなんて、ほのかは最低だ。

そうしたら、代助さんが来た。

「いったんきゅうけいして、ばんご飯にしないか? お腹がすいてると練習に集中できないだろ?」

なおらいで使う広間に行くと、カレーのいいにおいがした。なんと代助さんが作ったという。みんなびっくりしてた。でも、真琴さんはびっくりしてなかった。代助さんのカレーを食べなれてるんだと思った。なんだかまた悲しくなった。

代助さんの園じこみのカレーはとってもおいしかった。ほのかも文句を言わずに食べてた。

二〇〇四年　七月五日

代助さんは泣いてた。

冬雷閣が自分のものにならないことが、くやしくてたまらない。いらなくなったら、ぼくをたらいまわしにするんだ、と。あたしはいっしょうけんめいなぐさめた。

「冬雷閣の人間はいつだって勝手なんです。あたしの家もそうやってふみつけにされた。神社も同じ」

「くやしい。ぼくはあいつらを許さない。絶対にふくしゅうしてやる」

代助さんは泣きながら、あたしにしがみついた。

「愛美」

あたしの名を呼んでめちゃくちゃにだきしめた。あたしは苦しくて、うれしくて、頭がぼうっとした。

そのまま、らんぼうに押し倒された。代助さんはあたしにおおいかぶさって、白衣をめくり上げた。そして、あたしの胸に顔をつけた。あたしはびっくりして逃げようとしたけど、押さえつけられた。

「じっとしていろ」

いつもとはまるでちがう怖い声だった。あたしは動くことができなかった。すると、はかまのひもをとかれた。なれた手つきだった。ああ、なるほど、とあたしは悲しくなった。代助さんはなれてるんだ。だって、いつも真琴さんのひもをといているから。

代助さんはむりやりあたしの足を開かせた。そして、いきなり入ってきた。

はじめては、予想していたよりずっといたかった。あそこにむりやり穴を開けられたみたいで、いたすぎて、きもち悪くて、ゆさぶられるたびに吐きそうになって、でも、キスされると涙が出るくらい幸せで。あたしはわけがわからなくなって、泣きながらされるままになってた。

「真琴なんかどうでもいい。本当に好きなのは愛美、おまえだ」

代助さんの本当のきもちがうれしい。

「冬雷閣と神社は切っても切れない縁がある。真琴を無視するわけにはいかない。でも、信じてくれ。ぼくが好きなのはおまえだ。ぼくはおまえと一緒にいたい」

代助さんの声はやさしかった。はずかしくてたまらないこともあったけど、代助さんが喜ぶならなんでもしようと思った。

ある程度の想像はしていた。だが、こんな妄想まで書かれているとは思わなかった。代助は愛美の日記を放り投げ、残った酒を一息に飲み干した。

龍が代助を怨んだのも当然だ。これほどリアルに書かれた日記が嘘だとは思いもしないだろう。

「……くそ」

龍の口癖を真似てつぶやくと、代助は身体を起こして日記を拾った。

「くそ」

もう一度つぶやいて。深呼吸をする。覚悟を決めて開いた。

二〇〇四年　十二月七日

今日、大祭が終わった。

あたしは代助さんが心配で、ちょっと「浦安の舞」を失敗してしまった。終わった後で、ほのかがにらんできた。でも、あたしはそれどころじゃなかった。代助さんのほうばかり見てた。

町の人がかげで笑ってるのも知ってる。「おはらいばこ」って、笑いものにしてる。たぶん、代助さんにも聞こえてる。でも、聞こえないふりをしてる。あたしだったら、絶対に泣いてる。逃げ出してるかもしれない。

でも、代助さんはいつもどおり、落ち着いた顔だった。全然、怒ってるようには見えなかった。代助さんはりっぱだ。さすがだと思う。あたしはそんな代助さんを見ているのが、とてもつらかった。

真琴さんは平気な顔をしてる。代助さんのこと、すこしも心配じゃないみたいだ。やさしいふりをして、冷たい人だと思う。

まつりの後のなおらいで、「浦安」がうまくできなかったことをみんなに笑われた。思わず泣いてしまったら、代助さんが抱きしめてなぐさめてくれた。

代助さんは自分だってつらいのに、あたしをなぐさめてくれる。あたしは本当にもうしわけなくなった。

代助さんは他の人の前では平気な顔をしてるけど、本当はすごくきずついてる。あたしの胸の中でなら、こっそり泣いてくれる。

うれしいって言ったらいけないいけど、やっぱりちょっとうれしい。

あたしの気持ちをわかってくれるのは代助さんだけだし、代助さんの本当の気持ちを知ってるのはあたしだけ。

代助さんが本当に好きなのはあたし。真琴さんとはしかたなしに仲良くしてるだけ。それがわかってるから、あたしはどんなつらいことがあってもがまんできる。

いつまでもいっしょにいられたら、って思う。

代助は日記を閉じた。

めまいがした。息が苦しくなって、身体の震えが止まらない。あの日の苦しさが甦る。日記に書かれた代助の絶望は真実だ。なのに、愛美との関係は明らかな妄想だ。そのギャップが怖ろしい。思わずワンカップに手を伸ばし、空だったことに気付いた。

代助は立ち上がって階下に下りた。

「龍、ワンカップ、もう一本」

カウンターに五百円玉を出す。すると、龍は冷蔵庫から封を切った一升瓶を持って来た。

「これ持ってけ。試飲用だ。冷やのほうがいい」

「いいのか？」

「いいさ、俺も飲む。どうせもう客は来ねえから閉める」

龍は入口のシャッターを下ろして、レジスターに鍵を掛けた。グラスを二個持って、二階へ上がる。

龍の部屋に座り込んで、二人で向かい合って酒を飲みはじめた。

「さっき、愛美の日記を読んだ」

「でたらめだ、って言うんだろ？」

「そうだ。でも、思ったことがある。まったくでたらめの妄想なのに妙に細部がリアルだ。もしかしたら、あれは本当にあったことかもしれない」

「どういうことだ？　おまえが憶えてないだけ、ってことか？」

「違う。あれは俺じゃなくて、誰か別の人間のことかもしれない。愛美は誰か別の男と付き合っていた。だが、日記にはその男の名を隠して俺の名前で書いたんだ」

「なんでそんなことをする必要がある？」

「わからんが、その男との関係がバレてはいけない理由があったとか？」

「じゃあ、おまえの名はカモフラージュに利用されたってことか？　でも、愛美はおまえを好きだったんだ。他の男と付き合うとは思えない」

龍の言うとおりだ。やはりただの妄想なのだろうか。愛美が死んだ以上、もう確かめることはできない。代助と龍がどれほど考えても、それは妄想となにも変わらない。

龍が煙草に火を点けた。そして、数本残った箱を代助に差し出す。

「いるか？」

「いや。臭いが付くと鷹が嫌がる」

「鷹か。へっ」龍が鼻で笑って言う。「俺だって施設でお上品に育ちたかった。何十年も前のことで噂されて、毎晩親がケンカする家なんて最低だった」

「千田雄一郎が養子を探していたとき、なぜ俺を選んだと思う？　最初から親がいないからだ」

「なに？」

「虐待されて歪んだ子より、赤ん坊のときに捨てられて親のない子のほうがマシだ、と」

「けっ、クソが」

龍が一口喫《の》んだばかりの煙草を灰皿に押しつけて消した。乱暴だったので半分に折れた。

「園にはいろいろな子供がいた。ネグレクトで痩せ細って風呂にも入らず薄汚れた子。まともに学校に行かせてもらえなかった子。殴られてアザのある子。そんなやつらはやたらと暴力的だったり、死ぬほど怯えてたり、それを通り越して無表情になってたり……そんなやつらでも親のもとへ行く一時帰宅では眼を輝かせてた。それが、俺はうらやましかった」

「……ああ」龍が眼を伏せ、新しい煙草を口にくわえる。

「だが、子供の頃、俺は殴られたことがない。だから、俺は恵まれてる」

「そりゃ俺よりずっとマシだ。俺はちょっとしたことでしょっちゅう殴られたな。夫婦ゲンカ止めただけで殴られた。だから、もう止めないことにした。やってられねえ、ってな」

代助は龍の両親の顔を思い浮かべた。父親は神楽のとき、太鼓を叩いていた。無口な男だった。母親はいつも愚痴と文句を言っていた。陰気な夫婦だった。

「だから、俺は外をふらふらしてた。ガラの悪いやつらとつるんでたわけだ。でも、愛美は要領が悪くて、学校でもいじめられてた」

「真琴によく甘えてた」

「家で甘えられなかったからだ。親父もおふくろも、愛美に冷たかった。おふくろは、夫婦がうまくいかないイライラを愛美にぶつけてた。毎日小言と嫌みばっかりでな。あいつの心を折るようなことばかり言ってたんだよ」

へらへらと笑いながら甘えてくる愛美の顔が浮かんだ。腹の底が渦巻くように痛んだ。

「じゃあ、やっぱり親のない俺のほうがマシってことか」

代助がつぶやくと、龍が鼻で笑った。

「なあ、代助。おまえの親って本当に誰だかわからないのか？」

「俺を捨てた親の手がかりは、文庫本一冊、夏目漱石の『それから』だけだ。代助ってのはその主人公の名前だ」

龍がじっと代助を見た。代助は構わず言葉を続けた。すこし酔っているのか、と思う。

「代助ってのは金持ちのボンボンなんだ。次男。跡を継ぐ責任もないから、働かず、ふらふらしてて、そのくせ、自分は他人と違うと思ってる」

「最低な奴だ」

「そう、自意識の塊《かたまり》で、優柔不断。くだらないプライドを優先させて、好きな女を親友に譲ってしまう。で、結果、後悔するわけだ。その女が諦められず、親兄弟に絶縁されて、親友も、財産も、なにもかも失って、あてもなく職業探しに飛び出す」

「なあ、それってほんとに名作なのか？　ただのクズの話にしか聞こえないが」

「誠実なクズの話だよ。それが代助だ」

「そんなクズの名前をもらってどう思う？」

「クズなりに誠実に生きようと思った。嘘じゃない」そこで代助は思いついた。「世話になってるだけじゃ悪い。明日から飯の支度は俺がやるよ」

「は？　おまえ、料理なんかできるのかよ」

「バカにすんな。カレーでいいな？」

「料理ってカレー限定かよ。じゃ、どんなもんか食ってやるよ」

代助のグラスは空になっていた。龍が二杯目を注ごうとしたとき、階下でブザーの音が鳴った。

「……ちっ。客かよ。シャッター閉めたのに」

龍が降りていった。ガラガラとシャッターの開く音が聞こえてくる。続いて、例のピンポンピンポンだ。

代助は自分でグラスに酒を注いだ。一口舐めたとき、階下の店から龍の声がした。

「代助、降りて来いよ」

まさか刑事か。どきりとしたが、やましいことがないのに逃げるわけにはいかない。覚悟を決めて階段を下りた。すると、店にいたのは倫次だった。

「代助、ひさしぶりだな」倫次がやつれた顔で笑った。

「おひさしぶりです」

どちらもそれきり黙ってしまう。話が続かない。町を出て十二年の間いろいろあった。だが、もう今さら語ることでもない。

立ち尽くす倫次と代助を見かねて、龍が言った。

「先生、立ち話もなんだから」

一階の座敷に倫次を通した。倫次はじゃあ、と言って、まず仏壇に向かった。愛美に手を合わせる。その後ろ姿を龍はすこし泣きそうな顔で見守っていた。

やがて、倫次は向き直った。龍は倫次に座布団を勧めると、茶の用意をはじめた。

「あれから元気にしていたか？」

「……なんとか」

「あの事件さえ起こらなければな」倫次が苦しげに言った。「なにもかも変わってしまった」

代助は返事をしなかった。何度思っただろう、あの事件がなければ、と。あの事件がなければ、真琴と結婚し鷹櫛神社の神職を務めているはずだった。烏帽子をかぶり、笏《しゃく》を持ち、祝詞《のりと》を読んでいた。今頃、真琴との間に子供の一人や二人生まれていたかもしれない。

だが、それはもう遠い夢だ。虚しく消えた幻だ。

代助は黙って龍の淹れてくれた茶を飲んだ。安物の茶だったが、気まずい時間を埋める役には立った。

「今日は、おまえに頼みがあって来た。こんなことを言えた筋でないのはわかっているが、今度の大祭での鷹匠役を頼みたい」

「俺に？」

代助は啞然とした。まさか、想像もしなかったことだった。

「おまえが町を出て行ってから、兄貴がずっと鷹匠を務めてきた。だが、今回は翔一郎の件で忌中だ。神事には参加できない」

「今さら、なにを言ってるんですか？」思わず声が荒くなった。「今さら……あんな形で追い出しておきながら……」

「本当に身勝手な申し出だとわかっている。だが、急なことで他に頼める者がいない。受けてくれないか?」

倫次が座布団から降りて、深々と頭を下げた。

「忌中なら俺もそうでしょう?　一度は翔一郎の兄だったんです」

「今は夏目代助だ。千田家には関係ない」

「赤の他人だ、ということですか?」

「すまない。そういうことになる」

ふいに、ははは、と思わず乾いた笑いが出た。倫次がぎょっとして代助の顔を見た。

「俺はただ翔一郎を送ってやりたくて、帰ってきたんです。本当にそれだけなんです。なのに、ははは……」

それ以上言葉にならなかった。代助は歯を食いしばった。

「すまん、代助」

「俺にだってプライドくらいあるんです」

すると、倫次が畳に額がつくほど深く頭を下げた。

「頼む」

「やめてください、土下座なんて。これじゃ十二年前と同じだ。俺は大祭の鷹匠なんてやりません」

きっぱり言うと、倫次が顔を上げた。真っ青だった。

「真琴のため、と言ってもだめか?」

一瞬、息が止まった。胸に鋭い痛みが走る。言葉が出ない。

「神社も冬雷閣も町も関係ない。ただ、真琴のために頼まれてくれないか? あれがどれだけ神楽を大切に思っているか、知っているだろう?」

鷹匠がいなくては「鷹の舞」は完成しない。これまでの真琴の努力はすべて無駄になる。代助は倫次の顔をにらみつけ、震えそうになる声を絞った。

「あなたは卑怯だ」

「頼む、代助」

代助は眼を閉じた。雪の朝の真琴の姿が浮かんだ。どちらが捨てたか、と今さら問うても無駄だ。答えなどない。

「だったら真琴本人が頼みに来いよ」龍が言った。「代助を見捨てておいて、勝手すぎやしないか?」

「真琴は今、警察だ」

「まさか逮捕?」代助は血の気が引いた。

「いや、話を聞かれているだけだ」倫次はもう一度頭を下げた。「代助、頼む」

代助は頭を下げたままの倫次を見ていた。

俺はバカだ、と思った。この町を怨みきることができなかった。復讐もできなかった。怪魚になって町の人を皆殺しにすることのできなかったヘタレだ。

「倫次さん。頭を上げてください。お引き受けします。でも今回だけです」

「すまん。代助。本当にありがとう」

その言葉にようやく顔を上げた倫次は、ほっとしたふうに息を吐いて、ぬるくなった茶を一気に飲んだ。

代助は倫次が落ち着くのを待って、訊ねた。

「そもそも、翔一郎が氷室で見つかったというのは本当なんですか？」

「本当だ。たまたま氷室を開けた真琴が見つけた」

「翔一郎が行方不明になった夜、みんなで氷室の中も捜したんです。でも、翔一郎はいませんでした」

「私も警察にそう言った。それに、氷室の鍵は社務所に置きっ放しだ。その気になれば、誰だって持ち出せる」

倫次の顔が暗い。たとえ真犯人が見つかったとしても、よい結果にはならない。事件が解決してめでたしめでたし、とはいかないだろう。町も神社も冬雷閣も傷つく。

「でも、真琴が逮捕されるようなことになったら……」

「それは大丈夫だ」倫次がきっぱりと言い切った。「ここは地縁血縁で結ばれた田舎町なんだ。わかるだろう？」

「形だけの捜査ということですか？」

「そうだ。マスコミのほうにも、冬雷閣から正式に抗議が行くはずだ。町で勝手なことをすると法的措置を取るぞ、という脅しだな。だから心配要らない」

倫次の言葉には説得力があった。代助は思わず安堵《あんど》の息を洩らした。倫次はその様子を見て、すこし笑った。それから、真顔に戻って言った。

「今さらこんなことを言っても言い訳にしかならないが、おまえが町を出て行ってから、ずっと心配していた。元気でやっているのか、どうやって暮らしているのか、と。きっと相当苦労したんだろう?」

「いろいろなところで働きました。大学へ行こうと金を貯めて」

高校に問い合わせると、卒業扱いになっていた。金さえあれば大学に行ける、と生活を切り詰めひたすら働いた。ライン工も警備員も旅館の下働きも、なんでもやった。

三年目、身体を壊した。咳《せき》が続いて微熱が出たが、ただの風邪だと思っていた。あまりに治らないので仕方なしに病院に行くと、すぐに入院しろと言われた。結核だった。

驚く代助に医者は言った。過去の病気だと思われているが、そうではない。若い人にも多い、と。思ったよりも重症で、入院は三ヶ月近くに及んだ。その後も体調不良が続き思うように働けず、貯金を取り崩す毎日だった。

「今は、どうしている? 仕事はあるのか?」

「鷹を使った害鳥駆除をやっています。いい方に雇ってもらえたので」

「鷹の仕事か。そうか、それはよかった」倫次が感極まった声を上げた。「本当によかった……」

倫次の眼に涙が溜まっているのを見ると、代助もたまらなくなった。泣いてこの男にすがりつきたい気がした。

「本当にいい人なんです。一文無しの俺を拾ってくれて」

戸川社長との出会いは偶然だった。

代助は病み上がりで無職だった。その日、最後の貯金を下ろして家賃を払った。明日から食うものもない。家賃を優先したのは仕事を探すためだ。住所不定では面接にすら行けない。

五月の夕暮れ、蒸し暑い日で、街路樹の新緑が重苦しく見えた。

上空はギャアギャアとやかましい。ムクドリの群れが飛び回っている。見ればアスファルトが白く汚れている。糞害だ。

そのとき、突然、ムクドリの鳴き声が止んだ。代助は空を見上げた。ムクドリの群れに向かって小さな影が突っ込んでいくのが見えた。ムクドリの群れが一瞬で散った。

鷹だ。

鷹はぐるりと弧を描き、すこし先の公園に消えた。代助は駆けだした。なまった身体はすぐ息が切れた。それでも、懸命に走った。

公園には作業着姿の男がいた。えがけをして左拳に鷹を据えている。周囲にその様子を見物している人たちが大勢いた。

小ぶりの鷹、雄だ。人に囲まれているのに落ち着いている。よく調教されているのがわかった。

いい鷹だな、と思った瞬間、突然、涙があふれた。

なぜ、自分が泣いているのか。一体、なにが哀しいのか。一体、なにが苦しいのか。代助はわけもわからず号泣し続けた。

気味悪がって、まわりの人たちが離れていった。鷹を据えた男はなにも言わず代助を見ている。それが戸川社長との出会いだった。

戸川は四十代後半で妻と小さな子供がいた。鷹を使った害鳥駆除の小さな会社を経営している。鷹の種類はハリスホークで、今は三居いる。特にどこの流派に属しているというのではない、独立の人だった。それでも、講習会などには積極的に参加し、勉強熱心だった。

――正式に所属したほうが仕事にはプラスになるんじゃないですか？

――わかってるんやけどなあ。でも、俺はただの田舎者やし、諏訪流とか「宮内庁御用達《くないちようごようたし》」みたいな雰囲気に気後れするねん。

代助が昔、神事のために放鷹をしていたと聞くと、へえ、と眼を丸くしていた。

――ある意味最強やな。将軍とか天皇陛下《へいか》の鷹匠やなくて、ガチで神さまお抱えの鷹匠ってことやからな。

そんなふうに考えたことがなかったので、代助は意外な気がした。

「社長に、神さまお抱えの鷹匠だな、って言われたんです。面白い言い方だな、と」

怨み言は言いたくない。なけなしのプライドをかき集め、なんとか笑って話す。倫次にもその気持ちは伝わったらしい。涙を溜めた眼で笑ってくれた。

「なるほど。たしかにそのとおりだ」

だが、これ以上気が緩むと本当に泣いてしまうかもしれない。愚痴を、怒りを垂れ流してしまうかもしれない。代助は歯を食いしばって、言った。

「とにかく、大祭の件、承知しました。明日にでも打ち合わせにうかがいますので」

「冬雷閣には話を通しておく。すまないがよろしく頼む」

倫次は眼を真っ赤にして帰っていった。来たときよりもずっと安らいだ表情だった。

だが、龍は納得がいかないようだった。倫次が帰った途端、代助に突っかかってきた。

「加賀美先生の立場はわかるが、結局、神社と冬雷閣の言いなりになるのかよ？　腹が立たないのか？」

代助は返事をしなかった。すると、龍が怒りをあらわにした。

「悔しくないのか？　こんなにバカにされて平気かよ？　なんで引き受けるんだよ」

「自分のことでもないのに、なにムキになってんだよ」

「俺のことじゃない。でも、なんかムカツクだろ。おまえ、もっと怒れよ。やられっぱなしじゃないか」

「はは、たしかにやられっぱなしだ。って言うか、最初から負け戦だったんだ」

「バカ、諦めんな」

龍に怒鳴られて、なぜだか代助は嬉しくなった。不思議なものだ。まさか龍とこんなふうに話す日が来るとは思わなかった。

ずきりと胸が痛んだ。もしかしたら、愛美ともこうやって上手くやれる日が来たのだろうか？　俺がもうすこし愛美に優しくしていたら――。

「結核で入院してた頃……」

代助が話しはじめると、龍が怪訝な表情をした。代助は構わず話を続けた。

「愛美は何度も見舞いに来た。そして、俺に金を渡そうとした。愛美がどんなふうにして金を作ったか、想像がついた。受け取るわけにはいかなかった」

龍が苦しそうに顔を歪めた。だが、なにも言わなかった。

「同室の連中は愛美が俺の彼女だと信じてた。優しい彼女がいて、うらやましい、ってな」

病院だけではなかった。戸川社長の下で働き出しても同じだった。

――代助。いい加減に覚悟を決めろよ。健気な彼女がかわいそうじゃないか。

――いえ、俺は彼女とは関係ありません。

――いい子じゃないか。もったいない。

愛美は弁当を作ってきたり、仕事終わりに待ち伏せをしたりして、代助に何度断られても決してあきらめない。強く言うと、そのときは泣いて帰る。だが、翌日にはけろっとした顔で現れた。

仕事は害鳥駆除だけではない。ときどきイベント出演もある。会社のブログにはスケジュールが記されているので、愛美は代助の行く先々に現れた。

ある小さな町で「お城まつり」が開かれた。放鷹の依頼があり、代助と社長が出かけた。すると、愛美が大量の飲物の差入れをして、まつりのスタッフにまで配ってまわった。あまり堂堂としていたので、みな、代助の婚約者だと信じた。代助は訂正して回ったが、女心のわからない冷たい男だと思われた。代助はだんだんイライラしてきて、我慢ができなくなった。

——代助さん、あたし、この前、魚ノ宮町に帰ったんです。

愛美は代助の後をついて回り、出演者のテントの中でもひっきりなしに話しかけてくる。

——お兄ちゃんとお父さんにすっごく怒られて。お兄ちゃん、あたしが泣いてるのに怒鳴るんですよ。お父さんには叩かれるし、お母さんは酷いこと言うし。

本当は腕をつかんで引きずってでも会場から追い出したい。だが、スタッフも観客もいる。乱暴なことはできない。

——魚ノ宮は相変わらずですよー。大祭の鷹匠、今は、また雄一郎さんがやってるんだそうです。そうそう、その冬雷閣なんですけど——。

代助は愛美の声が耳に入らないよう、ただひたすら別のことを考えようとしていた。勘弁してくれ、勘弁してくれ。お願いだから、勘弁してくれ。

——あ、あたしも手伝いましょうか？

愛美が鷹の輸送箱に手を伸ばした。

――やめろ。

思わず大声を出してしまった。まわりにいたスタッフたちが一斉にこちらを見た。しまった、と思いながらも、言葉を繕《つくろ》った。

――鷹には触らないでくれ。本当に繊細な生き物なんだ。

――ごめんなさい。あたし、ただ、代助さんのお手伝いをしようとして……。

愛美は今にも泣き出しそうだ。

――いや、ありがとう。でも、結構だから。

勘弁してくれ。代助は深呼吸をしながら、怒りを堪えた。

――でも、なにか、あたしにできることがあったら手伝います。

今度は鷹道具に触れようとする。もう我慢ができなかった。代助は無言で愛美の腕をつかんだ。そのまま、人目につかないところまで連れて行った。

――あたしのどこがダメなんですか？　教えてください。あたし、真琴さんみたいになります。頑張ってなりますから。あたしにはもう代助さんしかいないんです。昔っからあたしの夢だったんです。

愛美は必死に繰り返した。余裕のない表情は怖ろしかった。

――代助さんは施設育ちのくせに冬雷閣の跡継ぎになったでしょ？　だから、思ったんです。あたしだっていつかはお金持ちになれるかも。代助さんみたいに幸運が舞い込んでくるかも、って。代助さんはあたしの憧れだったんです。

無思慮で無神経な愛美の言葉に代助は吐き気がした。不快感を抑えられず愛美をにらんでいたが、一向に気づかないようだった。

――でも、代助さんは今はもうただの人じゃないですか。冬雷閣の跡継ぎじゃないんです。だったら、あたしでも釣り合いますよね？

――たしかに俺はもう冬雷閣とは関係ない。だが、君の期待に応えることはできない。もう、俺に構わないでくれ。

すると、愛美がへらっと笑った。

――ね、代助さん、本当のこと教えてあげようか？　代助さんは自分が捨てられたと思ってるんでしょ？　でも、違うと思う。捨てたのは代助さん。だって、真琴さんが絶対にあの神社から離れられないことは最初からわかってたでしょ？　真琴さんが町を出ることなんてできないもん。だから、真琴さんを捨てたのは代助さん。

代助はなにも言い返せなかった。すると、愛美は代助に一歩近づき、その手を取った。代助は思わず悲鳴を上げかけ、乱暴にその手を振り払った。

――真琴さん、かわいそうに。今も一人であの寂れた町の神楽殿で舞ってるの。あんなちっぽけな神社を守るために。ばかみたい。

――やめろ。それ以上言うな。

――美人で頭がよくて、町中の人が特別扱いしてた。あの人もそれを当然だと思ってた。もし真琴さんが都会に生まれてたら、ミスなんとかになったり、芸能人になってたかも。でも、あんな田舎町の神社に生まれたから、一生町から出られない。そのうちに神社を守るために、好きでもない男と結婚して子供を産むの。かわいそう。

返事をせず、代助はそのまま早足で歩き出した。

――代助さん。待ってください、ねえ。悔しくないんですか？　魚ノ宮町に復讐しようって思わないんですか？

愛美の言葉に胸がうずく。復讐を考えなかったわけではない。怪魚になって町の人を喰い殺す夢だって見たことがある。

だが、できなかった。駅で泣く真琴を思い出したら復讐などできるわけがない。風に乱れた髪、緋袴に吹き付ける雪、涙でぐしゃぐしゃの顔。あの真琴が泣きじゃくる顔を思い出したら――。

――いい加減にしてくれ。頼むから邪魔をしないでくれ。二度と俺の前に現れるな。

代助はもう我慢ができなかった。愛美を怒鳴りつけ、背を向けた。

――ずるい、真琴さんだけ、ずるい……。

あのときの愛美の声が忘れられない。

周囲にはまつりに来た大勢の家族連れがいた。その中で、人目もはばからず、大声で愛美は泣き続けた。

「愛美の声が聞こえたが、俺は振り返らず無視して歩き続けた。どうしていいのかわからず、ただただ逃げたかった。俺がつかんだ愛美の手首は……傷だらけだったんだ」

龍はうつむいたまま動かない。わずかに肩が震えている。煙草の箱が龍の手の中で握りつぶされていた。

「すこし外を歩いてくる」

代助は龍の部屋を出た。龍はうつむいたまま、顔も上げなかった。

三森酒店を出て、商店街を下る。暗い夜の浜に出た。

冬の海を渡る風は身を切るように冷たかった。沖のブイが点滅している。代助は闇に揺れるかすかな灯りを見つめながら、歯を食いしばった。

子供の頃、訊かれた。どう生きたいと思っている？と。代助は答えた。誠実に生きたい、と。それを聞いた雄一郎はこう言った。それでは負け戦決定だ――。

雄一郎は正しかった。俺の人生は負け戦だ。

俺はなぜ、誰からも愛されないのか。なぜ、大切にされないのか。

やはり、俺自身に問題があるのだろうか。誠実が負け戦だというなら、どこをどう改めればいい？

だが、そもそも俺の両親は赤ん坊の俺を捨てた。赤ん坊の俺に問題があったのか？　俺は生まれながらに問題があるということか？　愛されない、大切にされない、と生まれたときから決まっていたのか？　じゃあ、赤ん坊の俺はどうすればよかったというのだ？

愛美もきっと同じことを感じていた。だが、俺は愛美を受け入れることができなかった。愛されない者同士ですら愛し合えない。どこまで俺は愚かなのだろう。

代助は拳を握りしめ、懸命に深呼吸をした。胸の中が雪交じりの潮風でいっぱいになるまで、何度も何度も繰り返した。

いい加減にしろ。拗ねた子供が癇癪《かんしゃく》を起こしているのと変わらない。怨むな。自分を憐れむな。

負け戦でも構わない。それでも、俺は誠実に生きたい。

凍り付いた頰を潮風に晒し、代助は真っ暗な海をにらんだ。

＊

十二月三日。大祭は目の前だ。

代助は朝一番で買い物に出た。スーパー旭はいやなので、龍にスクーターを借りて、隣町まで行くことにした。

マスコミの人間か、見知らぬ男が近寄ってきたが、振り切ってスクーターを発進させた。

途中、海沿いの道を走ると、千田塩業の工場がある。はじめて訪れた日は雄一郎が運転する白のベンツに乗っていた。今はボロボロの50ccだ。顔を背けて通り過ぎる。

鷹匠を引き受けた以上、冬雷閣に挨拶に行かなければならない。緑丸を貸してもらって、稽古をする必要がある。神社との打ち合わせもある。これからは忙しくなる。

カレーを仕込んだら冬雷閣と神社に顔を出さねば。そう考えただけで、胃のあたりが苦しくなる。冬雷閣では歓迎されないことくらいわかっていた。また雄一郎と言い合いになって惨めな思いをすることになる。

ふっと女の子の顔が浮かんだ。たしか結季と言ったか。黒いリボンをしていた。京香としっかりと手を繋いでいた。あのときの京香の眼を思い出す。強い眼だった。——この子は絶対に私が守る、と言っているようだった。

三十分ほどかかって、隣町のスーパーに着いた。大きな店でスーパー旭の三倍はありそうだ。品揃えも比べものにならない。代助は手早く人参、玉ねぎ、ジャガイモ、豚ひき肉、カレー粉をカゴに入れた。レジに行こうとして「精進潔斎」中だと思い出した。だが、龍に作ると言った後だ。すこし悩んで豚ひき肉を鶏ひき肉に、玉ねぎをセロリに変更した。そして、龍のために煙草を一カートン追加した。

駐車場のスクーターに向かうと、すこし離れたところにグレーの車が駐まっている。運転席と助手席に男が二人いる。

「ご苦労さまです」代助は刑事に呼びかけた。「俺と真琴を疑っているようですが、時間の無駄です。俺も真琴もなにもやってません。なにを訊かれても、十二年前に答えたこと以上のことは答えられません。本当になにも知らないんです」

ドアが開いて男たちが降りてきた。軽く頭を下げて言う。

「夏目さん、ご面倒をお掛けして恐縮です。事件解決まで捜査にご協力ください」

眼の細い男は表情一つ変えない。まったく内容のない答えだ。

「俺は十二年前も疑われた。でも、なぜ今になって真琴を疑うんですか？　なにか証拠があるんですか？」

「それはお話しすることができません」

「それじゃあ、こっちはどう潔白を証明したらいいかわからないじゃないですか」

「捜査の内容についてお話しすることはできません」刑事が繰り返した。

これ以上はいくら言っても無駄だ。諦めるしかなかった。

「大祭で鷹匠を務められるそうですね」

瘦せたほうがすこし笑った。バカにされている、と感じたのは被害妄想ではないような気がした。

「どうぞ頑張ってください」刑事二人は頭を下げ車に戻った。

代助は刑事の車を見送り、スクーターにまたがった。魚ノ宮町で起きることはみな茶番だ。バカバカしいとわかっていても誰も止められない。唯一できることは、ただ逃げ出すことだけだ。

スーパーを出ると、まっすぐ神社に向かった。

石段は登らず、裏の車道から神社に入って駐車場にスクーターを駐めた。荷物をどうしようかと迷ったが、すこし迷ってから持っていくことにした。山には猿やら鹿もいる。喰い荒らされては困る。

スーパーの袋を提げて境内に入る。すると、神楽殿の前に真琴がいた。

「真琴」

声を掛けると、真琴は顔を上げた。瞬間、真琴の顔が強張った。

かすかに眉を寄せ、代助を見つめている。たとえそれが嫌悪だろうと不快だろうと、無関心よりはずっといい。反応してくれたことだけで嬉しい。すこしの間、互いに顔を見つめ合ったまま、動くことができなかった。

最初に口を開いたのは真琴だった。

「夏目さん、鷹匠を引き受けてくださってありがとうございます」

完全に静かな声だ。真琴はすっかり落ち着いていた。もうなんの感情も読み取れない。怒りも哀しみも見つけられない。代助は裏切られたような気がした。たとえ町のすべてが茶番だったとしても、真琴とだけは真摯《しんし》な関係でいたかった。

「たいしたことはできないと思うが……」

「いえ、とんでもない。よろしくお願いします」

真琴が頭を下げる。では、と頭を下げて背を向けようとする。慇懃無礼《いんぎんぶれい》な拒絶に我慢ができなくなった。

「警察に事情を聞かれてるって聞いた。なぜ、真琴が疑われるんだ？」

「夏目さんには関係のない話です」

真琴は歩き出そうとする。代助はその前に立ちふさがった。

「そもそも、俺が捜したとき氷室に翔一郎はいなかった。誰かが後で翔一郎を氷室に……」

その時点での翔一郎の生死は不明だ。生きている翔一郎を閉じ込めたのか、翔一郎の遺体を置いたのかはわからない。

その言葉を聞いて、真琴が小さなため息をついた。

「夏目さん、あなたはわかってない。こういったことは、なにもしないでいればいずれ収まる。でも、騒げば逆効果になるんです」

「倫次さんもそう言った。でも、俺は納得できない」

代助がきっぱりと言い切ると、真琴が額に手を当てた。しばらくためらってから言う。

「氷室で見つかった翔一郎くんの遺体のそばに、千早の菊綴があったそうです」

「千早の菊綴？」

「『鷹の舞』で着る千早の胸紐の飾り部分」

「どうしてそんなものが？」

「私にはわかりません」

真琴は眉を寄せ、かすかに首を振った。平静を保とうとしているが、どこかやはり苦しげだった。

「心当たりは？」

「大祭が終わったあと、装束や道具は風を通してからしまおうと思って、衣桁《いこう》に掛けて並べておいた。神楽殿は窓も扉も開け放ってあったから、誰が盗んでもわからない。菊綴がないことに気づいたのは翌年」

大祭の後はいつも直会だ。大勢の人間が夜遅くまで神社に出入りし、酒を飲む。誰がなにをしてもわからない。

「不用心だと言われたら、そのとおりだと思うけど」真琴が悔しげな表情で空を見た。「誰かが私に罪を着せようとしたのは事実でしょうね」

「氷室を開けたのは真琴だと聞いた。なぜ、今になって開けたんだ?」

「別に意味なんかありません。ただ、なんとなく開けてみただけです。理由なんかない。ただ、ふっと氷室のことを思い出して……そうしたら、翔ちゃんがいた」

真琴の声が震えた。そのときのことを思い出したらしい。額に手を当て、懸命に落ち着こうとしている。

「なあ、真琴。俺にできることがあったらなんでも言ってくれ」

だが、真琴は返事をしない。しばらくじっとしていたが、ゆっくりと手を下ろし、ふっと笑った。

「自分のこと、『俺』って言うようになったのね」

「もう三十だからな」

「……そうね。私も、もう三十」

そう言いながら、うつむいた真琴が代助の持つスーパーの袋に目を留めた。

「カレー?」

「三森龍の家に世話になってるから、カレーでも作ろうかと」すこし笑ってみる。「大丈夫、鶏ひき肉にしたから」

真琴はしばらく黙っていた。代助は返事を待った。懐かしい、とか、私もまた食べたい、という言葉を期待して待っていた。だが、真琴は再び落ち着き払った顔に戻っていた。

「それでは、夏目さん。また神社で」真琴は軽く会釈《えしやく》すると背を向けた。

代助はなにも言えず、真琴を見送った。

真琴も倫次も事件をうやむやにする気だというのがわかった。代助には二人の真意が理解できなかった。身の潔白を証明しようとは思わないのか? 翔一郎を殺した犯人が憎くはないのか? これでは疑われても仕方ない。まるで、なにかやましいことがあるかのようではないか。もしかしたら、まさか――。

代助はぞっとした。慌てて疑念を振り払う。ほんの一瞬でも二人を疑った自分を恥じた。

三森酒店に帰り、カレーを作った。

「いい匂いだ」配達から帰ってきた龍が腹を鳴らす。「これが園仕込みのカレーってやつか? うちは商売してるから、レトルトばっかだった。勝手に温めて勝手に食う。施設のほうがマシってことだな」

「そんなもの、比べることじゃない」

バカの一つ覚えのようにカレーを作っている。カレーなら誰にでも喜んでもらえるからだ。

俺でも役に立っていると思うことができたからだ。なんとわかりやすい承認欲求だろうか。今ならわかる。かつて雄一郎があれほど怒ったのは、代助のその媚《こ》びたような態度が浅ましく映ったからだ。

カレーをかき混ぜながら、ふっと疑問に思った。

「おまえに、園のこと、話したことあったか？　なんで園仕込みって知ってる？」

「なんでって……」しばらく考え、龍が答えた。「愛美の日記に書いてあった。おまえの園仕込みのカレーは美味しかった、って」

たしかに、愛美たちにカレーを振る舞ったことがある。だが、そのときは園仕込みなどと言わなかった。雄一郎に言われて以来、人前で施設のことは口にしないように気をつけていたからだ。知っているのは、千田雄一郎と京香、倫次と真琴だけのはずだ。

気がつくと、いつの間にか手が止まっていた。代助は慌ててカレーをかき混ぜた。鍋底にすこし抵抗を感じたが、焦げ付いてはいないようだ。危なかった、と一旦火を止める。

「龍、悪いが、その日記、もう一度読ませてくれないか？」

――代助さんの園じこみのカレーはとってもおいしかった。ほのかも文句を言わずに食べてた。

神楽の練習で遅くなるというので、代助がみなにカレーを作った日の日記だ。

練習で遅くなったこと、旭穂乃花たちが文句を言ったこと、カレーを食べたことは事実だ。だが、一つだけ気にかかるところがある。代助は「園仕込み」とは言っていない。では、なぜ愛美は知っていたのだろうか。些細《ささい》なことかもしれないが、気になって仕方がない。

「カレーか。たしか……」

龍が抽斗《ひきだし》から一通の封筒を取り出した。代助はぎくりとした。愛美の遺書だった。愛美が自殺したとき、龍に見せられた。

「たしか、ここにもカレーのことが書いてあったはずだ」

――その日から、神楽の練習が楽しみになりました。代助さんの作ってくれたカレーはとってもおいしかったです。

ここにはただカレーと書いてあるだけだった。「園仕込み」と書かれていないのには、なにか意味があるのか？　それとも意味などないのか？

何度も読み返しているうちに、代助はふと気づいた。

「この便箋、鳥の位置が違う」

便箋の上の余白部分には、紺色の鳥のイラストが描かれている。だが、便箋四枚すべてで位置がずれていた。印刷ミスか、と思ったが、罫線《けいせん》や他の雲のイラストの位置は同じだ。鳥だけが違う。並べてみて気づいた。鳥はすこしずつ動いている。

同じデザインの日記のノートと比べてみた。ノート上部の余白に鳥が描かれている。めくってみると、紺色の鳥が羽ばたいて飛び立った。

「この鳥のシリーズ、パラパラマンガみたいなものか」

のぞき込んだ三森龍が言った。代助は遺書の四枚を重ねて持ち、ぱらぱらめくってみた。すると、鳥がぎこちなく羽ばたいた。

枚数が少ないせいか、動きが不自然だ。代助は何度も試してみた。そして、もう一度、四枚を並べてみた。やはりだ、と代助は思った。

「どうした？　なにか変なのか？」三森龍が不思議そうに言う。

「この便箋は鳥が羽ばたく仕様なんだろう。でも、おかしい。一枚目と二枚目では翼の動きがやたら大きい。二、三、四枚目はスムーズなのに」

「それがどうした？」

「一枚目と二枚目の間に、もう一枚、便箋があったはずだ。それが抜けている」

「書き損じたからその便箋は捨てて、新しい便箋に書き直しただけじゃないのか？」

「書き直すなら、一枚目から書き直しているだろう」

う、と龍が返答に詰まった。

愛美は字が下手だ。文章を書くこと自体が苦手のようだ。誤字脱字が多く、一つの単語の途中で平気で改行したりする。

「でも、あいつにしては丁寧に書いているほうだ。おまえのために一所懸命に書いたんだ」

「わかってる。無神経な言い方になった。すまん」代助は素直に謝った。「でも、なにか引っかかる。たとえば……二枚目の最初にこうある」

——代助さんは真琴さんとならんで、あの氷室の前に立ってました。


「あの氷室、っておかしくないか？　はじめて氷室の話が出てきたのに、なぜ『あの』なんだ？」

「おかしいか？」

「おかしい。『あの』なんて言うのは、なにか前提があるときだ。今まで、俺は愛美と氷室の話をしたことがない。共通の話題じゃないんだ。なのに、ここでいきなり『あの氷室』だ。おかしい」

「ああ、おまえの言いたいことはなんとなくわかる気がする。でも、愛美は国語が苦手だったんだ。いや、国語だけじゃない。勉強ができなかった。だから、深い意味なんてない。適当に書いただけだ」

「その可能性もある。でも、この遺書はそんな適当に書かれたものじゃない。おまえもそう言っただろ？」代助は遺書をもう一度じっくりと眺めた。「一枚目と二枚目の間に、もう一枚あったとしたら、『あの』という言葉にも、鳥のイラストにも説明がつく。そして、そこには、きっと氷室に関することが書かれていた」

「氷室に関すること？　まさか……」

「翔一郎に関することだ」

「おい。バカなことを言うな」龍がいきなり代助の胸ぐらをつかんだ。「おまえ、愛美がやったとでも言うのか？　死人に罪を着せようって言うのか？」

「愛美がやったとは言ってない。でも、もしかしたら、なにか知ってたのかもしれない」

代助は龍の手を振り払い、もう一度便箋を読み上げた。


――つぐないをしようと思って、ずっとがんばったけど、やっぱりダメでした。


「俺へのストーカー行為を詫びて、つぐないをしようとした、という意味だと思っていた。でも、翔一郎の事件に関することかもしれない」

「愛美を人殺し呼ばわりするのはやめろ。これ以上、妹を傷つけるな」龍の顔は怒りで紅潮していた。

どうして気づかなかったのだろう、と代助は今になって悔やんだ。読み返して、今になってわかる。この遺書は愛美のあまりにも悲痛な人生そのものだ。なのに、当時の代助は理解することから逃げていた。まるで愛美の自殺を「当てつけ」のように感じ、どこか被害者意識を持っていた。

「落ち着け、龍。でも、もし、一枚抜けているとしたらなぜだ？　遺書を一枚だけ入れ忘れるとは考えられない。だとしたら、誰かが抜き去った可能性もある」

「誰が?」

「最初にこの遺書を見つけたのは?」

「親父だ。死んでる愛美を見つけたのも親父。遺書を見つけたのも親父だ」

「なら、親父さんが遺書を一枚抜いた可能性はあるな」

龍が真っ青になった。そのまま黙っている。

「親父さんが抜いたとしたら、なぜだ? もしかしたら、他人に見られてはまずいことが書いてあったんじゃないか?」

龍はまだ呆然としていたが、やがて顔を歪めて笑った。

「いい加減にしろよな。なにもかもおまえの想像じゃねえか。便箋がもう一枚あった、ってのはおまえの想像。そこに氷室の話が書かれてたってのも想像。氷室の話は翔一郎の事件のことだ、ってのも想像。それを親父が抜いたってのも想像。全部想像。ってか、ただの妄想だ」

「龍、怒らずに聞いてくれ。翔一郎が殺されたのは間違いない。でも、犯人は俺でもなく真琴でもない。おまえが愛美のことを思うように、俺は翔一郎のことを思う。犯人を見つけたいんだ。協力してくれ」

「愛美が人を殺すはずなんかない」

「愛美だと決めつけてるんじゃない。ただ、すこしでも手がかりが欲しい。頼む」

代助の気迫に負けたのか、龍はしぶしぶ了承した。

二人で愛美の部屋を隅から隅まで捜した。棚には以前、真琴がダビングした神楽のビデオがあった。押し入れの奥からは未整理の写真が何枚も入った箱が見つかった。それはどれも成人した代助を隠し撮りしたものだった。戸川社長のもとで鷹匠として働いている姿が写っているものもある。その写真の束の下にビデオテープが隠すように入れてあった。タイトルが書かれていないので内容は不明だ。

代助は一瞬鳥肌が立つような薄気味悪さを感じた。愛美には薬を盛られたことがある。あのとき、もしかするとなにか撮られていたのかもしれない。

「これ、デッキあるか？」

「ああ。下にある」

階下のテレビには古いビデオデッキが繋いだままだった。

「とりあえず観てみるか」

龍が再生したビデオはひどく暗かった。代助の部屋ではないようだ。ほっとした。

「屋外だな。月と星の明かりだけで撮ってるみたいだ」

代助は画面に見入った。そのとき、隅に小さな火が見えた。蠟燭《ろうそく》だ。風に揺れている。薄気味が悪い。

そのとき、正面に人影が映った。

「……うっ」龍が小さな悲鳴を上げた。「びびらせんな」

代助は息を呑んだ。

巫女装束。千早。神楽の恰好だ。しかも「鷹の舞」の装束を着ている。真琴によく似ているが、違う。ずっと年上だ。そして、痩せている。見知らぬ女はじっとカメラの前で動かない。

「これは加賀美貴子？」

「ああ、たぶんそうだ」龍がうなずいた。

真琴の母親だ。まさか、これは真琴がなくしたというビデオではないか。十八歳になったら、と貴子が真琴に遺したものではないか？　だがなぜ、こんなところにある？

貴子がゆっくりと舞いはじめた。やはり、「鷹の舞」だ。ゆっくりと回る。回る。回る――。

加賀美貴子のビデオは何度か観たことがある。普通の神楽も、「鷹の舞」も素晴らしかった。なんの技巧も感じさせず、まったく平易に見えるほど、素晴らしかった。

だが、この舞はまったく違う。簡単に素晴らしいなどとは言えない。

音楽はない。聞こえるのはかすかな風の音、無音の舞だ。

代助は気づいた。加賀美貴子は手に鈴を持っていない。高々と差し上げた手は空だ。普通なら神を呼ぶために鈴を鳴らすはずだ。なのに、貴子はなにも持っていない。

加賀美貴子は神を呼ぶために舞っているのではない。では、なんのために？

はっと代助は息を呑んだ。蠟燭の灯りがきらりと光った。なにかに反射したのだ。目をこらすと、薄闇の中に影が見える。木々が揺れている。

森の中か？　いや、違う。代助は画面に見入った。蠟燭は後ろのガラスに反射している。

真上から月が射す。星が降る。

冬雷閣の中庭だった。

なぜ、そんな場所で？　代助は加賀美貴子の表情を追った。透明な無表情だ。人ではなく器になっている。だが、空っぽの器ではない。完全に満たされた器だ。なみなみと満たされた器。満ち足りた器だ。

加賀美貴子は撮影者を信頼し、自分のすべてを委ねている。なにもかもを差し出している。痩せ細った手首、細く長い首筋。痩けた頰。高い額。風に揺れる千早。回る。加賀美貴子は冬雷閣の中庭で回る。海の底を泳ぐように回る。

代助は思わずうめいた。見ていると気が遠くなりそうだ。なのに目が離せない。なんだ、これは——。

舞が終わった。加賀美貴子はゆっくりと両腕を下ろした。そのまま動かない。じっとカメラのほうを見ている。なんの乱れもない安らかな顔だ。完全に静まりかえった水面のようだった。加賀美貴子は撮影者のために舞った。ビデオカメラを構えている人間のために舞ったのだ。撮影場所は冬雷閣。雄一郎の許可なく入れないから、撮影者は雄一郎本人としか考えられない。つまり、加賀美貴子は千田雄一郎のために舞ったということだ。

代助は再生が終わっても動くことができなかった。まだ衝撃が収まらない。全身に冷たい汗がにじんでいるのがわかる。

冬雷閣と鷹櫛神社は一心同体。今、ようやくその意味がわかった。千田雄一郎が諦めたものは、世界でただ一人、心を通じ合わせた女だった。だが、なぜ加賀美貴子はそんなビデオを娘に遺した？　彼女は自分の娘になにを伝えたかったのだろう。

「おい、代助。おい」

龍の声で代助は我に返った。

「このビデオ、どう思う？　なんで加賀美貴子のビデオを愛美が持ってたんだ？」

「昔、真琴はなくしたと言っていた。まさか愛美が持っていたとは……」

「加賀美真琴は本当になくしたと言ったのか？　愛美に貸したのを忘れてただけかもしれん」

「ありえない。母親の形見だから宝物だと言っていた。なくなったときはかなりショックを受けてた」

「じゃあ、妹が盗んだとでもいうのか？　言いがかりはやめろ」

「怒るなよ。あくまで可能性の話だ。とにかく、これは真琴に返すべきだ」

龍が渋々うなずいた。くそ、とつぶやきながら煙草に火を点ける。それきり話さなかった。


カレーの仕上げをすると、代助は冬雷閣に向かった。

門が開いていたので勝手に入った。裏に回ると、鷹小屋の前に雄一郎がいた。

「千田さん、先日は失礼しました」

代助は雄一郎に呼びかけた。雄一郎はぎょっとして振り向いた。見る間にその顔が険しくなる。横には結季がいた。二人で鷹小屋を掃除していたようだ。

結季はじっと代助を見ている。リボンはやはり黒だ。横顔は雄一郎に似ていると思ったが、伸びた首筋と頭の形は従姉《いとこ》の真琴によく似ていた。

「今度の大祭で鷹匠役を務めることになりました。練習のために、一度緑丸をお借りしたいのですが」

そう言いながら、鷹小屋に近づいた。中には緑丸がいた。

一瞬、懐かしさのあまり、涙が出そうになった。背中の青灰色はすこし濃くなって、完全に夜の闇の色になっている。おかげで、腹の白さがいっそう際立っていた。居ずまいは静かで穏やかだ。なんと美しい鳥だ。ほれぼれとする。

「……緑丸、元気だったか？」

緑丸が瞬《まばた》きをした。その仕草にまた胸が締め付けられた。その様子を苛々と見ていた雄一郎だが、焦《じ》れたように鷹小屋の鍵を放ってよこした。結季を連れて立ち去ろうとする。代助はその背中に呼びかけた。

「待ってください。お話があります」

「大祭のことか？」

「いえ、違います。もっと大切なことです」

無視して雄一郎は歩き続けた。代助は構わずに言葉を続けた。

「千田さん、あなたは昔、俺にこう言った。――千田家の長男になるということは、諦める、ということだ、と」

雄一郎が足を止めた。無言で代助を見た。暗い眼だった。

「千田さん、じゃあ、あなたは一体なにを諦めたんですか？」

するると、雄一郎は結季に言った。

「結季、中でお母さんを手伝ってきなさい」

「はい」

結季は代助を気にしながら、去って行った。代助は結季の姿が見えなくなると話を続けた。

「諦めなければ、あなたの人生はどうなっていたと思いますか？」

すると、ようやく雄一郎が振り返った。

「選んだ結果が人生だ。もしもなどない」

「そう、もしもなどない。でも、自分では諦めたつもりでも、本当は諦めきれなかった。他人が見ればわかるんですよ。その浅ましさ、未練が」

雄一郎の顔にさっと朱が射した。頰がわずかに震えている。

「おまえは私を侮辱するつもりか？」

「いいえ、そんなつもりはありません。浅ましいのは俺です。本当のことを知りたいんです。誰が翔一郎を殺したのか。そして、なぜ俺が罪を着せられたのか。それを知りたいと思うのは間違っていますか？」

「自分は殺していない、とまだ言い張るのか？」

「今、疑われているのは真琴です。俺のときとは違って証拠まである。なのに、あなたは真琴を責めないんですか？」

「証拠などいくらでも細工できる。真琴がそんなことをするわけがない」

「真琴を信じているんですか?」

「当たり前だ」雄一郎がきっぱりと言った。「私はなにがあろうと真琴を信じる」

代助はしばらく黙っていた。思い知らされることに慣れたとは言え、やはり苦しい。だが、傷ついている暇はなかった。真琴にあって代助にないものがある。今、その確信が得られた。

「……よかった」

「なに?」

「あなたは真琴を信じると言った。なにがあろうと真琴を守ってくれるでしょう。なら、安心だ」

その言葉を聞き、雄一郎は当惑したようだった。なにかを言おうとして、だが、言わなかった。

「俺は最初に言いました。──誠実に生きたい、と。あなたはそれを聞いてこう言った。──負け戦決定だ、と。その言葉は正しかった。実際、俺は負けた。町を追われた」

「なにが言いたい?」

「誠実なんてものよりも強いものがあるんですよ。薄っぺらい理屈じゃ勝てないものが。俺には一生手に入れられないものが」

「時間の無駄だ」

雄一郎が歩き出した。代助はその背中に声を掛けた。

「真琴の父親はあなたですね。そして、あなたが諦めたもの、それは加賀美貴子さんですね」

雄一郎がびくりと震えた。だが、足を止めない。代助は大声で話しかけた。

「否定しない以上、肯定したと受け取っていいんですね」

雄一郎が振り向いた。そして、ごく冷静な声で言った。

「書斎へ」

神葬祭以来の冬雷閣だった。客用のスリッパを履いて寄木細工の床を歩く。台所から、京香と結季が顔を出した。お揃いのエプロンをしている。結季は殻付きのエビの尻尾を指でつまみ、ブラブラさせていた。夕食はエビフライか、と思う。

代助がはじめて冬雷閣に来た日、京香が作ってくれたのもエビフライだった。

「代助と話す。二人きりにしてくれ」

「わかりました」京香は困惑した顔で二人を見ていた。

書斎に入ると、雄一郎は無言でソファを示した。代助は腰を下ろした。

「誰から聞いた?」

「いえ。カマを掛けただけです」

「カマを？　根拠は？」

「昔から違和感はありました。容赦がなかったからです。あなたはあまりにも真琴に厳しすぎた。普段は冷静なのに、真琴が絡むと普通ではなくなる。年頃の姪をなんの躊躇《ちゅうちょ》もなく水に突っ込むなんて異常だ」

「なるほど、それから？」

「ビデオです。貴子さんが真琴に神楽を伝えるために遺したものです」

「真琴はそのビデオを観ながら稽古をしていた。みなが知っていることだ」

「それとは別に、貴子さんが亡くなる間際に撮ったビデオがあったんです。十八歳になるまで観るな。誰にも言うな、という秘密のビデオです。でも、それはいつの間にかなくなってしまった。真琴は懸命に捜していたが、見つからなかった。俺たちは誰かに嫌がらせをされたのかと思っていた。持ち物を捨てられたり、ということはこれまで何度もあったので」

雄一郎はなにも言わない。代助は話を続けた。

「そのビデオがこの前見つかったんです。三森愛美の部屋から」

「三森の？　なぜそんなところから？」

「どうやって手に入れたかまではわからない。でも、三森愛美は真琴に憧れていた。ビデオを観て彼女なりに稽古してたのかもしれない」

「稽古？　バカが」

「ええ、バカですね。あれが三森愛美に舞えるわけがない」代助はゆっくりと言った。「だって、あれは神楽じゃないんだから」

雄一郎がわずかに表情を変えた。代助は気づかぬふりをして言葉を続けた。

「神楽とは神に奉納する舞でしょう？　でも、加賀美貴子は神を呼ぶ鈴すら持たず、音楽もなく舞っていた。しかも、神楽殿じゃない。深夜、冬雷閣の中庭で」

「おまえは観たんだな、あれを」

「ええ、観ました。すさまじかった。蠟燭の灯りだけで貴子さんが舞っている。撮影者と二人きり、究極のプライベートビデオでした」

「プライベートビデオだとわかっているなら、ことさらに語るな。悪趣味だ」

「真琴はあなたが父親だということを知ってるんですか?」

「真琴も、倫次も、京香もみな知っている。だが、知らないふりをしている」

「まさか、そんなふうには……」

代助は愕然《がくぜん》とした。仲のいい父娘《おやこ》、夫婦は演技だったのか? それとも、血のつながりの有無などを超えた信頼があるということか?

「とにかくこの件は他言無用だ。いいな」

代助は思わず額の汗を拭った。冷えた、気持ちの悪い汗だった。なにかいやな予感がする。俺の知らないなにかが冬雷閣と神社にある。よそ者にはたどりつけない、呪いに似たなにかが。

気を取り直して、代助は話を続けた。

「でも、なぜ貴子さんはあのビデオを真琴に遺そうとしたんですか? 言ってみれば、あれは貴子さんの個人的な男性関係を撮影したものだ。そんなものをなぜ娘に見せようと思ったんでしょう」

雄一郎はなにも言わない。代助は更に訊ねた。

「真琴がショックを受けるとは思わなかったんですか?」

「だから、十八歳になったら、と制限を付けた」

「十八歳だからといって、尊敬する母親の生々しい姿を観て、平静でいられるわけがないでしょう?」

代助の言葉を遮るように雄一郎が言った。

「いや、違う。十八歳になったときあのビデオを観ていれば、真琴はきちんと諦めることができたはずだ」

吐き捨てるように言うと、雄一郎は立ち上がった。

「待ってください。まだ話は終わってない。翔一郎の件です。あなたは真琴を信じていると言った。じゃあ、まだ俺を疑っているんですか?」

「わからん。だが、おまえが犯人だとしたら、のこのこ帰ってきたりしないだろう」

「じゃあ、誰だと?」

「それがわかれば、とっくに警察が逮捕している。とにかく、さっさと真琴にそのビデオを渡してやれ」

雄一郎がドアを開け、うながした。

「緑丸を借ります」

代助は輸送箱を抱えて、冬雷閣を後にした。京香は出てこなかった。

門を出た途端、どっと疲れを感じた。雄一郎と対峙して身も心も消耗したのがわかる。

真琴の本当の父親は雄一郎だった。そして、みな、そのことを知っていた。知らなかったのは代助だけだ。

心が重い。代助は打ちのめされた。真琴は俺に打ち明けてくれなかった。一心同体だと舞い上がっていたのは俺だけか。結局、よそ者でしかなかったということか。


重い足を引きずるようにして、輸送箱を持って浜へ向かった。

たとえ、よそ者であろうと鷹匠を引き受けた以上、無様なことはできない。大祭の放鷹は特殊だ。代助は手順を確認することにした。

赤いブイが波の向こうに見える。あの場所に小舟を固定し目印にする。代助は緑丸を羽合せる。緑丸は小舟のところまで飛ぶと、旋回して再び浜まで戻ってくる。再び、代助は鷹を据える。そして、真琴が「鷹の舞」をはじめる。

すこし波の高い日だった。身を切るような風が吹き付けてくる。打ち上げられた海草が干涸《ひか》らびてかさかさと音を立てていた。灰色の水平線は空と溶け合い区別がない。冬の海だ。

久しぶりに緑丸を据えると、懐かしさと歓喜で胸がいっぱいになった。単純なものだと思う。代助にとってはじめての鷹だ。一番、相性がいい。羽合せた瞬間、心が通じ合っているような気がする。

何度も訓練をしていると、結季がやってきた。

「今度の鷹匠の人ですね」

頬を赤くして言う。風に乱れても髪が美しいのは千田家の血なのだろうか、と思う。

「夏目代助です。よろしく」

「千田結季です。よろしくお願いします」

結季が頭を下げる。すこし堅苦しいお辞儀だ。だが、昔の真琴ほどではない。

「すごく上手ですね。緑丸と息がぴったり」結季が笑った。「お父さんより上手かも」

「そんなことはないよ。君のお父さんは俺よりずっと堂々としてる」

お姫様、と龍が言ったのがわかった。人を疑うことを知らない。ひたすら大事にされて育ってきたのだろう。

「エビフライ、できたのか？」

「あとは揚げるだけ」そこで眼を大きくする。「なんでわかったの？」

「エビを持ってたから」

「でも、お母さんはエビチリかもしれないのに」

「そう。だから、私もエビフライのほうが得意だろ？」

代助は左拳に緑丸を据えている。緑丸は海の風に吹かれて微動だにしない。

「ねえ、鷹匠って女はやっちゃいけないの？」

「いや、そんなことはない。どうして？」

「私も鷹匠になりたい、って言ったらお父さんがダメって」結季がわずかに拗ねた顔をした。

「私も緑丸を据えてみたいのに」

「お父さんがダメだと言ったのなら、無理だな」

「そう……」

結季は大人っぽいため息をついて、額に手を当てた。困った顔をする。

「私、なんにも教えてもらえないの。真琴さんに神楽を教えてもらおうとしたら、それもダメだ、って」

「真琴さんがダメだと?」

「真琴さんもお父さんもお母さんも。みんな反対して」

なぜだろう、と代助は思った。宵宮では「浦安の舞」など普通の神楽も奉納される。氏子の女の子たちが練習していたではないか。

「昔、お父さんとケンカしてたんでしょ? でも、もう仲直りした、って」

「ああ、まあそういうこと」

神葬祭でのトラブルをこんなふうにごまかしたのか。代助は話を合わせることにした。

「神葬祭では悪かった。迷惑を掛けるつもりはなかったんだが」

「倫次さんも真琴さんも夏目さんは悪くない、って言ってたから」結季がにっこりと笑う。

「カレーを作るのも上手だ、って。すごく美味しい、って真琴さんが内緒で教えてくれたの。ほんと?」

「はは、それほどじゃないよ」

代助は結季を見た。この年齢の頃、代助は園にいた。そして、カレー作りを手伝っていた。

養子の口もない。誰からも望まれず、ただ鍋をかき回していた。それに比べれば、この子は本当に幸せだ。見ていると胸が痛くなる。

そのとき、堤防から声がした。

「結季」

振り向くと、京香がこちらに向かって駆けてくるところだった。

「あ、お母さん」

結季が手を振る。だが、京香は強張った顔で代助を見た。

「……結季が邪魔をしたようで申し訳ありません」

言葉は丁寧だったが、不自然な口調だった。結季が驚いた顔で京香を見上げた。

「いえ、邪魔なんかしてません」

代助ははっきりと言った。結季がほっとしたような顔をする。

京香は結季の手をぎゅっと握りしめた。

「手袋もしないで。こんなに冷たくなってる」

「大丈夫」

結季はすこし困っているようだった。だが、京香は結季の手を握り締めたまま放さない。

「さ、これ以上いると、夏目さんのご迷惑になるから」京香が頭を下げる。「それではこれで」

結季をうながし、歩き出した。結季は代助を気にしながらも京香について行った。

浜に残された代助は悔しくて苦しかった。

結季の前だから京香はああ言っただけだ。本当の意味は、これ以上結季に近づくな、だ。そして、京香の眼はあのときからすこしも変わっていない。代助を疑っている。それどころか、結季になにかするのではないかと心配している。

やりきれない気持ちのまま訓練を終えた。緑丸を冬雷閣に戻し、代助は三森酒店に帰った。暇そうにしている龍と一緒に、もう一度ビデオを観る。

冬雷閣の中庭に蠟燭の灯りが揺れている。音もなく巫女が回っている。美しいが重すぎる。溺れそうなほど深い。

「まるで呪いのビデオだな」龍がぼそりと言って顔をしかめた。

緩やかに回るだけの、なんの変哲もない舞。でも、神を呼ぶための舞。姫を弔《とむら》うための舞。怪魚を鎮めるための舞。人々を救うための舞。

たしかにこれは呪いだ。鷹櫛神社の母と娘に代々受け継がれる呪い。神楽を継承するという呪いだ。

雄一郎は、真琴がこのビデオを観ていれば「きちんと諦めることができたはず」だったと言う。つまり、代助のことを忘れて別の男と結婚できたということか？　アイス屋もクレープもなにもかも諦めて、鷹櫛神社を継ぐことができたということか？

そんなものは大嘘だ、と代助は思った。ここに映っている加賀美貴子と、撮影者の雄一郎は諦めてなどいない。分かちがたい一つの魂とさえ言いたくなるほどだ。

ふっと真琴の言葉を思い出した。

――私たちははじめて会ったときから、ぴったり合わさった石みたいなもの。剃刀の刃一枚だって入らないくらいに。

真琴も嘘をついている。諦めていない。もちろん俺もだ、と代助は思った。諦められるわけがない。

いきなり襖が開いて三森の父親が顔を出した。

「龍、配達行ってくれ……」

言いかけて画面に目を遣ったとたん、表情が強張った。

「そのビデオどうした?」

声が裏返っていた。代助は一時停止にすると、三森父を観察した。不自然なほど動揺している。

「愛美の部屋にあったんだ。親父、なにか知ってるのか?」龍もいぶかしそうだ。

「いや、知らん」

三森父が慌てて取り繕おうとした。だが、まだ声が震えている。

「じゃあ、なんでそんなに驚いてんだよ?」

「別に意味はない。加賀美貴子だったから、ちょっとびっくりしただけだ」

「加賀美貴子だったら、なぜびっくりするんですか?」

代助が訊ねると、三森父は引きつった顔を背けた。

「とっくの昔に死んだやつがそんな暗い所で神楽をやってりゃ、薄気味悪くて当然だろう」

「じゃあ、どうして加賀美貴子だとわかったんですか?」

「顔見りゃわかる」怒ったように答える。

「あなたが入ってきたとき、顔は映ってませんよ」代助はすこし戻して再生した。「ほら、ロングショットだ」

「顔が映ってなくてもわかる。長年、すぐ横で見てたんだ。当たり前だ。いいから、そんな気持ちの悪いビデオ、さっさと捨ててこい」

三森父は早口で言うと、逃げるように出て行った。たしかに、三森父は神楽太鼓を叩いていた。加賀美貴子の舞をすぐそばで見てきただろう。立ち姿だけでわかるのかもしれない。だが、なぜあんなに慌てたのだろう。

――そのビデオどうした?

三森父が驚いたのは、舞手が加賀美貴子だったからじゃない。加賀美貴子のビデオがこの家にあったからだ。

「親父さん、このビデオのこと、知ってたみたいだな」

なぜ真琴の宝物のことを三森の父は知っていたのだろう。なぜそれを愛美が持っていたのだろう。それは、愛美の遺書の一枚が抜かれていたことと関係があるのだろうか。

わけがわからない。だが、いやな予感だけが強くなっていく。

龍は返事をせず、煙草に火をつけた。

「さっさと加賀美真琴にビデオを返してこいよ。愛美が借りパクしたみたいだろうが」

苛々と煙を吐く。これほど不味《まず》そうに煙草を吸う龍を見るのははじめてだった。

＊

十二月四日。日曜日。

鷹匠を務めるから、精進潔斎と朝夕のお参りは欠かせない。手水舎で口と手を浄めて、社殿に参る。それから、神楽殿に向かった。

真琴は神楽殿で四人の女の子たちに「浦安の舞」の指導をしていた。

女の子たちは代助を見て不思議そうな顔をしている。代助が出て行ったとき、この少女たちはまだ三つか四つだった。知らなくて当然だ。

「今度の大祭で鷹匠役を務める夏目代助です。よろしく」

挨拶をすると、途端に少女たちの表情が変わった。恐怖と嫌悪、それに隠しようのない好奇の視線だ。

「じゃあ、今日はここまでにしましょう」

真琴が言うと、少女たちは目配せしながら帰って行った。それぞれの家でどんな報告をされるのか、と思うとうんざりした。

「真琴、話がある」

「なんでしょう?」

「人に聞かれたくない。二人きりで話したい」

「人に聞かれて困る話なんですか？　そんな話、私も迷惑です」

真琴には隠し事がある。それは、代助が町を出て行ってから起こったことだ。だが、今、それを追及しても、真琴が心を開くとは思えない。真琴の意志の強さは知っている。そう簡単に口を割ることはない。

「昔、宝物の話をした。俺の宝物は『それから』の文庫本だ。昔はわからなかったが、この歳になってようやくすこしわかるようになってきた。あの代助はクズだ。誠実なクズだ。でも、そんな誠実に俺は憧れる」

「昔話だったら、またにしてもらえますか？　今、大祭の準備で忙しいので」

真琴の言葉を無視し、代助は話を続けた。

「真琴の宝物はお母さんが遺したビデオだった。十八歳になったら観るように、と言われたが、いつの間にかなくなってしまった」

「夏目さん、私、忙しいんです。それじゃあ」

真琴が背を向けた。正攻法ではダメだ。代助はがらりと口調を変えて言った。

「俺、そのビデオ観たよ」

真琴が驚いて振り返った。作った表情ではない。本当に驚いている。代助は高校生のときのように、わざとくだけた声で言った。

「今、三森んちにいるって言ったろ？　三森と二人で愛美の部屋を捜したら出てきた」

「なぜ、三森さんのところに？」

「それはわからない。龍も心当たりがないらしい。とにかく三森愛美が持ってたんだ」

代助はバッグからビデオを取り出し、渡した。受け取った真琴はじっとビデオを見下ろしている。

「夏目さんはこれを観たんですね」

「中がわからなかったから、確認のために観た。貴子さんの『鷹の舞』だった」

「それだけですか？」

「それだけだった」

すると、真琴がほっとしたような、失望したような、曖昧な表情を浮かべた。

「そうですか。ありがとうございました」

一礼して、去ろうとする。代助は真琴の腕をつかんで引き留めた。

「三森愛美に関して、いろいろありそうなんだ。日記はでたらめだし、遺書も細工がある」

「細工？　遺書に？」真琴がいぶかしげな表情をした。

「内容がつながらない。誰かが途中の一枚を抜いたようだ。それに、このビデオのこともある。不自然なことが多すぎる。もしかしたら、翔一郎の事件になにか関わってたのかもしれない」

真琴はすこし黙っていたが、やがて静かに口を開いた。

「三森さんのこと、もういいんじゃないですか」

「なぜ？　俺や真琴が疑われてるんだぞ？　はっきりさせないと」

「あんな証拠で逮捕することなんてできないでしょう。十二年前と同じ。あなたも知ってるはず。警察は本気で捜査なんかしない。このままうやむやになって終わりです」

「それでいいのか？　真琴は疑われたままでいいのか？　それに、翔一郎を殺したやつが野放しなんだぞ」

「前にも言ったでしょう？　下手に騒げば余計に問題が大きくなるんです。このまま、なにもなかったふりをしているのが一番です」

代助は愕然とした。到底、真琴の台詞《せりふ》とは思えなかった。正義感が強くて、物事の道理を大切にする。代助が本を捨てられたとき、愛美が髪を焦がされたとき、真琴は決して許さなかったではないか。

「真琴、一体どうしたんだ？」

「この町で生きて行くなら当然の心得です」真琴はきっぱりと言い切った。「それに、三森さんは苦しみ悩んで自分の命を絶ったんです。もうそっとしてあげるべきです」

「臭い物に蓋か？　俺はいやだ」

すると、真琴が黙った。眼を伏せ、じっとなにかを考えているようだった。やがて、顔を上げ、真っ直ぐに代助を見つめた。

「……今さら、どうして帰ってきたの？」

感情を押し殺したような静かな声だった。なのに、真琴の中で、なにかが堪えきれずに溢れたのがわかる。代助は風に舞い上げられる千早を思った。雪交じりの風。凍り付くような朝。

突き上げてくる思い。だが、それはほんの一瞬だった。溢れてしまった真琴が今度は空っぽな声で言った。

「夏目さん。これ以上の穿鑿《せんさく》は無用です。ビデオ、わざわざ届けてくださってありがとうございました」

一礼すると、真琴は背を向けた。代助は黙ってその背中を見送った。

真琴がなにを言おうと、追及をやめるつもりはない。すこしでも情報を集めようと思った。当時のことを知っていて、ぺらぺら喋ってくれそうな人間には心当たりがある。正直、会いたくはないが仕方がない。代助はその足で、スーパー旭を訪れた。

スーパー旭は変わっていなかった。改装した様子もなく、古びてみすぼらしくなっただけだ。旭穂乃花はかつて真琴と殴り合いのケンカをした。その際、高校を卒業したら町を出て行くと言っていた。彼女は本当に町を出て行ってしまったのだろうか。もし、町を出たのなら、連絡先はわかるだろうか。

店内には客の姿はなく、レジで金髪の女が暇そうにしているだけだ。話を聞こうと近づいて、はっとした。見覚えのある顔だ。

旭穂乃花だ。代助よりも年上に見えるが、顔自体はあまり変わっていない。

「ちょっと話があるんだが」

「なに？　今、めっちゃ忙しいんだけど」

代助を見て露骨に迷惑そうな、それでいて楽しそうな顔をする。ネームプレートは佐藤《さとう》だから結婚したらしい。

「忙しいところを邪魔して申し訳ない。たいした話じゃないんだが、昔、四人神楽の練習をしてたときのことなんだ」

「神楽って『浦安』？」

「そう。神社で練習してたけど、遅くなりそうだったから休憩してカレーを食べたときのこと、憶えてるか？」

「カレー……」佐藤穂乃花が遠い目をした。「憶えてる。ってか、そっちが作ったんでしょ？」

「そう。俺が施設にいた頃に作ってた、園仕込みのカレー」

「園仕込み？　そうだっけ？　カレーは憶えてるけどさ」

その言葉に嘘はなさそうだ。佐藤穂乃花はあのカレーが園仕込みだとは知らない。代助は次の質問に移った。

「そのあと、デザートに果物が出ただろ？」

「ブドウでしょ？」

「へえ、すごい。よく憶えてるな」

「どうせ、うちのスーパーで買った御供《おそな》えのお下がりでしょ、って思ったから憶えてる」

すこし大げさに誉めると、佐藤は得意げに言った。この調子なら怪しまれずになんでも答えてもらえそうだ。

「そのあとで、俺と真琴がふざけてたら冷やかされたんだ。痴話ゲンカか、って」

「そうそう。なんか十八禁ビデオの話だっけ？　いちゃいちゃしてたよね」

「本当によく憶えてるな。すごい記憶力だ」

「後で盛り上がったからね。うまくごまかしたけど、ほんとはハメ撮りでもやったんじゃないの？　って」佐藤穂乃花は下ネタに食いついてきた。「で、やっぱそうなの？」

「んなわけねーだろ。盛り上がるなんてひでえな」代助も調子を合わせて軽く笑った。「あれは本当に真琴の母親の形見だったんだぜ。一体どこまで噂広めたんだよ」

「だよねー。加賀美真琴がそう簡単にやらせてくれるわけないもんね。愛美もすっごく興味津津でさ。でも、盛り上がったって言っても、そんときだけ」佐藤穂乃花がなんの遠慮もなしに笑った。「でさ、話変わるけど、愛美の件って……」

「あれは完全なストーカー。俺とは無関係。しつこくて困った」

やはり愛美は「秘密の宝物」のビデオの存在を知っていた。神社に練習で出入りした際に、真琴の部屋から盗み出すことは可能だ。だとしても、三森の父が驚いたのはなぜだ？

「嘘ー、ずっと手、出してたんでしょ？」

代助が気安い相手だと思った佐藤穂乃花は下世話な好奇心を丸出しにして迫ってきた。代助は思いきり薄っぺらい口調で会話を続ける。

「ずっと、ってなんだよ。俺はやってないよ。嘘じゃない」

「じゃ、あれってどういうこと？　別の相手？」

「あれ？　なんのことだ？」

「昔、隣町の病院で見かけたのよ。この町に産婦人科なくなったから。そしたら、たまたま検査室の入口で泣いてる愛美を見かけて……あいつ、看護師に説教されててさ」

「へえ、なんて?」

「いい加減にしろ、って。身体を大事にしないと産めなくなるよ、って。あいつ、中絶するつもりらしかったけど、二回目だってさ。あたしもビックリ」

「本当か?」

「ずるいずるい、って泣き喚《わめ》いてさ。ずるい男って、当然あんたのことだと思ってたんだけど違うの?」

「違う。とんでもない濡れ衣だ」

「ほんと?　じゃあ風俗の客?」

「そういうのやめろよ」さすがにむっとして、いやな顔をしてしまった。

「でもさ、そういうの気になるし」

佐藤穂乃花がバツの悪い顔をして、目を逸らした。なるほど、この女が町に噂を広げたのか。

「で、それ、いつの話だ?」

「二人目の三ヶ月検診のときだから、二年前。雨降ってんのに隣町まで行くのが面倒くさかったから、梅雨《つゆ》頃?」

二年前と言えば、愛美が自殺した年だ。愛美が産婦人科で泣いていたのが梅雨頃。代助に薬を飲ませて迫り、堪えかねた代助が通報したのが八月。愛美は立件こそされなかったが、親に引き取られて町に帰っていった。そして、首を吊った。それが九月の終わり。

警察沙汰を起こして町へ帰った愛美を待っていたのは、二度の中絶という噂だったということか。

多少は気が咎《とが》めるのか、佐藤穂乃花はほんのすこし後ろめたそうな顔をした。

「帰ってきた愛美をふらふらさせとくのはよくない、って愛美の父親が加賀美先生に頼んでさ、神社で手伝いをさせようか、って。でも、みんないい顔しなくて」

「みんなって？」

「町の人みんな。わかるでしょ？　総代の浜田さんは賛成したけど、他の氏子連中が文句言ったの。愛美みたいなのが神社にいると穢れる、って。結局、その話は立ち消えになったのよ。で、愛美はああいうことになって……」

喋りまくると、ふいに佐藤穂乃花が我に返った。

「で、結局、話ってなに？　今、三森酒店にいるんでしょ？　なんで？　あそこの兄貴、あんたのこと殺してやるとか言ってたけど」

「いや、十二年ぶりだからいろいろ懐かしくて。昔話しにきただけだ。で、龍は悪いヤツじゃない」

「ふうん。なんか、あんた、変わったよね。昔は堅苦しくてウザかったけど、今は一皮剝《む》けたっていうか」

「そうか？　そんなに変わったか？」

「変わった変わった。普通の人になった」

「昔は普通じゃなかった、ってか？」

「そりゃそうでしょ。冬雷閣の人間だもん。普通じゃない。見てるだけでうんざり。加賀美真琴は相変わらずだけど」ここで佐藤穂乃花が声をひそめた。「で、ほんとにあの人がやったの？」

「ありえない。真琴がやるわけない。俺もやってない。なにもかも濡れ衣だよ」

「じゃあ、もしかしたら愛美？」

「なんで愛美が？」代助はどきりとした。

「あんたに冬雷閣を継がせるために翔一郎を殺した」

「バカ。逆効果だったろ」

「だよね。それくらい、いくら愛美だってわかっただろうし」そして、さらに小声になる。

「じゃあ、愛美の兄貴？」

「龍が？　まさか。ってか、おまえ、片っ端から犯人にするつもりだろ？」

「あのさ、あたし、一応二人の子持ちなわけ。小さい子供を殺した犯人が捕まってないんだよ？　気になるのは当然でしょ？」

まあな、と代助が同意すると、佐藤穂乃花は満足げにうなずいた。とりあえず喋りまくって納得したらしい。

じゃあな、と別れてスーパーを出た。

誠実とは程遠い会話だ。だが、佐藤穂乃花の口から聞かされた本音に再び思い知らされる。

——見てるだけでうんざり。

町に退屈している人間にとって、冬雷閣と神社は旧弊《きゅうへい》な習慣そのもので、自由を縛る伝統そのものということだ。代助が町を出て行った後は、真琴は一人でその「うんざり」を引き受けていたのか。

代助は再び神社の石段を登った。

神楽の練習は終わり、真琴が一人で大祭当日の装束と小物の点検をしていた。

「真琴、話がある」

「今は忙しいので」

真琴の返事は素っ気ない。代助を見ようともしない。

「三森愛美の件だ。二回も中絶したことについて」

すると、真琴が渋々といったふうに顔を上げた。

「夏目さん。場所をわきまえてください」

「相手は誰なんだろうか」

「いい加減にしたらどうです。そんな穿鑿は三森さんに失礼でしょう？　亡くなられた方を踏みにじるような真似はやめてください」

代助がなにを言っても真琴はまるで落ち着いている。相手にされていない、と感じた。

「たしかに、中学生の頃から三森愛美は精神的に不安定だった。でも、あれほど壊れてしまったのには、なにか理由があるんじゃないかと思う」

「さあ、私は知りません」

「それだけじゃない。三森愛美の遺書には気になる部分があった。――あの氷室、という言葉だ。愛美は何度も氷室の夢を見たらしい。そして、最後にこう書いた。――きっと、死んでも夢に見る、と。もしかしたら、三森愛美は翔一郎が氷室にいることを知っていたのかもしれない。三森愛美が壊れたのは、彼女を妊娠させた男のせいだけじゃなく、事件に関わったからかもしれない」

真琴はなにも言わない。無表情だ。

「それに、三森愛美の遺書は途中の一枚がなくなっている。誰かが抜いたんだ」代助はきっぱりと言った。「真実を隠そうとしている人間がいる。そいつは、三森愛美を踏みつけにして自殺に追いやり、のうのうとこの町で暮らしている」

真琴は手を額に当て、じっとしていた。それから、静かに言った。

「三森さんを気の毒だと思うなら、そっとしておいてあげたらどうです?」すこし迷ってから言う。「……正直、そんな話、不愉快なんです。私は彼女が……大嫌いでした」

代助は真琴の言葉に一瞬耳を疑い、唖然とした。絶句していると、真琴は早口で繰り返した。

「昔から大嫌いでした。彼女のことなんか考えたくない。二度と御免です」

「真琴らしくない。真琴はそんなことを言う人間じゃなかったはずだ。三森愛美に親切にしてたじゃないか」

「好きでしていたわけじゃない。私はずるい人間です。のうのうと暮らしています。非難したければどうぞ」

「そういう意味で言ったんじゃない。俺はただ……」言いかけて、そこではっとした。「ずるい、って愛美に直接言われたことがあるのか？」

「……いえ、別に」真琴は顔を上げ、きっぱりと言った。「夏目さん。申し訳ないですが、帰っていただけますか。仕事の邪魔です」

完全に澄み切った迷いのない口調だ。代助は呆然と真琴の顔を見た。瞬間、わかった。

「あのビデオ、観たのか？」

「ええ」

「諦めることができたのか？」

「ええ」

「嘘だ。諦めきれるわけがない。千田雄一郎と加賀美貴子だってそうだった。違うか？」

一瞬、真琴の顔が強張った。だが、すぐに平静を取り戻した。

「夏目さん、鷹匠を引き受けてくださったことには感謝しています。ですが、これ以上関わるつもりはありません。大祭が終わったら、もうここへは来ないでください」

「誰が神社に参ろうと自由のはずだ」

「夏目さん、お願いします。大祭が終わったら、すぐに町を出て行ってください。そして、二度と戻らないでください」真琴が深々と頭を下げた。

先程のようにまったく感情のない声だったらよかった。冷たく透き通った声ならよかった。そうすれば、このまま背を向けて石段を下りることができた。

だが、真琴の声はほんのわずかだが震えていた。やはり、諦めたというのは嘘だ。

「俺が町を出て行ったあと、なにがあった？　本当のことを言ってくれ」

「なにもありません。夏目さんの考えすぎです」真琴は代助の眼を見ずに言った。

「嘘だ」

代助は真琴の腕をつかんだ。真琴は慌てて逃げようとしたが、代助は許さなかった。

「もう、諦めて」真琴が堪えきれないように身をよじってうめいた。「……どちらを選んでも間違えた」

「それはどういう意味だ？」

真琴の顔をのぞき込もうとした瞬間、背後から声がした。

「代助。やめろ」

振り向くと倫次が立っていた。厳しい顔で代助を見つめている。

「代助。真琴の言うとおりだ。私からも頼む。大祭が終わったら町を出て行ってくれ」

「いやです。俺は真実が知りたいんです」

「真琴はこの神社を継がなければならない。婿を取らなくてはいけない。下衆《げす》な言い方をするが、いつまでも昔の男がうろついていたら迷惑なんだ」

「倫次さん。このままでいいんですか？」

「そうだ」

「翔一郎はこの神社の氷室で見つかったんですよ？　あなたの娘が疑われているんですよ？　なんで平気なんですか？」

二人とも返事をしない。代助を見る眼はぞっとするほど暗かった。代助は泣きたくなった。なぜ、倫次も真琴も変わってしまったのか。一体、なにがあったというのか。

「それでは、大祭の準備があるので」

倫次と真琴が背を向けた。二人は無言で去って行った。代助は動けなかった。

――どちらを選んでも間違えた。

代助は思わず胸に手を当てた。真琴の悲痛な声が刺さったままだ。どくどくと血が流れているような気がする。

どちらを選んでも間違いとは、一体どういう意味なのだろうか。

＊

十二月五日。明日はとうとう宵宮だ。

最近、町でマスコミの姿を見ない。冬雷閣の抗議のせいか、取材困難だと思われたのか。こんなときは排他的な町の住民に感謝だ。大祭の最中、万一、部外者が騒いだりしたら緑丸が怯えてしまう、と心配していたからだ。この様子なら、なんとか無事に放鷹を行うことができるだろう。代助はほっとした。

朝から神社で禊ぎをした。ここ数日肉を食べていないので身体が軽い。午後になって、緑丸と浜に出た。

浜にはもう神楽の舞台が設けられている。その横に船が二艘《そう》引き上げられていた。一艘は供物を載せて流し、沖のブイに固定する小舟。もう一艘は小舟を曳《ひ》くためのエンジン付きのボートだ。ボートはまだ新しく、千田の文字がある。大祭のために、冬雷閣が自費で新調したらしい。

実際に舞台を眼にすると平気ではいられない。様々な思い出が押し寄せてくる。代助はしばらく浜に佇んでいた。

「練習、しないんですか?」

子供の声がして振り向いた。結季が立っている。暖かそうなダウンコートにマフラーをぐるぐる巻きにしている。頰は真っ赤だ。だが、やはりリボンは黒だ。自分が生まれる前に死んだ兄の喪に服している。翔一郎を思い出して胸が苦しくなった。

「お母さんは?」

「今年は神社にお手伝いに行けないから、冬雷閣で婦人会の人といろいろお料理してます」

「そうか」

「鷹小屋を見たら緑丸がいないから、たぶんここだろうな、って。それで、私……」

結季はなにか言いたそうだ。だが、言い出せなくてもじもじしている。

「どうしたの？」

「あの、一つお願いがあるんだけど……」

「なに？」

「一回でいいから、緑丸を据えてみたいの。一回でいいから。お父さんとお母さんには内緒で」

内緒か。代助は迷った。結季の気持ちはよくわかる。こんな美しい生き物がいる。触れてみたいと思うのは当然だ。だが、千田雄一郎と京香は禁じている。もし、代助の勝手な行動が知れたら激怒するだろう。代助が責められるだけならいいが、この子が叱られては気の毒だ。

「お父さんとお母さんはダメだと言ってるんだろ？」

「死んだお兄ちゃんは緑丸を据えたんでしょ？　私よりもずっと小さいときに……だから、内緒で、一回だけ。お願い」

結季の眼がじっと代助を見ている。毅然《きぜん》として強く輝いている。真剣そのものだ。

「わかった、一回だけ。もし、お父さんとお母さんにバレたら、こう言うんだ。――俺が無理矢理させた、って」

「でも……」

「かまわない。絶対にそう言うんだぞ」

代助は結季の左手にえがけをはめてやった。大きすぎたが、紐で強めに縛って固定した。

「腕を身体の前に上げて……そう。肘は直角だ。いいぞ。腕は地面と平行にして。そう。そのまま。脇をもうすこし開いて」

結季は勘がよかった。代助は緑丸を結季の拳に乗せた。結季の顔に緊張が走る。

「大丈夫。上手にできてる」

緑丸はわずかに戸惑っていたが、すぐに落ち着いた。

「すこし歩いて」

代助が言うと、結季はおそるおそる足を踏み出した。だが、すぐに緑丸が嫌がった。結季は慌てて止まった。

「もう一度。ゆっくり。リラックスして」

再び結季が歩く。緑丸は先ほどよりは嫌がらなかった。

「よし」

代助は緑丸を自分の拳に戻した。もっと練習させてやりたいが、大祭前に緑丸にストレスを掛けることはできない。ここまでだ。

「ああー緊張した」結季が眼を輝かして言う。「すごくドキドキして怖かったけど……でも、面白かった」

「そうか。よかったな。はじめてにしてはすごく上手だった」

「ほんと？」

嬉しそうな結季を見ていると、また胸が痛くなった。冬雷閣に来たばかりの頃の自分、翔一郎のことなどが思い出される。

「さあ、そろそろ冬雷閣に戻ったほうがいい。バレたら大変だ」

「うん」結季は慌てて頭を下げた。「ありがとうございました」

駆けていく結季を見送り、代助は大きく深呼吸をした。胸が痛くてたまらない。意味もなく泣きそうだ。

落ち着け。代助は拳の上の緑丸を見た。俺が動揺してどうする。上手く羽合せられなかったら、緑丸に申し訳ない。

訓練に戻ろうとしたとき、堤防にグレーの車が駐まっているのが見えた。ドアが開いて刑事二人が降りてくる。眼の細い男と痩せた男だ。

「こんにちは。夏目さん」眼の細い男が軽く会釈した。

黙っていると、今度は痩せたほうが口を開いた。

「いろいろな人に会って、話を聞いて回っていらっしゃるようですね。なにか気になることでも？」

「ただの思い出話ですよ。なにせ十二年ぶりなもので」

「なるほど。それは懐かしいでしょうね」眼の細い男が眼を一層細くして笑った。

警察は俺と真琴を疑っているのだろう。だが、手が出せない。こうやって皮肉を言って憂さ晴らしというところか。

「スーパー旭では楽しそうでしたね。昔から親しくしてらしたんですか？」

今度は痩せた男だ。交互に喋る決まりでもあるのか。

「いえ。ただの顔見知りです」

動じるな、と代助は自分に言い聞かせた。十二年前のようにはならない。やり過ごすんだ。

刑事二人に眼を据えたまま、ゆっくりと言った。

「お話はそれだけですか？　大祭に向けて鷹の訓練があるんですが」

二人がわずかに顔を歪めた。舌打ちが聞こえるような気がした。

「それは大変失礼しました。大祭の成功を祈っております」眼の細い男がまたほんの少し笑った。

「お忙しいところ、ありがとうございました。大祭が終わりましたら、また」痩せた男が頭を下げた。

刑事二人は車に乗り込み、行ってしまった。代助はほっと安堵の息を漏らした。背中に汗をかいているのがわかった。ひとつ深呼吸をして、緑丸に話しかける。

「緑丸、すまん。ちょっと待ってくれ。落ち着いてから訓練再開だ」

今は大祭のことだけ考えよう。過去の怒りも、しがらみも忘れるんだ。もう一度深呼吸をした。怨むな、自分を憐れむな。代助は心の中で繰り返した。

訓練を終え、午後になって三森酒店に戻ると、龍が待ち構えていたように言った。

「代助。家捜《やさが》し、手伝え」

「家捜し？」

「親父のやつ、絶対なにか隠しごとをしてる。今、親父もおふくろも留守だから、徹底的に調べてやろうと思う。あまり時間がないから、手分けしてやったほうがいい。手伝え」

「いいのか？　他人の俺が家の中をかき回して？」

「かまうもんか。親父は神社で神楽太鼓の練習、おふくろは婦人会。一時間で片付ける」

二人でひたすら家の中を捜して回った。しばらくすると、龍の声が聞こえた。

「おい、代助……」

行ってみると、龍が両親の寝室で呆然としていた。茶封筒と、手紙のようなものを手にしている。

「どうした？」

龍が無言で差し出した。全部で二枚。どちらも、覚え書きとある。

一通目の日付は十二年前の十一月。代助と愛美が町を出る三ヶ月ほど前だった。加賀美倫次から三森の父親に二百万円が支払われたことが書かれている。二通目の日付は二年前の六月。二百万円。愛美が自殺する三ヶ月前だった。

「まさか……」

代助は二通の覚え書きを手に呆然としていた。

二通。つまり、二度の支払い。一回、二百万円。倫次から三森父へ。

「加賀美先生が……」龍が歯を軋らせるように声を絞った。「愛美に親切にしてくれると思ったら……」

「待て、落ち着け。まだ決まったわけじゃない」

「うるせえ。おまえ、平気なのか？」

「平気なわけないだろう」代助は思わず怒鳴った。「俺だって……混乱してなにも考えられない。まさか、あの人が……信じられないんだ」

信頼していた。裏切られはしたが、仕方のなかったことだと思っていた。苦悩の末の決断だったのだろうと、怨まないようにしていた。

だが、違ったのか？　自分の娘よりも若い女に手を出す最低の人間だったのか？

「四百万円、か。一回、二百万円ってことか？」龍が吐き出すように言った。「親父は知ってたんだ。自分の娘があんな目に遭わされ続けたのに、金を受け取って、なかったことにしたんだ」

「待ってくれ。俺はまだ信じられない。あの人が……嘘だ。ありえない」

代助はうめいた。気持ちが悪くて吐きそうだった。

愛美を最初に神楽のメンバーに入れたのは倫次だった。そのときは「三森家と冬雷閣当主との過去の因縁」があるから、という理由で納得した。もしかしたら、最初から目をつけていたのか？

その後はどうだったろう、と代助は懸命に思い出そうとした。

大祭の後の直会の際、愛美が社務所で泣いていた。その横には倫次がいた。あのときは疑いもしなかったが、すでに関係があったのだろうか。

園仕込みのカレーもこれで説明がつく。倫次が愛美に話したのだろう。寝物語にでもか、と思うと鳥肌が立った。真琴のビデオを愛美に渡したのも倫次ということか。

だが、日記には一言もビデオのことが書かれていない。妊娠や中絶といったことが明け透けに書かれているのに、なぜかビデオのことはない。なぜだ？

「……ぶっ殺してやる」

そう言いながら、龍が大股で店を出て行こうとした。

「待て、物騒なことを言うな」

引き留めようとすると、龍に突き飛ばされた。代助はよろめいたが、なんとか踏みとどまって龍の腕をつかんだ。

「うっせえ、放せ」

酒店の入口でもみ合っていると、三森の両親が帰ってきた。すると、龍はまっすぐに父親に向かって行った。

「親父、なんだよ、この覚え書き。加賀美先生から受け取った四百万。一体、なんの金だよ」

覚え書きを眼の前に突き出され、三森の父はたじろいだ。

「返せ」

慌てて奪おうとするが、龍は覚え書きを代助に渡すと、父親に向かって言った。

「全部、話せよ。親父が話さねえなら、直接、神社へ乗り込んで確かめるしかねえな」

「やめろ」三森父の顔色が変わった。「もう、ケリがついたことだ。今さら騒ぐな」

「てめえ……」三森が父親に詰め寄った。「じゃあ、認めるんだな。加賀美先生が愛美に手を出してたんだな。それで、二度も堕ろさせた。親父は、その慰謝料に四百万受け取った……ってことだな」

「龍、もう済んだことだから」母親が言った。「さあ、もうこれ以上は黙ってるんだよ」

「おふくろも知ってたんだな？　一人娘があんなことされて悔しくないのか？」

「とにかく、もうなにもかも終わったんだ。これ以上蒸し返すな」

父親が強引に龍を押しのけた。

「親父、愛美が自殺したってのに平気なのかよ。このまま泣き寝入りかよ」

「あいつは勝手に死んだんだ。これ以上引っかき回すな」

「親父、腹が立たないのか？　神社に自分の娘を殺されたんだぞ？」

「うるさい。親が決めたことだ。口を出すな」

三森父が龍を殴りつけた。龍はよろめいたが、すぐさま父親を殴り返した。父親はよろめき、仰向けにカウンターに倒れ込んだ。ごん、と鈍い音がする。そのまま床に崩れ落ちた。

母親が悲鳴を上げた。龍は呆然と父親を見下ろしている。自分のやったことが信じられない、といった様子だ。

父親は倒れたまま、ぐったりして動かない。耳と鼻から血が出ていた。

「ちょっと、大丈夫？　ちょっと、あんた……」

母親が揺さぶろうとしたので、慌てて止めた。

「頭を打っているから動かさないほうがいい。とにかく救急車」代助は真っ青な顔で立ち尽くす龍に向かって言った。「龍、救急車だ」

「あ、ああ」

龍が弾かれたように店の電話に駆け寄った。一一九番に通報している間に、代助は覚え書きをポケットに隠した。

「龍、あんたはなにも言っちゃだめだよ」母親が龍に言った。

「でも、俺が親父を……」

「もう、警察だとか面倒事とかはごめんだ。愛美のときのことを忘れたのかい？　あんたがやったなんてばれたら、町の人になんて言われるか……」

「じゃあ、どうすんだよ」龍が母親に言い返した。

「お父さんは自分で転んで頭を打ったんだよ。わかった？　そういうことにするんだ」早口で言うと、母親は代助に向き直った。「あんたも黙っててくれるよね。これ以上、うちの家に迷惑を掛けないで」

代助はとっさに返事ができなかった。すると、母親は代助に向かって吐き捨てるように怒鳴った。

「代助さん、あんたは疫病神《やくびょうがみ》なんだ。あんたと関わったら碌《ろく》なことにならない。愛美も、龍も、お父さんも。頼むからさっさと出て行っておくれ」

疫病神。代助はその言葉を嚙みしめた。なに一つ言い返せない。

救急車のサイレンが近づいてきた。代助は逃げるように店の外へ出て、合図をした。救急車を誘導する。サイレンを聞いた近所の人たちが家から出て来た。みな、代助たちを注視していた。

三森の母親が救急隊員に説明をしている。

「転んで、そこのカウンターで頭を打ったんです。助かりますか？　大丈夫ですか？」

三森の母親は「なにもなかった」ことにするのに懸命だった。龍は黙ってなにも言わなかった。

龍と母親が救急車に乗って行ってしまうと、代助は愛美の日記、遺書、それに覚え書きを持って、店を出た。みなが代助を見ていたが、誰一人声を掛けてこなかった。

どこへも行くあてがない。仕方なしに浜へ出た。砂の上に腰を下ろすと、代助は愛美の日記を開いた。

どれだけ読んでも、あのビデオの記述はない。意図《いと》的に書かなかったと思われる。

愛美があのビデオの存在を知ったのは六月。「夏越の祓」神事の前だ。そして、覚え書きによると最初の中絶が十月。彼女の妊娠とビデオには関係があるのか？

ずるい、と泣く愛美の姿が浮かぶ。

なにがずるいのだろう。すくなくとも愛美には自由があった。代助を追って町を出て行くことができた。なのに、ずるい、ずるい、と泣いた。

ざっと見たところ、愛美が町を出るまでの日記には「ずるい」という言葉は一度もなかった。愛美が口に出すのも聞いたことがない。言っても、「真琴さんがうらやましい」だった。なのに、十二年前、町を出てからは頻繁に言うようになった。

次に代助は愛美の遺書を見た。

——真琴さんはずるい。

はっきりと書いてあった。つまり、この十二年の間に「真琴はずるい」と感じることがあったということだ。一体なんだ？

代助が出て行ってから、この町であったこと——。

愛美は二度目の中絶をした。旭穂乃花が結婚して子を二人産んだ。冬雷閣に結季が生まれた。真琴が神職の資格を取った。「鷹の舞」が県指定の無形文化財になった。三森酒店が改装した——。

これまでは翔一郎の事件の前後ばかりを読んでいた。

もし、愛美と倫次の関係がもっと以前からだとしたら、その時期のことも調べたほうがいい。

陽が傾いた浜で、携帯のライトで古い日記に目を通して行く。字が下手なので相当読みにくい。

二〇〇〇年　十月八日
バカバカ。あたし、バカだった。

代助さんが町に来てもう何年もたってるのに、全然しらなかった。ちゃんと話したことなかったから。

代助さんはいい人だった。今まで、マジメで、えらそうで、かたくるしい人だと思ってたら、すごくいい人だった。

今日、「うらやすの舞」がうまくできなくて、ほのかたちにわらわれた。ほのかはせいかく悪いから、あたしのこと、めちゃくちゃにバカにした。

あたしは悲しくなって、かぐらでんを逃げだして、三本杉のおくにかくれてた。でも、ひむろの前にいた代助さんと真琴さんに見つかった。

「三森さん、どうしたの？　なにかあったの？」

真琴さんに声をかけられて、がまんができなくなって、泣いてしまった。そうしたら、真琴さんがいった。

「そんなにむずかしく考えないで。練習すればできるようになるよ。心配しなくてもだいじょうぶ。私もてつだうから、ね」

真琴さんはやさしかったけど、あたしはなみだが止まらなかった。真琴さんとあたしはちがいすぎる。あたしは真琴さんみたいになりたいけどなれない。すごくみじめだった。

そのとき、代助さんが大まじめな顔でこういった。

「ぼくもたかじょうをやるときは毎年きんちょうしてる。今でも逃げだしたいくらいだ」

あたしはびっくりした。冬らいかくの人がこんなことをいうとは思わなかったから。

「三森さん。おたがい、がんばろうな」

代助さんはあたしに笑いかけてくれた。でも、やっぱり大まじめな顔に見えた。

あたしは胸が苦しくなってたおれそうになった。それくらいうれしかった。


代助さんは本物の王子様みたいだった。あたし、まだドキドキしてる。

どうしよう、あたし、代助さんを好きになってしまったみたい。

でも、あたしなんか好きになってくれないだろうな、って思ったけど、もしかしたら、あたし、のぞみあるかもしれないって思った。

代助さんは冬らいかくといっても、しせつ出身の養子だから。

だから、とにかく今は、あたし、「うらやすの舞」をがんばろうと思う。


代助は低くうめいて、思わず眼を閉じた。

愛美の遺書に書かれていた日のことだ。「ひむろ」の記述がある。まだこれより以前にも代助のことは書かれているのか？　読むのが怖ろしい。だが、読まなければならない。代助は気を取り直して深呼吸をした。

日記は愛美が小学校二年生の頃からはじまっている。代助は歯を食いしばって、一番最初から読みはじめた。

不揃いな子供の字だ。誤字や文法の間違いも目立つ。内容はたわいのないことばかりだ。学校のこと、両親に叱られたこと。テレビのこと。おやつ、夕食になにを食べたか。

そんな日記が続く中、ふいにその日がやってきた。

一九九八ねん　六がつ十一にち
このまえ、とうらいかくに、あとつぎはきました。

その子はあたしの一こ上です。がっこうでみました。まじめそうでした。

こんどの、たかじょうになります。おとなの人はみんなもんくいってます。

もう、まことさんとくっついてます。

クラスいいんになってむかつく、っておにいちゃんがいってます。

でも、その子はすごくあたまがいいです。テストはぜんぶ百てんです。

あたしも、あたまがよくなりたいです。

でも、こじいんしゅっしんだから、ぜんぜんたいしたことないと、おとうさんがいってました。すてごだからぜんぜんすごくないです。おかあさんがわらいました。

あとつぎがどんな子かなと、あたしはおもいました。

いじわるしない、やさしい子がいいです。なかよくしてくれたらいいです。

もし、とうらいかくの子を、なかよくしてもらえたら、きっと、あたしのこと、だれもいじめなくなるとおもうからです。

その子となかよくなれますように、じんじゃで、かみさまへおねがいしました。

ぜったいに、ねがいがかないますように。

読み終えた後、しばらく動けなかった。

愛美はこれほど前から代助と「なかよく」なりたがっていた。その理由はあまりにも痛ましかった。

もっと「なかよく」してやればよかったのか。代助は唇を噛んだ。だが、俺はできなかった。愛美を選ぶことはできなかった。

遠くから神楽の笛とすこしぎこちない太鼓が聞こえてきた。もう三森父の代役を立てたようだ。明日は宵宮。今夜が最後の練習だ。若い巫女たちが神楽殿で仕上げの稽古をしているのだろう。

浜はゆっくりと夕闇に覆われていく。風が凪《な》いで、海が静かになった。

あとほんのすこし。

ほんのすこしでいいから、三森愛美に優しくすればよかった。そうすれば、愛美は死なずに済んだのかもしれない。

5　大　祭

十二月六日。宵宮の日になった。

神楽の奉納も御火焚きも滞りなく終わった。神楽太鼓は代役を立ててなんとか乗り切った。三森父が救急車で運ばれたことは、もう町中に広まっている。だが、母親が龍のことを言わなかったので、本当のことは誰も知らないままだ。

代助は鷹匠として羽織袴姿で神社にいた。倫次以外の人間は誰も話しかけてこない。真琴とは堅苦しい挨拶をしただけだった。

さすがに大祭中は遠慮しているらしい。刑事の姿を見かけなかった。あれから、三森龍には会っていない。父親の容態も気になるが、確かめるすべがない。今のところ祭は滞りなく進行しているが、なにかいやな予感がする。

夜が更けた。境内にはみなが顔を揃えている。倫次に真琴、浜田氏子総代の顔も見えた。真琴は神官ではなく巫女の装束だ。

倫次が近づいてきて、代助に頭を下げた。

「代助、無理を言って本当にすまない。引き受けてくれて感謝している」

「いえ」

昔となに一つ変わらない。誠実で温かな笑顔だ。この男にこれまでどれだけ慰められてきただろうか。だが、この男が愛美を壊した。懐《ふところ》の覚え書きが証拠だ。だが、まだ信じられない。信じたくない。

「昨日、三森さんが怪我をして救急車で運ばれたと聞いたが、具合はどうなんだろう」

倫次が心配げに言う。これも演技なのか？　もしそうなら怖ろしい。この男はすべて嘘の塊なのか？

「おい、代助、どうした、大丈夫か？　顔が青いぞ？」

「久しぶりなので」

「緊張してるのか？　おまえなら大丈夫だよ」

軽く肩を叩いて、倫次は行ってしまった。代助は思わず、触れられたところを払った。汚されたような気がした。

視線を感じた。すると、真琴が今の仕草を見ていた。

「真琴」思わず声を掛けてしまった。

「なんでしょう？」他人行儀な返事が返ってくる。

「……いや」

言葉を濁し、すこし途方に暮れて真琴の顔を見つめた。

真実を知るためには、倫次を追及しなければならない。愛美の日記の謎、遺書の謎。氷室の謎。翔一郎を殺した犯人を見つけるためには避けて通れない。だが、もし真琴がなにも知らないとしたら？　だとしたら、一体どれだけ傷つくだろうか。

じっと見つめていると、先に目を逸らしたのは真琴だった。

深夜零時。日付が変わった。十二月七日大雪。いよいよ本宮だ。

禊ぎがはじまる。男たちは白のふんどし一丁になり、禊ぎ場に立った。大祓《おおはらえ》の詞《ことば》を唱えながら、頭から水を浴びる。真琴は白衣を着て、やはり水を浴びた。

十二月の真夜中。どれだけ覚悟しても身体は震える。がちがちと歯の根が鳴った。

その後は社殿に移動して、祈禱を受ける。そして、夜明けを待って「鷹」を迎えに行く。何百年も続く手順通りだ。

神灯《しんとう》が揺れる。みなの影も揺れる。

十二年ぶりの鷹匠装束を身に着けた代助は、緊張を感じて戸惑っていた。懸命に心を落ち着かせようとするがうまくいかない。こんなにも腰の太刀は重かっただろうか。こんなに物射沓は歩きにくかっただろうか。

代助の動揺は緑丸にもすぐに伝わる。人間と鷹の心が通じ合わなければ、放鷹はうまくいかない。それがわかっているのに集中できない。

愛美を傷つけたのは倫次だった。愛美の両親は倫次から四百万を受け取り、なかったことにした。そこまではわかる。だが、遺書の謎は残ったままだ。消えた一枚。そこには「氷室」についてのなにかが書かれていたはずだ。愛美の言った「ずるい」も気になる。

席を外していた浜田が戻ってきた。沈痛な顔で言う。

「三森さんが亡くなったそうだ」

みなの顔に動揺が広がる。あちこちで不安げな声が上がった。

静かに、と倫次に注意され、ざわめきは収まったが、みなの顔は強張ったままだ。それは三森の死を悼《いた》んでいるのではなく「大祭の日を穢した」という不安からのようだった。

龍は一体どうしているだろう。故意ではないとしても、実の父を殺してしまったわけだ。どれだけショックを受けているだろう。自棄《やけ》にならなければいいが。

すこしも集中できないまま、夜が明けた。

倫次、真琴、浜田、代助の四人で冬雷閣に向かう。残りの氏子たちはもうしばらく神社で待機だ。倫次を先頭に、みなで石段を下った。

海から吹き上げてくる風に袴の裾が揺れる。夜は明けているのに、空は暗いままだ。みぞれが交じっている。先を歩く真琴の髪も千早も翻って、今にもちぎれそうだ。

「こりゃ、荒れるな」

浜田郵便局長がつぶやいた。

冬雷閣の門は開いていた。忌中のため参加できない雄一郎と京香が門の前に並んで迎える。裏の鷹小屋へ向かおうとすると、後ろで門の軋む音がした。振り返ると、雄一郎が冬雷閣の大きな門を閉じていた。

「みなさん、すまないが家の中に入ってもらえないか」

「千田さん、どういうことだ?」浜田郵便局長が驚いた顔をした。「鷹小屋での祈禱があるんだが」

「中へ入ってもらえないか?」

雄一郎が強く言った。薄明の中でよく見ると、その顔は憔悴《しょうすい》しきっている。その横の京香は泣きはらした眼をしていた。

ただ事ではない。みなはなにも言わず冬雷閣の中に入った。すると、食堂に通された。そこで待っていたのは龍だった。

「町の癌《がん》が勢揃いだな」

その言葉にみな驚いて立ちすくんだ。最初に口を開いたのは浜田郵便局長だった。

「龍、おまえ、どうしたんだ? 親父さんが大変なことになったと聞いたが」

「ああ、死んだよ。呆気なくな」

「それはお気の毒に……」

そう言いかけた倫次を遮り、龍が低い声で言った。

「白々しいこと言うな。加賀美先生、あんた、妹を二回も中絶させたんだろ?」

代助は倫次の顔を見た。わずかに唇の端を震わせたが、それだけだった。次に、真琴を見た。青ざめているが落ち着いている。浜田郵便局長も平然としている。

だが、千田雄一郎と京香は愕然としていた。

「倫次、おまえ、三森の娘に手を出したなんて本当か? なんて恥知らずなことを」

倫次にくってかかろうとする雄一郎に向かって龍が怒鳴った。

「おい、黙れよ。本題はそれじゃないだろ？」

するとと、雄一郎ははっとして口を閉ざした。龍はその様子を見て満足げに微笑んだ。

「冬雷閣から話があるそうだ。とりあえず座ってくれよ」

みなの眼が雄一郎に集中する。雄一郎が座るように合図した。みなが席に着くと、雄一郎が厳しい声で言った。

「実は結季がいなくなった。この男がさらったそうだ。なにもかも話せば、居場所を教えると言っている」

驚いて龍に目をやった。龍は相変わらず薄笑いを浮かべている。一体なにを、と言おうとしたとき、真琴に先を越された。

「さらった？　本当なんですか？　本当に結季ちゃんを？」真琴の顔は真っ青だ。

「嘘じゃない。証拠を見せようか？」龍がポケットから黒いリボンを取りだし、ひらひらと振って見せた。「大祭の期間中は出入りが多いから不用心だな。配達です、と言えば遅い時間でも入れてもらえる。帰ったふりをして、そのまま隠れてた。誰にも気づかれない」

龍の言葉を聞き、京香が悔しげに顔を歪めた。眼に涙がふくれあがる。

「千田さん。さっさと警察を呼びましょう」

浜田郵便局長が立ち上がって部屋を出ていこうとしたが、雄一郎が制止した。

「警察を呼んだら、結季の居場所を教えない、と言っている。目的が金でない以上、この男に逆らうのは危険だ」

「警察を呼びたければ呼べよ」龍は青黒い顔で言った。「でも、俺は喋らない。俺が黙ってりゃ、あのガキは死ぬ。それでいいのか?」

「龍。バカはやめろ。警察が捜す。すぐに見つかる」浜田郵便局長が言った。

「翔一郎を見つけるのに十二年かかったのに? あの娘《むすめ》が腐って骨になった姿でいいってんなら、別にかまわねえけどよ」龍が口許を歪めて笑った。「でも、もしかしたら一分一秒を争うかもな」

その声を聞いて京香が悲鳴のような声を上げた。その横で雄一郎が頭を下げた。

「……すまない。この男の言うことを聞いてくれ。頼む」

倫次と浜田が顔を見合わせた。真琴は唇を噛み、堪えている。

「君の要求は妹への謝罪か?」倫次が静かに言った。

「あんたが謝っても妹は生き返らないんだよ。謝罪なんか無意味だろうが」

「じゃあ、要求はなんだ? さっさと言うんだ、龍」浜田郵便局長が焦れたように言った。

「今日は大祭なんだ。わかってるだろ?」

「大祭、大祭、大祭……。おまえらはそればっかりだ。本当に呆れるぜ。クソが」龍が吐き捨てるように言うと、代助に向き直った。「おい、おまえが司会しろよ。生徒会長だろ? 加賀美倫次が妹にしたこと。翔一郎を殺した犯人のこと。こいつらは全部知ってて隠してやがる。それを白状させるんだよ」

「自分でやれ」

「うるさい、いい子ぶんな。おまえだって知りたいくせに」

龍の眼は完全に据わっていた。もう話が通じる状態ではない。代助は雄一郎を見た。

「その男の言うとおりにしろ」

雄一郎が低い声で言った。仕方ない。代助は覚悟を決めた。

「三森愛美の日記によると、高校二年生のときに中絶をしたことが書かれていました。その相手は俺となっていた。だが、俺には憶えがない。三森家を調べてみると、覚え書きが出て来た。加賀美倫次が三森家に二百万を二回、都合四百万を支払った、というものだった。つまり、三森愛美を妊娠させたのは加賀美倫次ということだ……違いますか？」

代助は倫次に向かって言った。

「そうだ。私だ」倫次は抑揚《よくよう》のない声で言った。

「詳しく話せよ、なにもかも。てめえがどうやって妹に手を出したか」龍が言った。

「きっかけは、彼女がいじめられている、と代助に聞いたからだ。彼女と話をしてわかったのだが、憐れなくらい自己評価が低かった。彼女は自分をゴミだと思っていた。なんの価値もない出来損ないだ、と。いつも人の顔色をうかがい、怯えていた。そして、他人から傷つけられると、へらへらと笑ってごまかし、懸命に身を守っていたんだ」

倫次は淡々と話した。龍が一瞬目を逸らしたのがわかった。

「私はどんな些細なことでも彼女を誉めた。すると、彼女は気の毒なくらい喜んで、私に無防備に甘えるようになった。私はそんな彼女を見ていると嬉しくなり……いつしか本気で好きになった」

「白々しいこと言うな。ただの身体目当てだろうが」龍が大声で言った。

「嘘ではない。信じてもらえないだろうが、私は愛美といると心が安らいで、緊張から解放されるように感じた。三十近く年下だったが、彼女を幸せにしてやりたいと思うようになった。だが、彼女は代助のことしか頭になかった。私を慰めてはくれたが、彼女の心は代助にしか向いていなかった」

倫次の声は穏やかだった。龍がそんな倫次の態度に苛立ちを強めるのがわかった。

「いい加減にしろよ。なに、いい話にしてんだよ。中年男が女子高生に手を出した、ってだけじゃねえか」

「私は本当に彼女を愛していた。彼女の妊娠がわかったとき、私は責任を取るつもりでプロポーズをした。まわりがどんなに反対しようとかまうものか、と。だが、彼女は断った。結婚相手は代助しか考えられない、と」

「きれいごとを言うなよ。無理矢理堕ろさせたんだろ?」龍が大声で言った。

「無理矢理ではない。愛美が決めたことだ。彼女は妊娠を代助に知られたくなかったんだ。バレたら嫌われるから、と」

「俺の責任だとでも?　あなたが二百万でケリをつけたことには間違いない」

代助は激しい怒りと不快を感じ、言い返した。

「代助の責任ではない。中絶は彼女自身の選択だが、その責任は私にある」

倫次は落ち着いていた。言い逃れをしようという様子はすこしもない。それどころか、青ざめていた顔に血の気が戻って来た。話すことで、肩の荷を下ろしたかのようだ。

「浜田さんは知ってたんですね？」

代助が訊ねると、それまで黙っていた浜田郵便局長が渋々口を開いた。

「先生が三森の娘に手を出していたことは、たしかに言語道断だ。神職として、人間として許されることじゃない。そのことで三森さんは先生のところに怒鳴り込んだ。慰謝料を払え、さもなくばみなにばらす、と。先生から相談を受けた私は、仲介役を務めた」

「じゃあ、真琴はいつから知ってた？」

すると、真琴はわずかに睫毛《まつげ》を震わせた。そして、ごく低い声で言った。

「十二年前、代助と町を出ようとする朝に、愛美が神社に来たんです。私と代助が町を出ることを知ってました」

まだ外は真っ暗だった。三森愛美は灯籠の灯りに照らされて立っていた。

——ねえ、真琴さん。あたし、中絶したことあるんです。先生の子供です。

——え？　いきなりどういうこと？

——妊娠がバレたら怒られるし、代助さんにも嫌われると思ったから、やっぱり堕ろしたんです。先生は結婚しようって言ってくれたけど、あたし、代助さんが好きなんです。代助さんと結婚するって決めたんです。

愛美は泣きながら話した。父のしたことを理解すると、怒りと恥ずかしさで身体が震えた。

――三森さん、落ち着いて。父のことは謝ります。もちろん、謝るだけで済むとは思ってないけど……。

――代助さんを盗らないで。真琴さんが代助さんと行くなら、あたし、なにもかもばらしてやる。警察に行って、先生にレイプされた、って言ってやる。神社をメチャクチャにしてやる。

どうしていいのかわからなかった。神社をメチャクチャにしてやる、という言葉がぐるぐる回っていた。

宮司が高校生を妊娠、中絶させたなどということが世間に知られたら、大変なことになる。氏子は許してくれないだろうし、神社本庁からの処分もあるだろう。鷹櫛神社は私たちの代で終わりだ。

――真琴さん、神社の跡継ぎでしょ？　あたしたちとは違うんでしょ？　なのに、神社を捨てるの？　お母さんとの約束破るの？　真琴さんのお母さん、絶対に許してくれないよ。絶対、絶対、真琴さんのこと怨むよ。親不孝者って。

三森愛美の言うとおりだと思った。母はどれだけ悲しむだろう。神楽を守ることは母の最期の願いだった。私は母と約束した。代助と行けば、母を裏切ることになる。

私は神社の娘として、加賀美貴子の娘として生まれた。生まれたときから、私の人生は決まっていたのだ、と。

「父がしたことを思うと、私だけが幸せになるなんてできなかった」

真琴が唇を噛んで顔を背けた。すると、龍が声を上げて笑った。

「当然だ。あんただけ幸せになるなんておかしいよな。世の中は公平であるべきだ」

公平。これが公平か？ 代助は拳を握りしめ、叫び出したいのを堪えた。

――どちらを選んでも間違えた。

真琴は以前こう言った。つまり、代助を選んでも、神社を選んでも、間違えたということだ。真琴には正解のない選択肢しかなかった。

真琴は眼を伏せている。睫毛が震えていた。瞬間、胸が抉《えぐ》られるように締め付けられた。今すぐ抱きしめたい、と代助は思った。強く強く抱いて、もう一度正解を探したい。

代助は一つ深呼吸をした。気を取り直して、話を進める。

「おかしいのは日記だけではありません。三森愛美の遺書にも不自然なところがありました。一枚目と二枚目の内容がつながらないんです。よく見ると、便箋の絵柄がずれている。誰かが一枚抜いたんです」そこで代助はもう一度息をした。「遺書を最初に見つけたのは三森愛美の父親でした。おそらく彼が抜いたんです。そして、そこには、翔一郎の事件についての告白が書かれていたはずです」

「なに？ じゃあ、三森の娘がまさか……」

雄一郎の顔色が変わった。その横で京香も眼を見開き、ショックを受けている。

代助はまっすぐに倫次を見た。

「あの夜、俺は氷室を開けて中を確認した。だが、翔一郎はいなかった。そのとき、俺と一緒にいたのは浜田郵便局長と三森さんだった。だが、二人とも中には入らず外で待っていた。つまり、確認したのは俺一人という状況だった。そして、このメンバーで氷室を捜すように指示したのは倫次さんだった」

誰もなにも言わない。雄一郎が倫次を凝視していた。

「倫次さん、浜田郵便局長。説明してください」

だが、二人とも黙っている。身動き一つしない。

「頼む。早く本当のことを言ってくれ」雄一郎が厳しい声で言った。

すると、浜田郵便局長が大きなため息をついた。そして、諦めきった様子で言った。

「翔一郎を殺したのは三森愛美だ」

すこしの間、誰もなにも言わなかった。身動き一つせず、ただじっと座っていた。

沈黙を破ったのは千田夫妻だった。

「まさか、あの娘が翔一郎を……」雄一郎がぶるぶると震えた。

「そんな……翔一郎は……」京香は顔を覆って号泣した。

龍はしばらく愕然とした顔で立ち尽くしていたが、やがて怒鳴った。

「おまえら汚《きたね》え。死んだ妹になすりつけるつもりか?」すがるように代助を見る。「なあ、代助。あいつにそんな大それたことできるわけねえよな?」

代助は黙って目を逸らした。

愛美が犯人と聞かされて、驚かなかったわけではない。だが、驚いたわけでもなかった。それよりもただ、辛かった。怒りよりも、潔白が証明された安堵よりも、今はただただ哀しくて苦しかった。

真琴の顔も真っ青だ。だが、やはりそれほど驚いている様子はない。強く唇を嚙みしめている。

「てめえ、愛美のせいにして逃げるつもりか？」

「違う。やったのは本当に彼女だ」倫次はきっぱり言った。

「龍、落ち着け」

代助は龍を抑え、みなの顔をゆっくりと見渡した。

あの日、一体なにがあった？　鷹小屋の前で別れた翔一郎になにがあった？　どうして俺が疑われた？　なぜ、俺は十二年間苦しまなければならなかったのか？

「浜田さんも三森さんもはじめから知ってたんですか？」

代助が訊ねると、浜田郵便局長が苦渋《くじゅう》の表情を浮かべた。

「三森の娘が殺した、と最初から知っていた。翔一郎くんが行方不明になった夜、先生の口からすべて聞いた」

「そんな……ひどすぎる」真琴が思わず叫んだ。

代助も衝撃を受けた。震える声を絞る。

「あの夜、町中で捜しましたよね？　海も山も神社も一晩中捜しましたよね？　そのときにもう知ってたんですか?」

「知っていた。翔一郎くんの遺体が母屋に隠してあることも知っていた。修理中の風呂釜の中だ」

「翔一郎が氷室にいないことを承知で、わざわざ俺一人に中を確認させたのは……わざとですか?」

「万が一のとき、君に罪を着せるための下準備だった。犯人が愛美だとばれたら、先生との関係も知られてしまう。すると、町が迷惑する。そうならないために、限りなくグレーの人間、つまり、君のような生け贄が必要だったんだ」

代助は身体が凍り付き、心臓が止まったように感じた。あまりの怒りに息をすることすら忘れる。苦しい。眼の前が暗くなった瞬間、突然、全身の血が沸騰《ふっとう》した。破裂しそうだ。身体が保たない。潰れてしまう——。

悔しくてたまらない。悔しい。悔しくてたまらない。生け贄か。俺は生け贄だったのか。死ね。みんな死んでしまえ。町の連中なんか殺してやる。怪魚になって喰い尽くしてやる——。俺は怪魚になって喰い殺してやる——。

「代助」

いつの間にか、真琴が横にいた。肩を抱いてくれる。それでも、涙は止まらなかった。

「代助、落ち着いて。代助」

代助は膝を突き、顔を覆った。真琴が肩を抱いてくれているのがわかる。だが、震えが止まらない。真琴だって泣いているからだ。

「どうして？　あんまりひどすぎる。代助を犯人にするなんて……ひどすぎる」真琴がぼろぼろ泣きながら叫んだ。「ひどすぎる……」

「浜田さん。なぜ翔一郎が殺されたことを知っていて隠した？　あなたたちも同罪だ」雄一郎が歯を軋らせるように言った。

「千田さん、仕方ないんだ。わかるだろ？」

「なにが？　なにがわかると言うんだ」

「町の人間はこれまでずっと、冬雷閣と神社を立ててきた。あんたたちを特別扱いにして、やってきた。それは波風を立てたくなかったからだ。町が大事だったからだ」

京香のすすり泣く声だけが聞こえる。みな、押し黙ったままだ。

代助は涙を拭いた。歯を食いしばって顔を上げる。まだ終わっていない。たとえ真実がどれほど酷いものであっても、最後まで確かめなくては。

「三森愛美が翔一郎を殺した原因は、貴子さんが真琴に遺したビデオですね」

倫次がびくりと震えた。雄一郎と京香が息を呑む。浜田郵便局長はもう諦めたような顔だ。真琴は眼を伏せたままだ。みなの反応を確認し、代助は言葉を続けた。

「三森愛美がビデオの存在を知ったのは六月。最初の中絶は十月。翔一郎が殺されたのは十二月。立て続けです」

代助は真っ直ぐに倫次を見た。顔には血の気がなく、わずかに瞼《まぶた》が震えている。しばらく黙っていたが、やがて覚悟を決めたように話しはじめた。

「すべてのきっかけは貴子が死の間際に撮ったビデオだ——死を覚悟した貴子は兄貴に会いに行った。そして、冬雷閣の中庭で舞った。兄貴はそれを撮影した。貴子はそのビデオを真琴に遺した。十八歳になったら観るように。そして、このことは誰にも言うな、と。偶然そのことを知った愛美はそのビデオが欲しくなった。それを観れば自分も本当の巫女になれると思ったからだ。彼女は真琴の部屋に忍び込み、盗んだ」

「だから、どうなんだ。そのビデオがどう関係するんだ。さっさと言えよ」

龍が苛々と立ち上がった。ポケットに手を突っ込んだが、煙草がないことに気付き舌打ちする。

倫次は龍を無視して話を続けた。

「ビデオを観た三森愛美は、そこが冬雷閣の中庭だと気付いた。そして、こんな勘違いをした。もしかしたら、これは『鷹の舞』の秘密の特訓かもしれない。本物の巫女になるための奥義かもしれない、と。彼女は詳しいことを知りたいと思ったが、盗んだビデオである以上、真琴に訊ねるわけにはいかない。だから、こっそり私に訊きにきた」

——先生、あの、誰にも内緒の質問なんですが……あの、変な質問だから笑われるかもしれないけど……「鷹の舞」って冬雷閣の中庭で舞ったりしますか？

「最初、私は訳がわからなかった。とにかく、そのビデオを見せてもらうことにした。そして、そこに映っていたものに……衝撃を受けた」

倫次は一瞬声を詰まらせた。ほんの数秒、言葉に詰まったが、また話を続けた。

「私は兄貴と貴子の関係は承知していた。だが、それは結婚前のことだと思っていた。もう終わったことだと信じていたんだ。だが、違った。貴子が死ぬ前に選んだのはやはり兄貴だった。私は打ちのめされ、愛美の前で思わず泣いてしまった。愛美はそんな私を慰めてくれた。それが愛美と深い関係になるきっかけだった。私は彼女にすべてを打ち明けた。彼女はなにもかも受け入れてくれた。私はいつしか本気で愛《いと》おしく思うようになったんだ」

「うるせえ。言い訳すんな。あんたが妹に手を出したのは事実なんだ」

龍が倫次を怒鳴りつけた。代助は龍をにらみ、鋭い声で言った。

「龍。おまえこそ黙れ。司会は俺だ」代助は浜田郵便局長に眼を向けた。「亡くなる前、三森さんはそのビデオが愛美の部屋にあったことに驚いて、うろたえていました。なぜですか?」

「加賀美先生は金を払った。三森愛美との関係を公表しないことが条件だった。三森愛美と加賀美先生はなんの関係もない以上、そのきっかけのビデオも存在しない。だから、三森愛美に言ってビデオを処分させた」

「愛美は処分せずに隠し持っていたんですね」

「そのようだ。ビデオがあったので、三森さんは驚いたんだろう。だが、下手に騒げば不審に思われる。加賀美先生との関係や翔一郎くんの事件の真相に気付かれたら大変だ。だから、うろたえたんだ」

話し終えると浜田は疲れ切った顔でため息をついた。代助は倫次に向き直った。

「ビデオがきっかけだというのはわかりました。倫次さんと愛美が関係を持ち、結果、妊娠、中絶ということになった。でも、それが翔一郎の事件にどう繋がるんですか？」

中絶。何度口にしても慣れない言葉だ。声に出す前に必ずためらってしまう。男たちは居心地の悪そうな顔をする。だが、女性はそれだけではない。代助がその言葉を口にするたび、京香と真琴がわずかに震える。たぶん、男にとっては「あまり向き合いたくない不快」だが、女にとっては「他人事ではない生々しい痛み」なのだろう。

倫次がゆっくりとみなの顔を見た。しばらく黙っていたが、やがて静かに話しはじめた。

「愛美の話によると――」


大祭の翌日、装束と小道具は神楽殿にあった。

「鷹の舞」の装束も衣桁に掛けて風を通してあった。愛美はこっそりと装束を着けてみた。そして、見よう見まねで舞った。

そこに、翔一郎が来た。泣きながら代助を捜していた。ケンカをしたから謝りたい、と。

――まことおねえちゃんのまねしてる。

愛美は慌てた。そして、翔一郎に口止めした。

――真琴さんには黙ってて。お願い。

——まことおねえちゃんしかできないのに。

——そんなことないよ。あたしだって練習したら、真琴さんみたいにできるもん。

——でも、まことおねえちゃんのほうがじょうずだ。

——なによ、あんたもなにもできないくせに。代助さんのほうがずっとずっと上手。あんたなんかより、よっぽど鷹匠にふさわしいよ。

腹が立って、愛美は思い切り翔一郎を叩いてしまった。すると、翔一郎が泣き出した。そのまま家に帰ろうとする。

愛美は焦った。勝手に「鷹の舞」の装束を着て、冬雷閣の跡継ぎを叩いた。どれだけ千田雄一郎は怒るだろうか。そして、代助にもバレる。愛美が暴力をふるったことを知ったら軽蔑するだろう。

愛美は翔一郎を追いかけ、つかまえた。このまま帰すわけにはいかない。倫次さんに頼んで、上手くごまかしてもらおう。

泣き叫ぶ翔一郎を開いていた長持に無理矢理押し込んだ。そして、蓋を閉めた。

ケンカをしたから謝りたい——。

翔一郎はそう言ったのか。代助は顔を覆った。懸命に嗚咽《おえつ》を堪える。どうして俺は翔一郎に八つ当たりなどしたのだろう。どうしてもっと優しくしてやれなかったのだろう。

愛美にも、翔一郎にも、もっと優しくしてやればよかった——。

「私が愛美と共に神楽殿に行くと、翔一郎はすでに死んでいた。愛美はパニックを起こし泣き叫んだ。私はなんとか彼女を落ち着かせ、今後のことを考えた」

「翔一郎……かわいそうに」京香が泣き出した。

「貴様の妹が翔一郎を……」雄一郎が龍をすさまじい眼でにらみつけた。

龍はなにも言えないようだった。強張った顔で震えている。

「正直に警察に話すということは考えなかったんですか？」代助は倫次に訊ねた。

「捕まるのはいや、と愛美は泣き続けた。死ぬなんて思わなかった、と。私は愛美の父親と浜田郵便局長に相談した。警察には言わないことにし、とりあえず翔一郎の死体を母屋に隠した。神社で死んだとバレないように、えがけは山奥に捨てた。その夜、翔一郎が行方不明だと騒ぎになり、捜索がはじまった。私たちはなにも知らないふりをして、捜索に加わった」

歯を食いしばって代助は質問を続けた。

「一通りの捜索が終わったあと、翔一郎の亡骸《なきがら》を氷室に移したんですね。でも、なぜそのまま放置したんです？　もう一度捜索されるとは思わなかったんですか？」

「そのときは君が疑われるだけだ。他の場所に移すことも考えたが、いい方法を思いつかなかった。それに、下手に動かして証拠を残すほうが危ないと考えた」

倫次が淡々と話すのを聞きながら、代助は身体も心も冷え切っているのを感じていた。もう怒りもない。怒るだけの力がない。

「翔一郎のそばに千早の菊綴があったと聞きました。あなたは真琴にも罪を着せるつもりだったんですか?」

「菊綴のことは知らなかった。氷室に移したときにはなかった。だから、誰かが後で置いたのだろう」

「誰が?」

「たぶん、愛美だろう」倫次がすこしためらって答えた。

「置いた理由は……ずるい、ですか?」

代助が言うと、倫次と真琴がはっと顔を上げた。代助は構わず言葉を続けた。

「三森愛美はずっと真琴に憧れていた。なのに、いつからか、ずるい、と責めるようになった。どうしてですか?」

だが、真琴も倫次もなにも言わない。代助は重ねて訊いた。

「なにがあったんです? 愛美が真琴を怨むようになった理由はなんです?」

この点だけがどうしてもわからない。真琴は代助を諦め町に残った。愛美は満足したはずだ。真琴をずるいと怨む理由はない。

やはり、倫次と真琴は黙ったきりだ。すると、雄一郎が声を上げた。

「もういいだろう? 三森の娘を傷つけた男も、翔一郎を殺した犯人もわかった。さあ、結季の居場所を教えてくれ」

「いや、まだだ。俺はあんたの言うことを信じない」龍が倫次をにらみつけ、言った。「あんたはさっきから言い訳ばかりだ。愛美を愛していた? 嘘つくんじゃねえ。あんたは鬼畜だ。

クズだ。冷血漢だ」

「彼女を傷つけたことは謝る。だが、私は本気だった」

「じゃあ、今回の事件、自分の娘が疑われてるってのになんで黙ってた？　愛美がやったって知ってたくせに。あんたは実の娘が容疑者でも平気だったのか？」

「平気だったわけではない」

「認めろよ。鷹櫛神社の宮司は実の娘が疑われても平気です。女を傷つけて平気です。冷酷で鬼畜、ただのクズです、ってな。そして、妹に謝れ。あいつの墓の前で一万回土下座しろ。子供を返すのはそれからだ」

「やめてください」

真琴の声だった。龍は驚いて真琴を見た。真琴は透き通った鋭い声で言葉を続けた。

「父の気持ちは本当です。父は本当に彼女を愛していました。彼女を保護しようとしたんです」

「保護？　きれいごとを言うな」

「彼女の二度目の中絶の相手は父ではありません……彼女にもわからなかったんです。それでも、父は責任を取ることを選びました。力になりたかったからです。それに……」

真琴がそこで言い淀んだ。しばらくためらい、それからはっきりと言った。

「私は父の実の娘ではありません。ですから、先ほどの非難は見当違いです」

「え？」

龍が驚いた顔をした。浜田もぽかんとした顔だ。落ち着いているのは雄一郎と京香、それに代助だった。

「実の娘ではありません。これで納得したでしょう？　早く結季ちゃんの居場所を教えてください」真琴は真っ直ぐに龍を見て言った。「さあ、早く」

代助は真琴の顔を見た。青白く輝く額が怖ろしくて美しい。澄み切って、誰も寄せ付けない。ただ、神が降りてくるための――。

みながしんと静まりかえった。沈黙を破ったのは倫次だった。

「兄貴、自分のことを微塵《みじん》も愛さない女と暮らす気持ちがわかるか？　他人の子供を育てさせられるのがどれだけ虚しいか、わかるか？」

倫次がごく低い声で言った。すると、雄一郎がきっぱりと答えた。

「私と貴子は互いに納得して諦めた。それぞれ継がなければならないものがあったからだ」

「兄貴は貴子の死が迫っても、見舞いにも来なかった。貴子も妙に晴れやかだった。そのとき、私はわかった。死ぬ前に会う必要がないほど、二人には確信があるのだ、と」

「もうやめろ、倫次」

雄一郎が厳しい声で叱責したが、倫次は構わず話し続けた。

「二人の確信とはなんだろうか。眼に見える証拠でもあるのか、と考えて思い当たった。私に似ない、しっかりものの娘。あれは本当に私の娘なのだろうか、と。病床の貴子は認めなかった。だから、私はこう言った。じゃあ、はっきりさせよう。ＤＮＡ鑑定をするしかない。真琴に事情を話して協力してもらおう、と」

――認めます。でも、結婚前、たった一度だけなんです。だから、真琴には言わないで。

「すでに、貴子は兄貴のために冬雷閣で『鷹の舞』を舞っていた。もうとっくに二人は別れを済ませていたんだ。私はそれを知らなかった。私一人が蚊帳《かや》の外だったんだ……間抜けな話だ」

倫次が空《うつ》ろな声で笑った。それを聞くと、浜田郵便局長が呆れたように言った。

「千田さんも先生もいい加減にしてくれ。あんたたちの三角関係に町を巻き込まないでくれ」

浜田郵便局長が大声で言った。すると、倫次の顔が強張った。

「貴子を私に押しつけたのは、あなたたちだろう？　町中が兄貴と貴子の関係を知っていた。その上で、私に神社に入るように頼んだ。町のためにお願いします、と何度も繰り返して」

「それは……」浜田が口ごもった。「でも、先生が最適だと思ったから……」

「最適ではなく都合がいい、だろう？　あの頃、神社はひどく困窮していた。冬雷閣の援助でようやく維持できていたようなものだ。そんな神社に婿入りする奇特な人間などいない。かといって神社を絶やすわけにはいかない。あなたたちは土下座までして、私に貴子を押しつけた」

「それでもおまえは断ることができた。選んだのはおまえ自身だ」

雄一郎が冷静に言った。倫次はかすかに首を横に振った。ひどく疲れた仕草だった。

「兄貴に私の気持ちがわかるか？　幼い頃から差を付けられて育てられた気持ちが？　私はこの屋敷が好きだった。紫檀《したん》の柱も、寄木の床も、格《ごう》天井も、ステンドグラスも。徒《いたずら》に贅を尽くした趣味の悪い、この屋敷が大好きだった。なのに、二番目に生まれたというだけで追い出された」

「差があったことは認める。だが、おまえには自由があった。好きな大学へ行き、好きな勉強をした。だが、私には自由などなかった。幼い頃から冬雷閣に縛り付けられ、なに一つ自分で選ぶことはできなかった」

「贅沢を言うな。兄貴はすべて与えられていた」

「違う」そこで雄一郎は一つ息をし、それから吐き捨てるように言った。「私は冬雷閣など欲しくなかった。私が欲しかったのは……加賀美貴子だけだ」

京香の顔が強張った。だが、雄一郎は京香をちらとも見なかった。

すると、倫次は力なく笑った。

「そうだな。兄貴は冬雷閣なんてどうでもよかった。兄貴にとって大切だったのは加賀美貴子と鷹だけだった。私は鷹に触れることさえ許されなかったのに」

「仕方がない。それがこの町のしきたりだ」

「子供の頃、兄貴に頼んだ。一度でいいから緑丸を据えさせてくれ、と。だが、兄貴は相手にしなかった」

——諦めろ。おまえは冬雷閣の跡継ぎじゃない。だから、どうしようもないんだ。

「兄貴は私を見て諭《さと》すように言った。私は憐れまれていると感じた。冬雷閣の跡継ぎではないというただそれだけの理由で、一生見下げられて生きていくのだ、と。それは圧倒的な無力感だった」

倫次はそこで龍を見た。そして、微笑んだ。

「だから、私は愛美の気持ちがよくわかる。私と彼女は同類なんだ」

龍はなにも言わず、唇を嚙みしめていた。

「私は憐れんだつもりはない」雄一郎が半ば本気で呆れたような表情をした。「倫次、おまえはかわいそうなやつだ。おまえが三森愛美と関係を持ったのは、たんに祖父の真似をしたかっただけだ。三森の女を手に入れて、自分も冬雷閣の当主になったような気分を味わったんだ」

すると、倫次は静かに雄一郎を見返した。ぞっとするような軽蔑の眼だった。

「兄貴は私をかわいそうだと言う。たしかにそう見えるだろう。だが、私は兄貴をかわいそうだと思う。冬雷閣という家に縛られ、がんじがらめになって、狭い狭い海の底で生きている。だから、わからないんだ」

「私になにがわからないと言うんだ?」

「私は本当に三森愛美を愛おしく思っていた。彼女の素直さ、一途さは町の人の眼には愚かとしか映らなかっただろうが、彼女の持つ美しさの表れでもあった。なのに、兄貴にはそれがわからない。祖父の真似事だと、当主になれなかった意趣返しだと。そんなふうにしか理解しない」

雄一郎はなにか言おうとしたが、なにも言わず黙り込んだ。倫次はさらに言葉を続けた。

「兄貴が認めていたのは冬雷閣と神社だけ。それ以外の人間の価値などまるで認めない。ましてや、三森愛美のような人間は……そう、ゴミ扱いだ」

「決してそんなことはない」

「兄貴のせいではない。これが冬雷閣の価値観なんだ。兄貴は冬雷閣当主として正しいんだ。正しいからこそ悲劇が続く」倫次はステンドグラスの怪魚を指さした。「怪魚の祟りは続いているよ。神社が鎮めたなんて大嘘だ」

代助はステンドグラスの怪魚を見つめた。おまえの怨みはまだ消えないのか？　海の底から呪いを吐いているのか？　姫を思い、苦しみ、のたうっているのか？　おまえに平穏が訪れる日は来ないのか？

倫次は落ち着いた口調で話を続けた。

「三森愛美を傷つけたことは事実だ。だが、私は本当に彼女が好きだった。彼女の素直さも愚かしさも、私にとっては安らぎだった。だが、彼女は代助のことしか頭になかった。私は……代助が憎かった」

倫次の言葉にいたたまれなくなった。それは代助だけではなかった。全員が倫次から目を逸らし、ひどく居心地の悪そうな表情をしていた。

「もういいだろう？　さあ、結季の居場所を教えてくれ」雄一郎が言った。

だが、龍はじっと真琴を見て言った。

「いや、まだだ。妹は加賀美真琴のことをずるい、ずるい、って言ってた。あんた、愛美になにをしたんだ？」

「私はなにも。それより、早く結季ちゃんの場所を教えて」

「嘘だ。あんたは絶対になにかやらかしてる。正直に言うまで、あのガキの居場所は教えない」

龍が言い切った。真琴と千田夫妻の顔に動揺が走った。

「いい加減にしろ。おまえの妹など、どうでもいい。さっさと結季の居場所を言え」雄一郎が怒鳴った。

「なんだと？」龍が血相を変える。

二人がにらみあったとき、京香が口を開いた。

「私から話します。その代わり話し終わったら、必ず結季を返してください」

「やめろ、京香」雄一郎が慌てて制止した。

「いいえ、一刻を争うんです。結季の命には替えられない。すべて話します。結季は私たちの子供ではありません。真琴さんと夏目代助さんの間にできた子供です」

「え？」

代助は耳を疑った。だが、驚いているのは代助だけではない。龍と浜田もだ。雄一郎は悔しそうに顔を歪めている。京香と真琴だけは奇妙に落ち着いて見えた。

結季が俺の子供？　俺と真琴の？　まさか、あの夜の……？　代助は呆然とし、言葉が出なかった。

龍がすさまじい眼で倫次をにらみつけた。

「てめえ、愛美のときは中絶させたのに、真琴のときは産ませたのか？　愛美が壊れるはずだ」

倫次は一瞬たじろいだが、すぐに気を取り直してきっぱりと言った。

「私は代助に罪滅ぼしをしたかった。罪を着せ町から追いだしたことに自責の念を持っていた。代助は翔一郎を本当にかわいがっていた。はじめてできたつながりだ、と嬉しそうだった。施設出身の代助にとって、家族というつながりがどれだけ大切なものなのか、私は知っていた。だから、代助の子……実際に血のつながった子を殺したくなかった」

代助は思わず倫次の顔を見た。今の言葉に激しく胸を揺さぶられた。混乱している。

倫次のやったことは取り返しの付かない結果を招いた。簡単に許すことなどできない。それがわかっていても心のどこかで喜んでいる。つながりを欲する己の心を理解してくれたことに感謝している。倫次を怨みきれない。

「……わかった。そういうことか。なら、あのガキのところに案内する」

龍が立ち上がって食堂を出た。みな、ほっとしてその後に続いた。

玄関から外へ出ると、冷たい風が吹きつけて一瞬で全身が凍りそうになる。代助は空を見た。相変わらず天気が悪い。風が強く、今にも雪になりそうだ。

全員が外へ出たところで、龍が足を止めた。

「急いでくれ」雄一郎が怒鳴った。

龍が振り向いた。そして、代助に近づいてきた。真正面に立つと、いきなり代助の腰の太刀に手を掛けた。柄を握りしめると、思い切り代助の腹を蹴った。代助は真後ろにのけぞり、敷石に倒れ込んだ。鞘《さや》から抜けた太刀を振りかざすと龍は無言で倫次に切りつけた。

一瞬の出来事だった。

倫次の首筋から血が吹き出た。そのまま崩れ落ちる。三森龍は刀身から血が滴《したた》る太刀を手にしたまま、荒い息をしていた。

みな、呆然と龍を見ていた。声を立てる者も動く者もいなかった。

「おまえらがどんなきれいごとを言っても、愛美がゴミ扱いされたのは変わらない」

龍は代助に笑いかけた。半分泣きそうな、愛美そっくりの笑顔だった。

「代助。妹にとっておまえは本当に王子様だったんだ。あいつはずっと夢見てた。おまえが迎えにくることをな。あの日記は、あいつの夢そのものだ」

龍が太刀を投げ捨てた。敷石に当たって、がちゃんと耳障りな金属音が響いた。その音で、ようやくみなが我に返った。

「お父さん……」

真琴が悲鳴を上げて駆け寄った。なんとか血を止めようとするが、倫次はもう声も立てられないようだった。

「あのガキは冬雷閣のお姫様なんだろ？　姫なら姫にふさわしい場所があるはずだ。あとは考えろ」

龍は血まみれの手でまたポケットを探った。煙草がないことに気付き、今度は大きなため息をつく。みなを見まわし、へらっと笑った。肩の荷を下ろしたかのように見えた。

「誰か煙草持ってないか？」

誰も返事をしなかった。みな呆然と立ちすくんでいた。そんな中、最初に我に返ったのは真琴だった。血に汚れた千早を翻し、弾かれたように門に走った。代助も後を追った。

「代助、真琴さん、どこへ行くんだ」浜田郵便局長が呼び止めた。

「結季を捜しにです」

「なに言ってるんだ。子供なんてどうでもいい。あんたたちは浜で神事があるだろう？」

「どうでもいいとはどういうことだ？」

雄一郎が浜田郵便局長に怒鳴った。だが、負けじと浜田も言い返した。

「きちんと大祭が行われなかったら町はどうなる？　悪いことが起きたらどうしてくれる？」

「結季の命より大祭が大事だというのか？」

「当然だろうが。町になにかあったら誰が責任を取るんだ」

「あなたたちは最低よ」京香が血を吐くような声で叫んだ。

すると、龍が笑いだした。

「ははは。聞いたか、代助。これが町の本音だ。おまえらは生け贄なんだよ。生け贄。神社と冬雷閣は町を守るための生け贄だ」

「黙れ、龍」浜田郵便局長が叫んだ。

代助と真琴は無視して門を開けた。冬雷閣を出て石段を駆け上がる。待機中の氏子たちが驚いた顔で見ている。

「鍵は?」

「社務所。取ってくる」

真琴が社務所に走った。代助は真っ直ぐ三本杉奥の氷室に向かった。一帯は、立ち入り禁止の黄色いテープで封鎖されている。代助はテープを剝がし、鉄柵の前に立った。

そこへ雄一郎と京香が来た。鍵を持った真琴が息を切らしてやってくる。

「早く開けて」京香が叫んだ。

真琴が鍵を開ける。鉄柵は軋んだ音を立てて開いた。中は真っ暗で見えない。雄一郎が携帯のライトを点けた。結季の姿はない。

「結季」

「結季ちゃん」

京香と真琴が叫ぶ。だが、返事はない。代助は奥の扉を開けた。ここは翔一郎がいた場所だ。雄一郎が隅から隅まで照らしたが、やはりいない。代助は焦った。ここではないのか。では、どこだ？

「龍の言ってた『姫にふさわしい場所』っていうのは……もしかしたら海？　姫は海に流されたのだから……」真琴が言った。

みな、顔を見合わせてぞっとした。今日は風が強い。きっと相当海は荒れている。今は引き潮。流したとしたら沖へ出ているかもしれない。

石段を駆け下りる。浜までは歩いて十五分。時間が惜しい。代助は走りながら雄一郎に言った。

「車を出してください。ボートのキーも」

冬雷閣に着くと、雄一郎はすぐに鍵を持って引き返してきた。

「私も行きます」京香が言った。

「京香、おまえはここで。なにかあったとき連絡係が必要だ。警察にも」

「でも、結季が心配で……」

「大丈夫だ。後を頼む……倫次のことも」

「わかりました」京香がうなずいた。

車に乗り込もうとして、代助はふっと思いついた。

「緑丸を一緒に」

海を旋回して帰ってくる調教なら何度もしている。もしかしたら、百合若大臣の故事のように、結季を見つけてくれるかもしれない。

「よし」

雄一郎も考えていることがわかったようだ。うなずいた。

緑丸を輸送箱に入れ、車で海へ向かった。もう七時過ぎだというのに外は薄暗い。みぞれ交じりの風が吹きつける。ワイパーがぐしゃぐしゃと音を立てて動いていた。本当に海にいるとしたら、この寒さでは命が危ない。

雄一郎は堤防の上で車を駐めた。浜には神楽舞台が設けられている。付近に人影はなかった。海は荒れていて、かなり波が高い。いつの間にか、みぞれは雪に変わっている。

「小舟がない」雄一郎が叫んだ。

浜へ引き上げておいた船は二艘あるはずだ。一艘はエンジン付きの五人乗りボート。もう一艘は供物を載せて沖へ流す小舟だ。この小舟は沖のブイに固定して、緑丸の目印にする。今、浜にあるのはエンジン付きのボートだけだった。

みな、一斉に沖に目をこらした。まだまだ海は薄暗く、沖の様子は見えない。だが、白波が立っている。風も雪も激しくなる。どんどん海は荒れていく。

もし、本当に小舟で結季が流されたとしたら危険だ。一刻も早く助けなければ。

代助は箱から緑丸を出した。このくらいの明るさなら目が利くだろう。えがけなしで緑丸を据える。鋭い爪が食いこんだが、素早く海に向かって押し出した。

何度も訓練した海だ。緑丸は雪の中を真っ直ぐに沖に向かって飛んだ。ゆっくりとブイのまわりを旋回している。波が高くてよく見えない。

すこしすると緑丸が戻って来た。足に巻き付いているのは、結季のもう一本のリボンだった。

「……おお」雄一郎がリボンを握り締めて震えた。

結季は沖にいる。ブイのそばだ。リボンを渡したということは無事ということだ。

「緑丸、よくやった」

これ以上の無理はさせられない。感謝しながら輸送箱に戻した。

五人乗りのボートはFRP製シングルデッキ。荒れた海に出るのは心許ないが、救助を要請している暇はない。雄一郎が係留ロープを解いた。船外機を始動させる。

「私も行く」真琴が言った。

「だめだ、待ってろ」

代助は言ったが、真琴は聞かなかった。

「一人が操縦。あとの一人だけで結季ちゃんを助けるの？　なにかあったときのために、もう一人いたほうがいい」

積んであったライフジャケットは三つ。代助は雄一郎と真琴に渡した。あとの一つは結季に着せるぶんだ。

「代助は？」真琴が首を振って、ジャケットを返そうとする。

「この中で俺が一番泳げる」

三人で沖を目指す。波が高い。ひどく揺れる。雄一郎は最大出力でボートを進めた。エンジンの音がやかましくて、なにも話せない。真琴が頭の挿頭を外して脇に置いた。

やがて、前方に赤い点が見えてきた。沖のブイだ。そのそばに、波の合間に船が見え隠れしている。

龍はやはり冷血にはなりきれなかったらしい。小舟は沖のブイに固定してあった。

「結季ちゃん」真琴が叫んだ。

小舟の中で人影が動いた。生きている。無事のようだ。

「結季、結季」雄一郎が叫んだ。

「お父さん、お父さん……」

結季が叫んで立ち上がった。ちゃんとライフジャケットを着ている。龍が着せたらしい。両手を伸ばし、こちらに身を乗り出したが、いきなり動いたせいで、舟が大きく揺れた。雄一郎が叫ぶ。

「結季、じっとしてるんだ」

結季は慌てて船縁《ふなべり》につかまろうとしたが、遅かった。そのまま頭から海に投げ出された。

「結季」

代助よりも先に動いたのは真琴だった。あっという間に海に飛び込んだ。一瞬、二人とも見えなくなる。

「真琴、結季」

代助は海面に目をこらした。すると、波間に二つの頭が現れた。無事だ。思わずほっとした。

「こっちだ、真琴」

代助は二人に向かって浮き輪を投げた。真琴は結季を浮き輪のほうに懸命に押しやった。結季が浮き輪をつかんだのが見えた。代助はロープをたぐって結季を引き寄せる。

「放すな、しっかりつかまれ」

ロープをたぐり寄せ、結季を海から引き上げた。冷え切った小さな身体はひっきりなしに震えていた。

結季を雄一郎に任せ、代助は今度は真琴に浮き輪を投げようとした。だが、ぎくりとした。真琴の姿がどこにも見えない。

「真琴、どこだ」

懸命に波間に捜す。だが、見つからない。

「真琴、真琴」

代助は絶叫した。そのとき、すこし離れたところに一瞬だけ真琴の頭がのぞいた。だが、すぐに波に隠れた。ライフジャケットを着ているが、海が荒れているので、すぐに頭から波をかぶってしまう。このままではどんどん沖に流される。早く助けないと。

代助は思い切り浮き輪を投げた。だが、波に揺られて真琴はつかむことができない。全く別の方向に浮き輪は流されていく。

代助は船縁を乗り越え、海に飛び込んだ。瞬間、身体が凍った。心臓が止まりそうだ。冬の海の冷たさは想像以上だった。

代助は歯を食いしばって真琴に向かって泳いだ。手足が上手く動かない。身体が痛い。冷たさというよりは激痛だ。

大波が来る。また真琴が見えなくなった。代助は何度も頭から波をかぶりながら、真琴を捜した。すると、真琴が波にもまれて揺れているのが見えた。

「真琴」

代助は真琴を抱きよせ、必死でボートを目指した。だが、波が強すぎて、すこしも近づけない。

「代助、真琴、どこだ」

雄一郎が叫んでいる。ボートも代助たちを見失ったようだ。

代助は浮き輪を探した。浮き輪をつかんで、ボートまで引っ張り上げてもらうしかない。だが、波が高すぎる。あたりを見渡すことができない。

「代助、私はいいから……」真琴が叫んだ。「船に戻って……」

波をかぶって一瞬、真琴の頭が沈んだ。

「真琴」

力を振りしぼって、代助は真琴の腕をつかんだ。代助は鷹匠装束だからまだいいが、真琴は緋袴だ。裾がまとわりついて自由を奪う。ライフジャケットを着ていなければ、とっくに沈んでいただろう。

「結季を……お願い」浮かび上がってきた真琴が懸命に叫んだ。

「バカ。諦めるな」

一瞬、大波に持ち上げられ、海を見渡すことができた。ほんの一瞬、ボートが見える。代助はボートを目指し、真琴を抱えて泳いだ。濡れた緋袴が重い。冷え切った身体はもう感覚がなかった。

「真琴、代助」

「お姉ちゃん」

船から声が聞こえる。くそ、と代助は懸命に泳いだ。あとすこし、あとすこしだ。

「代助、こっちだ」船の上から雄一郎が手を伸ばしている。

代助は渾身の力で、真琴を船に押しやった。雄一郎が必死で真琴の腕をつかんだ。

「真琴、頑張れ」

雄一郎がなにか叫びながら、真琴を思いきり引き上げた。代助も両腕の力を振り絞り、真琴を押し上げる。するとずるずると真琴の身体が船に乗った。

やった、と思った瞬間、大波が来た。船が大きく揺れて、代助は激しく船体に頭をぶつけた。衝撃で一瞬気が遠くなる。

「代助」

「代助、どこだ」

真琴と雄一郎の声が聞こえた。繰り返し、代助の名を叫んでいる。

波に引きずり込まれた。二人の声が聞こえなくなる。大量に潮水を呑んだ。息ができない。くそ、浮かび上がらなければ。戻らなければ。真琴のところに戻らなければ。

もがくうちに上下がわからなくなった。

泡の上っていくほうが海面だ。泡の方向に懸命に目をこらすが、その間も身体が渦に揉まれて舞う。手足がばらばらの方向に引っ張られ、今にも千切れそうだ。

俺はここで死ぬのか。結局、一人のまま死んでいくのか。

だが、真琴と結季が助かったのならそれでいい。間違ってばかりの人生だったが、せめて誰かを救えたのならいい。

すまない、愛美。俺はおまえを助けてやることができなかった。もっと優しくしてやればよかった。

いや。

俺は愛美を突き放すべきだったのか？　徹底的に冷たくすればよかったのか？　そうすれば、愛美は俺を諦めて倫次を選ぶことができたのか？

俺の中途半端な態度がいけなかったのか？　薄っぺらな誠実さが悪かったのか？

暗い。

冬の海の冷たさは手足の感覚を奪う。先程までの痛みも遠くなっていく。

誠実は負け戦か。

ゆっくりと沈んでいく。

暗い。

俺は死ぬのか。

突然、海の底が明るくなった。そして、どん、と音が響いた。

冬雷だ。海の中でも聞こえるのか。

代助の眼の前で大きな影が動いた。

なんだろう、と顔を上げると、すぐ鼻の先を巨大な魚が悠々と横切っていった。大きさは小型車ほどもあろうか。代助は思わず眼を見開いた。

怪魚だった。

海の底に冬雷の薄明かりが漂っている。怪魚は長い尾びれをくねらせながら方向を変え、こちらに戻ってきた。

鋭く尖った背びれはガラスのように透き通っている。全身は黒く鈍く輝く鎧のような鱗《うろこ》に覆われていた。

怪魚の向こうに人の姿が見えた。あでやかな緋色の衣をまとった長い髪の女だ。魚と女は一緒に泳いでいる。上になったり下になったり、並んだり離れたりしながら、海の底で戯《たわむ》れる。

ああ、あれは姫だ。

代助は言いようのない興奮を覚えた。ぎゅうっと胸が締め付けられる。その奥でどくんどくんと激しく心臓が動いている。眼の奥が痛い。頭が痺れる。

ああ、俺は今、怪魚と姫を見ている。

白い泡が雪のように渦を巻いた。絡み合い、じゃれ合い、二つの影がむつみ合う。離れては合わさり、合わさっては離れる。女は舞うように泳ぎ、魚は羽ばたくように泳いでいる。音のない海の底に、二人の笑い声が聞こえるような気がした。夢のように美しい。

代助は目を離すことができなかった。

冬雷の仄明かりが魚と女を包んでいる。二人はこの上もなく満ち足り、幸せそうに見えた。

終　章

目を覚ますと、見知らぬ部屋だった。

ベッドに寝かされている。仕切りにはベージュのカーテン。どうやら病院らしい、と思った瞬間、真琴の顔が見えた。

「代助」

真琴だ。なぜ真琴がここにいる。なぜ俺は病院にいる。

「代助、代助」

真琴が泣きながら名を呼び続けている。なぜ泣いている？　泣くようなことがあったのか――。

ふいに口の中に濃い潮の味が広がった。海だ。そう、俺は海に沈んだはずだ。全身の感覚を確かめる。ここは海ではない。助かったのか。

「代助、よかった……」真琴が一瞬大きな眼を見開き、そこから涙がこぼれ落ちた。「よかった……気がついてよかった……」

「結季は？」

「無事よ。大丈夫。なにも心配ない」

真琴がナースコールを押した。今、意識が戻りました、と壁のマイクに向かって話している。

喉がひりひりと痛い。頭が激しく痛んで、めまいがした。代助は起き上がろうとしたが、真琴に止められた。

「倫次さんは？」

枕に頭を預け、眼を閉じる。あの日が甦る。大祭の朝の狂乱。雪と血。緑丸と黒いリボン。

真琴が黙って首を振った。

「大祭は？」

やはり黙って首を振った。

「……そうか」

医師と看護師が入ってきた。質問と検査がはじまって、真琴が病室から出て行った。代助は思わずその姿を眼で追った。

「大丈夫ですよ、また会えますから」

看護師がまるで子供をあやすように微笑みかけたので、代助は顔が熱くなった。

検査が終わると、もう夕方だった。

代助の頭には分厚く包帯が巻かれている。船縁にぶつけたときに怪我をして十二針も縫ったそうだ。他にもあちこち打撲があるので、三日ほど入院することになった。

個室を取ってくれたのは雄一郎だ。おかげで代助は人目を気にせず過ごすことができた。

夜になって雄一郎と京香が来た。その横に結季がいる。あいかわらずリボンは黒い。しっかりと京香と手を繋いでいた。

雄一郎がすこし前屈みで近づいてきた。声が震えていた。

「代助、意識が戻ってよかった。みな、心配していた」

代助は黙ってうなずいた。

「私は君になんと言っていいか……」雄一郎が声を詰まらせる。「本当にありがとう……」

「結季を助けてくれてありがとうございます」

京香が頭を下げた。

「私を助けてくれてありがとうございます」結季も一緒に頭を下げた。

「いや」代助も声が詰まった。「無事でよかった」

「本当にありがとうございます……」

京香が泣きながら頭を下げた。もう一度結季も頭を下げる。

雄一郎が代助をじっと見た。

「代助。私は君に謝らなければならない。本当に申し訳ないことをした」

雄一郎が頭を下げた。結季は怪訝な顔をして、雄一郎と代助を見比べている。

「どれだけ詫びても取り返しがつかないのはわかっているが」頭を下げたまま言う。

「いや、もう済んだことです」

「私にできることがあればなんでも言ってくれ。私は君につぐないをしたい」

「千田さん、もうやめましょう。頭を上げてください」

死んだ人は帰ってこない。怒っても、怨んでも、拗ねても、誰も帰ってこない。代助は結季を見た。懸命に自分の面影を探す。だが、自分では見つけられなかった。

「子供に病室は退屈でしょう。俺もすこし眠りたい」

「あ、ああ、そうか」雄一郎が泣きそうな顔をした。「そうだな、じゃあ、今日はこれで」

すると、京香が言った。

「結季を連れて先に戻って。私はすこし用事があるから」

「わかった」

雄一郎はかすかに怪訝な顔をしたが、それ以上はなにも言わなかった。

二人が出て行くと、京香はベッドの横の折りたたみ椅子に腰を下ろした。

「代助さん」

それきり言葉が続かないようだ。代助からうながした。

「用事ってなんですか?」

京香はうつむいたままじっとしていたが、やがて小さな声で話しはじめた。

「雄一郎が貴子さんに心を残していることくらい、最初からわかってた。でも、私は子供ができなかった負い目もあり、なにも言わなかった。貴子さんが病気になったときも、雄一郎は見舞いにすら行かなかった。私はほっとした。でも、あの夜――」

京香が一瞬口を閉ざした。軽く息を吐いて、言葉を続けた。

「あの夜、貴子さんが最後の別れにやってきた。私は寝たふりをしていたけれど、こっそり見ていた。貴子さんは無言で舞うと、無言で帰って行った。ふたりとも一言も口をきかなかった。私は打ちのめされた。そして、雄一郎との関係を諦めた」

「諦めた、とは?」

「雄一郎との不妊治療をやめ、養子をもらって新しい家族を作ろうと思った」

それがはじまりか、と代助は思った。養子を望んだのは京香だ、と雄一郎は言った。そのきっかけは貴子の「鷹の舞」にあったのか。

「代助さん、あなたが来て本当に嬉しかった。嘘じゃない。なのに、私はあなたにひどいことをした。あなたが来てから、まさか翔一郎を授かるとは夢にも思わなかった……。今さらなにを言っても言い訳にしかならないのはわかっています。でも、翔一郎が見つからないことで、私は本当におかしくなっていた。そして、みなが言うままにあなたのせいだと思い込んでしまった。犯人扱いをして本当にごめんなさい。心の底から謝ります」

「もうやめてください。済んだことなんです」

「あなたの気が済むまで、なんだってします、どれだけ私たちを怨んでもいい。でも、結季を取り上げないでください。お願いです。結季はなにも知らないんです。あの子を混乱させないでください。私を結季の母親でいさせてください」

京香が泣きながら頭を下げた。

「でも、なぜ? あなたは俺を翔一郎殺しの犯人だと信じていた。その犯人の子供をなぜ育てようと思ったんです?」

「妊娠がわかって、真琴さんはあなたを追って町を出ようとした。それを雄一郎が止めたんです」

――おまえはあのとき、あの男より神社を選んだ。代助を捨てたんだ。なのに、今さらなんだ? おまえの覚悟はその程度か? 貴子の足許にも及ばんな。

――そんな、私は……。

――あのとき、おまえは神社を選んで代助を捨てた。なのに、今さらどの面《つら》を下げて会いに行く? 代助に失礼だと思わないか? 責任を取れと脅すつもりか?

真琴さんは悩んだ挙げ句に結論を出した。

――わかりました。でも、この子だけは産ませて。そうしたら、なにもかも諦めて神社を継ぎます。

その後、冬雷閣と神社の間で話し合いがもたれた。

――巫女がシングルマザーになるなど許されない。真琴が子を産んだら千田家で引き取る。なぜなら、真琴は私の子だ。真琴の産む子は冬雷閣の孫になる。

真琴さんが雄一郎の子だと聞かされ、私はショックを受けた。いきなり子供を引き取れと言われても返事ができなかった。しかも、そのとき、私は代助さんが翔一郎を殺したと信じていた。殺人犯の子供なんて絶対に無理だと思った。

——絶対にいや。翔一郎を殺した男の子供なんて顔も見たくない。

すると、真琴さんが泣きながら頭を下げて頼んだ。

——代助は人殺しじゃありません。絶対に翔ちゃんを殺していません。勝手なお願いだとわかっています。でも、お腹の子を幸せにしてあげたいんです。

私はそれでも納得できなかった。すると、倫次さんが言った。

——真琴は四月から東京の大学へ行くということにします。半年とすこしで赤ん坊が生まれます。そうしたら、あなたの実子として届ければいい。

——そんなのバレるに決まってるでしょう。

——もちろん多少の細工は必要です。まず、あなたは妊娠したと周囲に話してください。しばらくしたら、町を離れましょう。経過がよくない、とかなんとか言って県外の大きな病院に入院したことにします。真琴が子を産んだら、出生届をあなたがた二人の名前で出すんです。後は、その子を抱いて堂々と戻って来ればいい。

「赤ん坊を抱く自分を想像しました。すると、突然心が動いたんです。冬雷閣や神社の思惑なんかどうでもいい。自分の腕でまた赤ん坊を抱けるなら、と。そして、赤ん坊を引き取る計画が決まりました。真琴さんは泣きながら頭を下げました」

代助は混乱していた。結季が自分の子だという実感はあまりない。なのに、子を手放すことには抵抗がある。それでは自分の親と同じになる。文庫本一冊を持たせて赤ん坊を捨てた俺の親と同じではないか。

「男たちは真琴さんから子を奪い、私に押しつけた。そして、私は子供を育てる覚悟を決めた。家だとか神社だとか、くだらない伝統やしきたりなんてバカバカしいと思った。生まれてくる子をなんのしがらみもなしに、ただ愛そうと決めた」

「三森愛美はなぜ真琴が子供を産んだことを知ったんですか？」

「浜田さんによると、倫次さんが話したそうなの。——誰にも言うな。代助と真琴の間には子供までいる。だから、もう諦めるんだ、と」京香は低く笑った。「バカみたい。そんなことで諦められるわけがない。それどころか余計に執着するだけなのに」

「だから、愛美は俺に……」

京香はゆっくりと言い聞かせるように言った。

「翔一郎がいなくなってから毎日が辛かった。でも、結季が来るとなにもかもが変わった。たとえそれが人殺しの子だとしても、自分の子だと言えるのが嬉しかった。結季と暮らす毎日は本当に幸せだった」

人殺しの子だと思いながら引き取った。くだらないしがらみに反発しながら引き取った。なのに、心の底から結季を愛している。返したくない、と。それほどまでに、母というものは子を愛するものなのか。

今になってわかる。ずるい、は愛美の無念と絶望そのものだ。

——真琴さんは子供を産んだのに、あたしは産めなかった。真琴さんはずるい——。

だから、代助に薬を盛ってまで妊娠しようとした。それほどまでに、彼女は子を望んだ。じゃあ、俺の親はなんだ？

代助は胸が押しつぶされそうな痛みを感じた。なら、俺の親はなぜ俺を捨てた？　なぜ、俺は愛されなかったのか。

代助は眼を伏せたまま、低い声で言った。

「俺は生まれてすぐ捨てられた。もちろん、俺の親にもなにか事情があったのかもしれない。でも、俺は小さな頃から思っていた。もし、自分が親だったら、絶対に子供を捨てない。なにがあっても、どんな事情があろうと、自分の子供を見捨てるようなことはしない。絶対に自分の手で育ててみせる、と」

「代助さんの気持ちはわかります。でも、お願いします」京香がすがるように言った。「本当の子供だと思って、大切に育ててきたんです。お願いします」

代助が今さら名乗り出たら、結季はどうなるだろう。本当の両親だと信じていたのになにもかも嘘だったと知ったら、どれほど傷つくだろう。どんな事情があろうと、結季は代助と真琴に「捨てられた」ことには違いない。知らぬままでいられるなら、それに越したことはない。文庫本一冊にすがるような子供にはさせたくない。

それがわかっていながら「子供を捨てる」ことに納得できない。たとえ、親にどんな事情があったとしても、それは親の勝手な都合だ。子供に罪はないはずだ。「子供を捨てる」ことなど絶対に許されないのではないか？

「俺は……それでも、子供を平気で捨てる親にはなりたくない」

「平気で捨てられるわけがない。真琴さんだって、どれだけ悩んで、どれだけ苦しんだか。それをわかってあげて」京香が懸命に言った。

「……すこし時間をください」

そう答えるのがやっとだった。代助も京香もなにも言えず黙っていると、刑事二人が来た。京香は涙を拭くと、まだなにか言いたそうだが帰って行った。

刑事二人は簡単に謝罪をした。それから龍とのことを訊かれたが、頭を打ってなにも憶えていない、で通した。派手に包帯を巻いているおかげで、刑事はそれ以上の追及ができなかった。

龍も黙秘しているという。話したのはただ一言だけ――カレーにセロリは入れるな、だそうだ。

テレビのニュースではどこも魚ノ宮の事件をやっている。祭りの当日に宮司が斬殺されたということで、大きな騒ぎになっていた。画面に冬雷閣が映った。神社も映った。

魚ノ宮町の観光案内の映像から、真琴の神楽が繰り返し流れた。祝詞を上げる倫次が映る。三森の父もいた。神楽太鼓を叩いていた。

代助は思わず身を乗り出した。画面の端に結季がいた。結季は眼を輝かせ、食い入るように巫女と鷹匠を見つめていた。

その夜、代助は眠れなかった。真っ暗な病室に横たわり、ぼんやりと窓の外を見ていた。海の底のようだと思った。

翌日、真琴が結季を連れて見舞いに来た。

「京香さんが許してくれたのか？」

「ええ。代助によろしく、って」

京香は葛藤《かっとう》したはずだ。それでも、代助に会わせてくれた。代助を信頼してのことだ。

「とにかくいろいろメチャクチャで」真琴が呆れたように、他人事のように笑う。「町中パニックなの」

「真琴はいいのか？」

「いいわけないでしょ？　帰ったら大変」

真琴が平気なふりをするなら、と代助も軽くなんでもないことのように言う。

「無理するなよ」

「お父さんが忙しいから、私が緑丸の世話を全部してるの」結季がすこし自慢げに言う。

「そうか、偉いな」代助は誉めてやる。

結季は翔一郎に似ているな、と思う。これが血のつながりというものか、と代助はなんとも言えない気持ちになった。

結季は人懐こく、緑丸のこと、学校のことなどいろいろ話し続けた。代助は時折相槌を打ちながら、聞いていた。

「私、船の上で緑丸を据えられたの」結季が嬉しそうに言った。「船の上で怖くて泣いてたら、緑丸が来た。だから、夏目さんが教えてくれたとおり、腕を出して木になったら緑丸が止まってくれた。だから、リボンを急いで足に巻き付けた。それで『羽合せ』をやってみたら、なんとか緑丸が飛べたの」

「すごいな。はじめてなのに」

「夏目さんが教えてくれたおかげ」

恥ずかしそうに微笑む。だが、その眼は真っ直ぐに輝いていた。

やがて、喋り疲れた結季は喉が渇いたと言い出した。真琴は結季にお金を渡し、ロビーの自動販売機でなにか買ってくるように言った。結季は嬉しそうに出て行った。

代助は結季の後ろ姿を見送った。長い髪と黒いリボンが揺れていた。

代助は胸が締めつけられた。この子はいずれ、この町で起きた様々な死を知るだろう。その死の中心に自分がいたとわかれば、どれだけ苦しむだろう。だが、俺はなにもしてやれない。

冬雷閣と真琴を信じて託すしかないのだ。

「思ったよりも元気そうでよかった」

「……賢い子よ。あの子なりにすごく気を遣ってる。元気なふりをしてる」

「そうか」

「でも、心配ない。冬雷閣はなにがあってもあの子を守る。京香さんなら大丈夫」

「そうだな」

そう、なにがあっても守る。真琴と結季は冬雷閣が守る。代助がいなくても大丈夫だ。

代助は黙って真琴を見つめていた。すると、視線に気付いた真琴が恥ずかしそうに顔を背けた。長い髪が背中で揺れた。

「……海の底で怪魚と姫に会った」

「え？」

真琴が驚いて問い返した。代助は言葉を続けた。

「怪魚と姫がいたんだ。冬雷が鳴って、その光で見えた。二人とも幸せそうだった」

真琴はぽかんと口を開け代助を見つめている。ふいにその眼に涙がふくらんだ。

「そう、そうだったの。二人とも、ちゃんと幸せだったのね」

真琴は涙を浮かべながら、笑った。

「だから、祟りなんかない。二人は幸せなんだ」

真琴の眼から涙が滑り落ちる。それでも真琴は笑う。笑うから、長い髪が揺れている。代助は思った。姫の髪もこんなふうに海の中で揺れていた。

「なあ、結季と俺に似ているところはあるか？」

「あるよ。眼がそっくり」

「そっくりか、自分ではわからないもんだな」

ははは、と代助は笑った。そっくりか。嬉しくてたまらず、哀しかった。

「私が氷室を開けたのは……結季の眼を見たから」

「なに？」

「あの子が言ったの。——私も鷹匠になりたい、って。あの子が緑丸を見ているときの、きらきらした眼。代助にそっくりでたまらなくなった。それで、あの頃を思い出して……氷室を開けてみた」

はじめてキスした場所だった。まだ高校生だった。苦しいことも辛いこともあったが、それでもいつかなんとかなると信じていた。抱き合ってキスしていれば、愛さえあれば、なんとかなると信じていた。

あの頃の思い出さえあれば生きていける。そう、あれだけで満足だ。

「退院したらすぐに町を出て行く」

「どうして？」

真琴が驚いた顔をした。代助は笑った顔のまま言う。

「そっくりなんだろ？　まずいよ」

「でも……」

「俺とそっくりな眼をした女の子がいる、ってわかった。俺とつながる人間がいる、ってわかった。それだけで満足だ」

「……代助」

真琴が唇を噛んだ。

そこへ結季が帰ってきた。あちあち、と言いながら胸に三本のホットココアを抱えている。真琴は慌てて涙を拭って缶を受け取った。三人で飲んだ。

ココアを飲み終わると、結季がおずおずと白い封筒を差し出した。

「これ、よかったら持っててください」

代助は封筒を開けて、はっとした。中には鳥の羽根が一枚入っていた。青灰色の羽根。緑丸の羽根だ。

「これは……」

「私、あの後、怖い夢ばっかり見て、泣いて、眠れなくなって……。そうしたら、お父さんがこう言ったんです」

――緑丸の羽根を枕の下に入れて寝るんだ。必ず緑丸がおまえを守ってくれる。

「鷹小屋に行って、羽根を一枚拾ってきました。それを枕の下に入れたら、なんだか急に怖くなくなって、いやな夢も見なくなりました」

結季の眼にはほんのわずか涙がにじんでいた。代助はたまらなくなった。

「緑丸の羽根は本当に守ってくれるんです。だから、今日、お見舞いに行くって聞いて、もう一枚、羽根を拾ってきました」

「俺のために？」

「はい。この羽根をお守りにしたら、なにがあっても、もう大丈夫です」

代助は手の中の羽根を黙って見つめていた。泣くな。涙の一粒もこぼすな。絶対に泣くな。

笑って礼を言うんだ。

「ありがとう。大事にするよ」

「よかった」

ぱっと結季が笑った。その笑顔は屈託がなく、どこまでも温かだった。代助や真琴には決してないものだった。そうだ、これでいい。大丈夫だ。結季は冬雷閣と真琴と、そして緑丸が守る。これからどんな未来が待ち受けていようと、きっと負けずに生きていける。

代助はサイドテーブルの上に置いてある携帯に眼を遣った。

「なあ、せっかくだから記念撮影していいか？　お見舞い記念」できるだけさりげなく言って、携帯を構えた。「ほら、二人並んで」

すると、真琴がほんの一瞬苦しげに顔を歪めた。だが、すぐに笑顔を作った。

「ほら、結季ちゃん。撮ってもらお」

母と子は肩を寄せ合うように写真に収まった。代助は礼を言って携帯を置いた。すると、すぐさまその携帯を真琴が手に取った。にこっと笑って言う。

「ほら、結季ちゃん。今度は三人で一緒に撮ろ」

え、と一瞬息が詰まった。困惑のあまり声が出ない。代助の戸惑いには気付かず、結季は代助の隣に立った。

「ほら、もっとくっついて」

結季を挟んで三人が並んだ。真琴が携帯を持った手を大きく前に伸ばした。

「さあ、撮りますよ。はい、チーズ」

カシャ、と携帯が鳴った。俺はきちんと笑えただろうか。まだ混乱していると、真琴が黙って携帯を返してくれた。

「ありがとう」礼を言うのがやっとだった。

代助は窓の外に目をやった。ずいぶん暗い。

「きっと雪になる。もう帰ったほうがいい」

「そうね。じゃあ、そろそろ」

真琴が立ち上がった。結季がコートを着ると、真琴がマフラーを巻いてやった。二人で並んで病室を出て行く。

代助は結季に手を振ってみた。結季は手を振り返してくれた。

二人が帰って、代助は携帯を手に取った。一枚目の写真を見る。母と娘が写っていた。綺麗な首筋と頭の形、それに口許がよく似ていた。次に二枚目を見た。顔を寄せ合う親子三人が写っていた。ごく自然に笑っている娘、ほんのすこしだけ泣き出しそうに見えるけれども微笑んでいる母、そして、ぎこちなくて下手くそだが懸命に笑っている父が写っていた。

代助は写真を見つめたまま、しばらく動けなかった。笑顔の出来はまるで違っていたが、娘と父の眼はそっくり同じだった。

携帯を傍らに置くと、代助は緑丸の羽根を枕の下に入れた。

そう、もう大丈夫だ。俺はこれだけで満足だ。

ぼんやりとサイドテーブルを見ていた。ココアの缶が三本並んでいた。

すると、ドアが開いて真琴が駆け込んできた。忘れ物か、と言おうとしたら、いきなり耳許に唇を寄せてささやいた。

「今度こそ一緒に」

真琴はあっという間に出て行った。

代助はベッドの上でじっとしていた。

窓の外が光った。

冬雷が鳴った。

そう、あれを合図にしよう。今から幸せになる。冬雷は神が人のために鳴らす幸せの合図なのだから。

解説

千街晶之

因習や迷信に囚われた地方の共同体を舞台にしたミステリというと、まず日本の小説が思い浮かんでくるのは、何故《なぜ》なのだろう。

実際には、そういった作品は海外にも少なくない。特にアメリカのホラーは、地方集落を舞台にした物語の宝庫である。ちょうどこの解説を執筆中に日本でも公開された映画『ミッドサマー』(アリ・アスター監督、二〇一九年)はその典型だろう。本格ミステリでも、エラリー・クイーンの『第八の日』(一九六四年)あたりはこのパターンだ。

にもかかわらず日本の小説が思い浮かんでしまうのは、ひとつには、地方集落を舞台にした海外ミステリというとコージー・ミステリが多く、たとえ閉鎖的な人間関係を扱っている場合でも民俗学的なおどろおどろしい要素は乏しいからでもあるが、もっと大きな理由としては、日本のミステリの場合、横溝正史の金田一耕助シリーズのうち『獄門島』(一九四八年)や『悪魔の手毬唄』(一九五九年)などの「岡山もの」と呼ばれる作品群、特に『八つ墓村』(一九五一年)の後世への影響力があまりにも絶大だからではないだろうか。忌まわしい地名、因習の象徴のような旧家、過去と現在にまたがる惨劇……和製ゴシック・ロマンスとしてまさに完璧な道具立てがそこに揃っている。

同様に地方集落を舞台にした戦後期のミステリには高木彬光の『呪縛の家』（一九五四年）などがあるし、少々後の時期ならば土屋隆夫の『天狗の面』（一九五八年）などもある。しかし、『八つ墓村』をはじめとする横溝作品が、ブームに乗って一九七〇年代から相次いで映画化・ドラマ化され、ミステリに無関心な層にも存在が認識されるようになったことが、それ以降のミステリに与えた影響は大きい。その頃から、『八つ墓村』風の地方集落ミステリはひとつの系譜をかたちづくってゆく。山村正夫の『湯殿山麓呪い村』（一九八〇年）をはじめとする滝連太郎シリーズがその代表だ。同じ頃、栗本薫の『鬼面の研究』（一九八一年）のような、『八つ墓村』風ミステリをメタ的な視点から再解釈したような作例も誕生している。横溝ブームと同時期の作例では、『鬼女面殺人事件』（一九七三年）など西村京太郎の初期作品の幾つかや、『呪いの聖域』（一九七六年）などの藤本泉《せん》の一連の作品も注目に値する。

そして新本格以降は、地方集落ミステリの花盛り状態となる。島田荘司の『龍臥亭《りゅうがてい》事件』（一九九六年）と『龍臥亭幻想』（二〇〇四年）、麻耶雄嵩の『鴉』（一九九七年）、殊能将之の『美濃牛』（二〇〇〇年）、小野不由美の『黒祠《こくし》の島』（二〇〇一年）、小川勝己の『撓田《しおなだ》村事件　iの遠近法的倒錯』（二〇〇二年）、三津田信三の『厭魅《まじもの》の如き憑《つ》くもの』（二〇〇六年）に始まる刀《とう》城言耶《じょうげんや》シリーズ、大村友貴美の『首挽《くびき》村の殺人』（二〇〇七年）に始まる藤田警部補シリーズ、辻村深月の『水底《みなそこ》フェスタ』（二〇一一年）、小島正樹の『龍の寺の晒し首』（二〇一一年）や

『綺譚の島』（二〇一二年）などの海老原浩一シリーズ、汀《みぎわ》こるものの『溺れる犬は棒で叩けTHANATOS』（二〇一三年）、道尾秀介の『貘《ばく》の檻』（二〇一四年）、櫛木理宇の『鵜頭川《うずかわ》村事件』（二〇一八年）等々、作例は枚挙に遑《いとま》がない。

遠田潤子の『冬雷』（二〇一七年四月、東京創元社から書き下ろしで刊行）も、この系譜に属するミステリである。第七十一回日本推理作家協会賞長編および連作短編集部門の候補になり、第一回未来屋小説大賞を受賞した、著者の代表作だ。

二〇一六年、大阪で鷹匠として暮らしている夏目代助のもとに、かつて住んでいた魚ノ宮町《おみやまち》から三森龍が現れた。龍の妹の愛美は代助に一方的に恋慕した挙げ句、三年前に自ら死を選んでいた。その恨み言をぶつけに現れたのかと身構える代助に、龍は「ちょっと面白いことになってな」と思わせぶりな言葉を残して去る。翌日、代助のもとを警察官が訪れる。十二年前に行方不明になった代助の義弟・千田翔一郎の遺体が、魚ノ宮町の鷹櫛《たかぐし》神社の氷室から見つかったというのだ。どうやら、第一発見者である加賀美真琴が疑われているらしい。代助が十八歳で町を離れる原因となったあの出来事が再び動き出した……。彼は十二年ぶりの帰郷を決意する。

代助は両親の顔も名も知らない。夏目代助という名も、産婦人科の前に捨てられた時に横に置いてあった夏目漱石の小説『それから』の主人公に因《ちな》んだものだ。施設で十一歳まで育てられた彼は、一九九八年、魚ノ宮町の旧家「冬雷閣」の当主・千田雄一郎の養子として引き取られる。鷹匠の家系である雄一郎は、代助を厳格な態度で養育する。雄一郎の弟・加賀美倫次は鷹櫛神社の神主となっており、その娘が巫女《みこ》の真琴である。

代助が境遇を受け入れた頃、その運命を一変させる出来事が起こる。雄一郎と妻・京香のあいだに実子の翔一郎が誕生したのだ。雄一郎夫婦をはじめ町の人々が翔一郎を冬雷閣の後継者と見なす中、代助は孤立感を深めてゆく。そんな彼に、今度は鷹櫛神社の後継者という新たな道が拓《ひら》けるかに見えた。彼は、真琴といつしか惹かれあう仲となっていた。ところが二〇〇五年、神社の冬の大祭の直後に翔一郎が失踪し、それが原因で代助は千田家と絶縁し、魚ノ宮町を離れたのだった。十二年ぶりの彼の帰郷は、町にどのような波紋を拡げるのか?

著者は過去の秘密や家族の確執に幾重にも呪縛された人間の激情を描くのに秀でた作家だが、既刊の中では、対立する二つの旧家出身のギタリストと人気歌手の愛憎を描いた『鳴いて血を吐く』(二〇一二年。文庫化の際に『カラヴィンカ』と改題)に近い作風だ。さて、本書を執筆するにあたって、著者は恐らく三つの先行作品を意識したのではないだろうか。まず、主人公の名前の由来である夏目漱石の『それから』(一九一〇年)。こちらの主人公の長井代助は高等遊民だが、最終的に家を捨てて愛する女性を選ぶ人物として描かれている。これに対し本書の代助の場合は、愛した女性との関係はもっと屈折している。

意識したと思われる作品の二つ目はエミリー・ブロンテの『嵐が丘』(一八四七年)だ。ウェブマガジン「Ｗｅｂミステリーズ!」に掲載された著者のインタヴュー(二〇一七年四月二十日)によると、本書は『嵐が丘』のような物語、しかも館ミステリの要素もあれば……という編集部の依頼から発想したという。また、代助については、『嵐が丘』のヒースクリフと正反対の理性的な主人公にして、なおかつ激しい物語を描こうと思ったと述べている。

しかし本書を読むとどうしても想起してしまうのが、執筆の際に意識したと思われる三つ目の作品、『八つ墓村』の主人公である寺田（田治見）辰弥だ。幼い頃に八つ墓村を出て神戸という都会で育つも、奇《く》しき因縁《いんねん》に操られて故郷に戻り、連続殺人の犯人ではと疑われて白眼視される……という辰弥の運命は、本書の代助のそれに通じている。

因みに、辰弥に限った話ではなく、『悪魔の手毬唄』の大空ゆかりこと別所千恵子（殺人者の娘と誹謗《ひぼう》されながらも人気歌手として故郷に凱旋を果たす）など、横溝作品には「主人公または主要登場人物の帰郷」というモチーフが頻繁《ひんぱん》に顔を出す。これは先述の辻村深月『水底フエスタ』や道尾秀介『貘の檻』や櫛木理宇『鵜頭川村事件』などにも言えることであり、定番の設定と言える。これは、一度は故郷を離れた人間の相対的な視座が、共同体の閉鎖性や歪《ゆが》みを浮かび上がらせる効果を持つからだろう。

翔一郎の遺体が十二年ぶりに発見されたことで、町の住人たちは真琴を疑う。かといって、表立って彼女を警察に告発するわけでもない――被害者の実の両親である雄一郎・京香夫婦さえも。目引き袖引きして疑惑を拡散しつつ、それを露骨に公言することはしない共同体の陰湿さ（本書が日本推理作家協会賞にノミネートされた際、選評では真実を知る関係者の多さがミステリとしての欠点として指摘されたけれども、この点については、皆が真実を知りながら沈黙を決め込むこの町の特性の表現を重視したものと考える）。そこに分け入って因習の霧を吹き払うのは、本来、金田一耕助のような外から来た名探偵の役割だ。しかし、魚ノ宮町には名探偵は現れない。だから代助は自力で謎を解く必要がある。それは単に殺人事件の真相にはとどまらず、冬雷閣と鷹櫛神社という二大権威の血統の秘密をも解き明かさないことには真実には到達できない。だが、事件関係者はみな、代助にとって縁の深い人々である。つまり、誰が真犯人であっても彼にとって救いのある結果は生まれないことはわかりきっているのだ。

そして、戻ってきた代助を、再び町の人々は利用しようとする。かつて愛し合った真琴さえもが、彼に本心を打ち明けようとはしない。そんな中、彼に唯一本音をぶつけ、やがて協力者へと立場を変えるのが三森龍だ。粗暴な不良タイプの彼と、自分勝手な片思いの果てに妄想を募らせて死んだ妹の愛美だけが、町の住人の中で良くも悪くも自分に正直だった。他の登場人物は全員、偽善者と嘘つきと傍観者ばかりだが、かといって彼らが積極的に悪事を為《な》そうとしてきたわけでもない。因習の象徴たる冬雷閣と鷹櫛神社と、彼らを奉《たてまつ》りつつ利用してきた町の人々の思惑が合致し、歯車のように回転し続けてきたのが魚ノ宮町の歴史だ。偽善的な大人たちも、更にその上の世代が積み重ねてきた空疎な「伝統」の犠牲者とも言える。実の親を知らず、町の歴史の呪縛から自由だった代助と、直情径行な龍だけが、その歯車を打ち砕くことが出来たのだ（なお今回の文庫版では、終章は代助により救いが感じられるように加筆されているので、単行本で既読の方も比較していただきたい）。

『八つ墓村』をはじめとする日本の地方集落ミステリの伝統を忠実に継承しつつ、登場人物ひとりひとりの心理描写・感情描写が鮮烈な印象を読者に刻み込む点において、この系譜の中でも本書は記念碑的な傑作と言えるだろう。

本書は二〇一七年、小社より刊行された作品の文庫化です。

検印
廃止

著者紹介　1966年大阪府生まれ。関西大学卒。2009年『月桃夜』で第21回日本ファンタジーノベル大賞を受賞しデビュー。2017年本書で第1回未来屋小説大賞を受賞。その他の著書に『雪の鉄樹』『オブリヴィオン』『ドライブインまほろば』などがある。

冬雷

2020年4月30日　初版

著者　遠《とお》田《だ》潤《じゅん》子《こ》

発行所　（株）東京創元社
代表者　渋谷健太郎

162-0814/東京都新宿区新小川町1-5
電　話　03·3268·8231-営業部
03·3268·8204-編集部
URL　http://www.tsogen.co.jp
萩原印刷・本間製本

ISBN978-4-488-42721-4　C0193

STRAFE
Ferdinand von Schirach

刑　罰

フェルディナント・フォン・シーラッハ
酒寄進一 訳　四六判上製

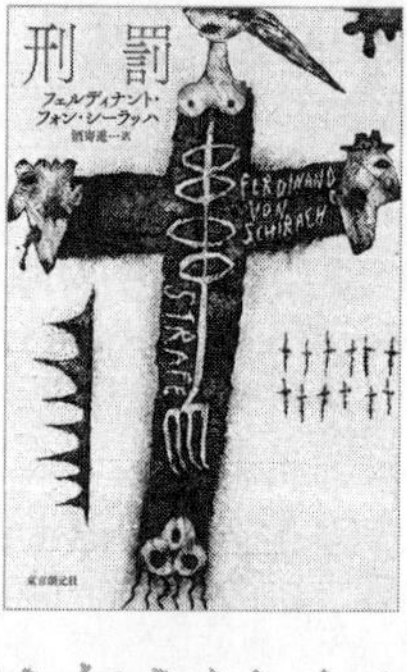

罰を与えられれば、
赦されたかもしれないのに。

男はダイバースーツを着て、浴室で死んでいた——。数々の異様な事件をめぐる犯罪者や弁護士の素顔。本屋大賞「翻訳小説部門」第１位『犯罪』に連なり凌駕する珠玉の短篇集！